抓坏人

CATCH THE BAD GUYS

孙达雳 著

台海出版社

图书在版编目（CIP）数据

抓坏人 / 孙达雯著 . — 北京：台海出版社，2024.6
ISBN 978-7-5168-3874-7

I. ①抓… II. ①孙… III. ①故事－作品集－中国－当代 IV. ① I247.81

中国国家版本馆 CIP 数据核字 (2024) 第 105589 号

抓坏人

著　　者：孙达雯	
责任编辑：员晓博	封面设计：辰星书装

出版发行：台海出版社
地　　址：北京市东城区景山东街 20 号　邮政编码：100009
电　　话：010-64041652（发行、邮购）
传　　真：010-84045799（总编室）
网　　址：www.taimeng.org.cn/thcbs/default.htm
E － mail：thcbs@126.com

经　　销：全国各地新华书店
印　　刷：北京盛通印刷股份有限公司
本书如有破损、缺页、装订错误，请与本社联系调换

开　本：880 毫米 ×1230 毫米	1/32
字　数：304 千字	印　张：11
版　次：2024 年 6 月第 1 版	印　次：2024 年 7 月第 1 次印刷
书　号：ISBN 978-7-5168-3874-7	

定　价：49.80 元

版权所有　　翻印必究

目 录
CONTENT

▼
001　巴西大劫案：盗窃团伙，难敌幕后黑手

　　这个贼专业、贼结实还带照明的地道，被挖掘出来的难度堪比矿井。

　　一个个身怀绝技的大盗组成盗窃团伙，耗时三个月，挖出这条秘密地道，把上亿雷亚尔的现金搬回了家。

　　然而，钱还没焐热乎，就被半道杀出的"天兵神将"给截和了。

▼
019　百亿骗局：华尔街假账教父的弥天大谎

　　这个人，曾是地表最强"财神爷"。

　　叱咤华尔街40载，号称纳斯达克之父。

　　他乐善好施，平易近人。

　　无数达官显贵争着加他为好友，只求能跟着他，一起赚钱一起飞。

　　这些钱，到底是怎么来的？

　　一个华尔街的无名小卒在工位啃三明治时，发现了不对劲……

▼ 037　犯罪侧写师：推理天才智斗连环杀人屠夫

你听说过侧写师这个职业吗？

他们是真实的福尔摩斯，能通过蛛丝马迹洞悉犯罪者每一个行为背后的心理特征，推测出凶手的方方面面。

韩国出了个变态杀人者，在短短三年时间里狂屠14人，全韩警察都抓不住他。

直到侧写师权日勇出现……

▼ 059　监狱"碟中谍"：毒贩死磕少女杀手

1990年前后，美国有近50名少女被一名男子搭讪后神秘失踪，至今仍没人知道她们的下落。

凶手的疯狂、凶残程度，在美国犯罪史上可以排进前三名。

而且这名狡诈、变态的罪犯没留下任何证据，检方明明知道真相却无法将其定罪。

为了找到他的犯罪证据，"狱侦耳目"被"请"了出来。

一个毒枭到狱中当卧底，跟变态交朋友、套口供……

▼ 077　华人神探李昌钰14天侦破悬案

原因是，凶手遇到了"当代福尔摩斯"、华人神探、世界著名刑侦专家李昌钰博士。

此案中，李昌钰带领团队用精湛独到的刑侦技术、鉴识功力，将案件快速完美破获。

接下来，你将跟随李博士的探案脚步，深入现场，发现疑点，逐一剖析。

097　**悬案17载：数学天才自制炸弹报复社会**

美国有一起长达17年没破的悬案，一个数学天才自制定时炸弹报复社会。系列爆炸案中的受害者不仅有各大院校的科学家、教授，还有诺贝尔奖获得者以及著名公关公司总裁，甚至还有美军军官。

而背后的凶手，是一名16岁就考上哈佛大学，被誉为加州大学伯克利分校最年轻的助理教授的超高智商犯罪者。与其他震惊世界的连环杀手不同，他的作案动机被自己认为是"高尚的，造福于社会和人类的行为"，是对人类未来发出的警告。

实际上正好相反，他制造的是反人类的恐怖袭击。想必大家都看过著名的好莱坞科幻电影《黑客帝国》吧？这部影片里的重要情节，就来自此案主角的一篇论文。

这起连环案的破获，不但花费了美国FBI大量的经费，还牵扯出CIA做过的一起惨无人道的秘密实验。将近200名专家与探员参与侦破此案，都没把凶手抓获。直到一次偶然，他被亲弟弟出卖了，才落入法网。

此案中，案犯的犯罪手段之高明，犯罪动机之诡谲，令人叹为观止。

从这个犯罪者身上，你还能看到美剧《小谢尔顿》主人公的身影。

115　**韩国臼齿爸爸，双面恶魔**

为了让爸爸开心，自己能有个"小妈妈"，女孩把班里的好闺蜜带回了家，送给网红爸爸做"礼物"。

▼
133 **英国模特的网络谜踪**

美艳女模特到国外拍片，两天后，她的性感照片却出现在了经纪人的邮箱里。

她身穿紧身衣，躺在冰凉的地面上，像一个没有情感的洋娃娃，任人摆布。

有人威胁，如果不交出巨额赎金，这个女人就会被挂在暗网上售卖。

无论是变态富豪，还是黑帮，只要对她有兴趣，都可以出价竞拍。

▼
153 **西雅图屠夫，制造20年悬案**

他一面高声朗诵《圣经》，一面手起刀落虐杀近50名女性，制造出长达20年的悬案。

为了抓他，美国政府花了1500万美元，卷宗多到用车拉。

他太会伪装了，连同床共枕的妻子都不知道老实的丈夫怎么把警方玩弄于股掌之间。

正邪交锋最激烈的时刻，警长甚至请出了《沉默羔羊》的原型变态杀手，联手破案。毕竟，"同行最了解同行"。

▼
171 **下水道里的"炸鸡块"**

三层小楼的下水道长期被堵，里面掏出了"炸鸡块"。

居民们莫名其妙，报警后发现，是人体组织。

一桩大案由此揭开，看似瘦削文弱的他，竟然连续杀害十几名男子。

原来他从小就不喜欢女人,而杀人的理由竟然是"尸体可以带来长久的陪伴"。

▼
191　**美国严苛妈妈,培育变态杀手**

一个心理扭曲且性格残暴的妈妈,真能毁掉一个孩子吗?

美国有个高智商男孩,在妈妈的"严厉管教"下,心里产生了扭曲。

最终,他用超出人类想象的极端方式,残忍弑母。

一桩离奇大案,让警方都觉得丧心病狂,不可思议。

▼
209　**素媛案**

曾经,一起强奸伤害女童的案件在韩国掀起轩然大波。

一名56岁的中年男子在光天化日之下,强奸了一个年仅8岁的小女孩,并用极其反人类的方式对其施虐,导致小女孩落下终身残疾。

此案的犯罪者不仅手段极其残忍,且十分狡猾。

他利用了韩国法律中的漏洞,最终只被判处12年有期徒刑,这一结果也引发了韩国民众的极大不满。

2013年该案件被改编后搬上大银幕,成为很多人"最不敢看""最催泪"的影片。

因影片中的小女孩名叫素媛,这起案件也被称为"素媛案"。

▼
229　北九州连续监禁杀人事件

一个女孩,杀死了自己的父母、妹妹、妹夫以及妹妹妹夫的两个年幼的孩子。

只为了获得一句"表扬"。

▼
257　莫斯科棋盘连环杀手:巧妙伪装,杀害63人

这是一个初入社会的娃娃脸女记者,追击莫斯科变态杀人犯的故事。

法官问他:"你被指控谋杀49人,是否认罪?"

"法官,我认为你们无视其他十几个死者,不把他们算在里面是不公平的。我确实杀了他们,只是你们没找到尸体。"

"对于你的罪行,你忏悔吗?"

男人抬头,依次环视法庭上的所有人,最后盯住了现场的摄像头,露出一个凶狠而诡异的微笑。

"不,绝不!"

▼
275　极端跟踪狂的囚禁案

你被暗恋,被跟踪过吗?如果对方有"恋母情结"和"钟情妄想症",又是个偏执狂,会发生什么事情?

一件发生在40年前的美国大案,告诉你被不正常人"爱恋"究竟有多可怕。

▼
297　日本绫濑水泥案

　　一名17岁的女高中生放学后去打工。

　　41天后,她被水泥浇筑,塞在了一个铁桶里。

　　而伤害她的人,却在若干年后开启了新的人生篇章,继续作恶人间……

▼
319　曼森家族:豪宅里的惊天血案

　　美国的一座豪宅里发生了一桩世纪血案,竟然牵扯出一个邪教。

　　一群无知少女追随着一个流浪汉,隐居山里,过起了原始的群居生活。

　　她们崇拜这个男人,听从他的一切指令,并甘愿献出一切……

巴西大劫案：盗窃团伙，难敌幕后黑手

这个贼专业、贼结实还带照明的地道，被挖掘出来的难度堪比矿井。

一个个身怀绝技的大盗组成盗窃团伙，耗时三个月，挖出这条秘密地道，把上亿雷亚尔的现金搬回了家。

然而，钱还没焐热乎，就被半道杀出的"天兵神将"给截和了。

1. 金库被劫

2005年8月8日,巴西福塔雷萨。

一大早,巴西中央银行的值班经理来到金库,做例行检查。

谁知,刚一进门,他就被吓得浑身瘫软,一屁股坐在了地上。

橘红色的钞票像废纸一样,被扔得满地都是。

再看装钱的大铁柜,足足被清空了5个!

"我的上帝,损失至少得有一个亿啊!"

经理顾不得两腿发软,嗷嗷叫着冲出了金库。

"快去报警!金库被劫啦!快打电话!"

警察一进金库,也不淡定了。

这可是全国最安全的银行,从没有劫匪敢在这儿"精耕细作"。

这伙盗贼居然能精准打击,直奔金库,而且只拿流通过的旧钞票,让警察都没法追查。

不得不承认,他们属实有两下子。

要知道巴西中央银行金库的混凝土墙足有一米多厚,炮弹都打不透。

他们是怎么进来的?

很简单,打洞。

别忘了小偷行业的祖训:掏洞挖窟窿,全凭不吱声。

这种土方法又笨又慢,但胜在稳妥。

半个多世纪前,挖洞法曾在欧美大行其道。

当时欧美的金库和监狱,被挖得跟筛子眼儿一样。

抓坏人
004

随便找家银行，一锹下去能碰到三伙"摸金校尉"。

行业高度"内卷"，洛阳铲都拼卷刃了。

有一说一，一旦挖通，那上货效率杠杠的。

看，通过这个直径半米的小洞，盗贼们运走了足足3.5吨重的钞票！

意不意外？

更多意外还在后面。

警察进入地道时，发现墙壁两侧贴满木板。

知道的这是为了防止坍塌，不知道的还以为挖地道的人讲究，想来个精装修。

除此以外，地道里电灯、电话、自来水，一样都不少，顶上还安了一溜排风扇。

别小看这些排风扇，既能输送新鲜空气，又能把地道另一头的空调冷气源源不断输送进来，大大提高了地下作业的舒适度。

地道大约80米长，当警察从另一头钻出地面时，发现自己进了一间平房。

这是一家人造草皮公司，银行就在不远处。

不用问，盗贼们早就跑路了，连指纹都用石灰清理干净了。

就在警察们心中万马奔腾之时，银行那边又传来一个炸裂的消息。

盗贼们一共运走了1.64亿雷亚尔。按当时的汇率，相当于5亿元人民币！

那一年，北京市区内的房价还没破万，这些钱可以在二环里买下整个楼盘。

金库被劫的消息以光速传遍了巴西。

各路记者涌向福塔雷萨，冲进银行和草皮公司，争相报道这桩世纪大劫案。

此时，想哭的却是警察。

人证赃物一个都没有，怎么破案？

不是等着让人看笑话吗？

就在这时，上面来人了。

因为此案涉案金额特别巨大，情节特别严重，社会影响极其恶劣。

案发当天，来自首都的联邦警察正式接过了这个烫手山芋。

这可是巴西警察里的精英。

一场高手之间的巅峰对决，即将开始。

2. 闷声发大财

8月6日凌晨，案发两天前。

草皮公司里，忙活了一宿的盗贼们眼珠子通红。

不是因为缺觉。

这么多钱摆在跟前，谁都得眼红。

听金库里的人说，里面少说也有十个亿，空气里都弥漫着金钱的香甜。

此时不拿，更待何时？

天就要亮了，拼了！

"老大，反正这两天是周末，银行没人上班，咱继续干，给它来个连锅端不就完了！"

"呸！你小子不怕撑死！"

一个矮小结实的白人男子厉声呵斥，蓝色的眼睛里露出凶光。

他外号阿莱，是这里的大 BOSS。

"这么多钱，你拿得了吗？出去就得让人盯上，怎么死的都不知道！从现在开始，想活命就低调点儿，拿了钱赶紧麻溜儿走人。"

用脚后跟都能想到，两天之后，这件事必将成为全巴西的焦点。

不光警察要追查，黑帮的同行们也得闻着钱味儿追过来。

不过阿莱最不愿意招惹的，另有其人。

倘若遇上他们，就好比厕所里打地铺——离死不远了。

恐怕这些人已经嗅到了金钱的味道，正在暗戳戳地搓手手呢。

先说这个盗窃团伙的过往吧。

阿莱是个职业罪犯，江湖经验丰富。曾经在老家跟同伙打劫了一家公司，劫走了半吨钞票，但他并不满足。

中央银行成了阿莱的首选目标。

这是巴西最大的国有银行，历史悠久，财力雄厚。

关键里面还有熟人——金库的保安艾迪。

艾迪拿着微薄的薪水，每天却要守着堆成山的钞票，馋得眼珠子都冒绿光了。

一听阿莱的想法，他立马举四肢赞成。

干一票大的，下半辈子吃喝不愁了。

目标有了，方式方法呢？

虽然阿莱抢过钱，但银行金库对于他来说却是一个全新的领域。

戴头套持枪硬闯不太行，变数大，搞不好连命都没了。

思来想去，还是挖地道更实惠。

俗话说得好：闷声发大财。

而且地底下不会有人闲逛，没有干扰，除了脏点儿累点儿，没毛病。

2005年初，阿莱在中央银行附近租了房子，表面上开了这家草皮公司，背地里暗度陈仓。

他不愿意抛头露面，忽悠同乡保罗当了经理，然后又给了他一笔宣传费。

干什么用呢？大肆宣扬草皮公司是正经做生意的。

这种伎俩保罗可太会了，他在老家的时候就以骗为名，小眼一眨巴谎话连篇。

保罗经常出没于附近的酒吧、澡堂子，发放印有公司Logo的帽子和T恤，搞得生意兴隆的样子，没人怀疑这家草皮公司是个皮包公司。

挖地道可不是挖菜窖、挖老鼠洞，搞不好就塌方，需要专业建筑人才。

阿莱想到了一个传奇人物：莫哥。

莫哥在当地的黑道上是个响当当的大人物，手眼通天，抢过银行。

他曾亲自组队，带领50多个罪犯从巴西最大的卡兰迪鲁监狱里挖地道逃出，组织能力极强。

莫哥与阿莱一拍即合，还引荐来地道挖掘领域的高手——老狼。借助GPS和对土质的判断，老狼就能精准定位地道的位置，几乎没有偏差。

主要人员已经到位，最缺的就是资金了。

挖地道需要包吃包住，还要准备工具，付房租。

处处需要钱。

不久，来自圣保罗的毒贩子——富贵，"带资进组"了。

他小手一挥，投资30万雷亚尔，成了最大的股东。

3. 静待时机

草皮公司里的"员工"越来越多。

这些人看上去不起眼，实际上都是"几进宫"的狠角色。

每人入伙时，先交1.5万雷亚尔，多交不限。入股越多，分红越高。

公司外，邻居们看着那些"员工"每天穿着沾满泥土的工作服进进出出，也不觉得奇怪。

草皮公司嘛，就是跟泥土打交道的。

挖地道挖出来的土，不方便往外面运，只能内部消化。

泥土装袋后，都堆进了空置的房间，堆满一间就把门封上。

房间都堆满后，只能把土一层层地平铺到后院。

等到他们扛着钱袋子离开时，后院的土堆得已足有1米厚了。

除此之外，一切异乎寻常的顺利。

老狼的技术真不是吹的，地道笔直向前，成功避开了下水道和存放硬币的金库。

三个月后，直达目标——银行金库下方。

为了不惊动银行，他们只在夜里施工，打通了一米厚的混凝土层，只剩一层薄薄的地砖。

就差最后一哆嗦了。

8月5日，星期五。

全世界的上班族都有一个毛病：周五下班前容易得"兴奋过度综合征"。

中央银行里的人也不例外。

通常一过下午4点，就不会有人再进金库了。

正好方便艾迪办事，他把一台叉车挡在了摄像头和即将出现的地道口之间。

整个金库只有5个摄像头，不但盲区很大，而且都连在了一个显示器上。想要看到全景，只能来回切换。

金库里还装有运动传感器。按照要求，运动传感器应该安装在墙体里，横向感应。但银行却把它们安在了房顶，覆盖面积大打折扣。

传感器的警报要在晚上7点下班后启动，这就给了盗贼们提前准备的时间。

6点，盗贼们打通地板，钻出地面。

他们并不急于运钱，而是就地取材，在传感器下面做好掩护。

几个运送钞票的木制拉车围在洞口周围，形成屏障。

这样，地道口即使人来人往，摄像头和传感器也起不到什么作用。

7点刚过，工作人员下班走人，迫不及待地开启了周末狂欢模式。

而金库里，属于盗贼们的狂欢也开始了。

通常在电影里，紧要关头总会有意外发生。

然而，出乎意料，这次并没有意外发生。

天快亮时，盗贼们已经运出了330袋钞票，按照每袋50万雷亚尔来算，一共1.6亿雷亚尔。

盗贼们谁也没见过这么多钱。

盗贼们累并快乐着，欢天喜地地拿走了属于自己的那份儿。

天一亮，团队就地解散，没有任何拖泥带水。

所有人都盘算着这笔钱该怎么花。

然而，事情到了这一步，终于等来了意外。

就在案件浮出水面引起全巴西人的关注时，有一群人偷偷发出了低沉的冷笑。

他们擦了擦帽子上的警徽，心里的算盘打响了。

4. 真假警察

能参与这种规模的大案，一定都是熟手。

警察汇总了参与过此类案件的罪犯名单，一个一个排查，寻找突破口。

没过几天，线索就来了。

草皮公司附近有个停车场的管理员来报案，说有一辆破面包车，好几天都没人来开。

警察打开面包车一看，里面扔着各种挖坑工具，还有不少编织袋，和那些装泥土的袋子一模一样。

警察再拿出嫌疑人的照片，管理员立马认出了莫哥："就是他！"

警察心里有底了。

一名当地社工报告了另一条线索。

几个月前，当地发生了登革热疫情。

这名社工负责挨家挨户登记患病情况，顺带观察居民的身体状况。出于职业习惯，他就爱观察别人。在草皮公司，有个人给他留下了深刻的印象，矮个子、白皮肤、蓝眼睛、异常警觉……

警察一听，马上拿出照片给社工辨认，果然是阿莱！

事不宜迟，警察即刻赶赴阿莱的户籍所在地，但是阿莱并没有出现。

警察们换上花衬衫找了一家冷饮店，准备守株待兔。

一辆拉风的轿车从跟前驶过。

冷饮店老板瞥了一眼,立马像看到了"偶像明星",大声向客人炫耀起来:"看哪!中央银行的盗贼!"

警察吓了一跳,他怎么知道我们要抓盗贼?

"什么盗贼?"

"咋,那么大的案子你们都没听说过?开车那人可是盗贼之一,地球人都知道,除了警察。"

开车人正是团伙成员之一,阿莱的妹夫——马鲁多。

警察们乐了,这一趟总算没白来。

通过窃听马鲁多的电话,警方摸出了一些门道。

这家伙居然订购了两斤橡皮筋。肯定不是给他闺女跳皮筋用的,除了捆钱,别无他用。

警察瞅准时机,破门而入,一进门他们就震惊了。

墙角处、地板下、行李箱里、墙缝中,全都塞满了钱。

一共1200万雷亚尔。

还有好几个等着分赃的小弟和家属。

但与后面发生的事情相比,这些人绝对算是幸运的。

而这些警察也是幸运的,因为这1200万雷亚尔是警方追回的最大一笔赃款。

案发两个月后,圣保罗郊外惊现一具男尸。

他生前遭到过暴打,裤子被人扒掉,屁股上中了一枪,不过死因是脸上中的三枪。

明眼人一看就明白,他是被黑道上的人"处决"了。

此人正是大股东,富贵。

两天前,富贵在小弟们的簇拥下,去了圣保罗的一家夜总会。

刚下车，就有几个警察跟了上来。

"我们怀疑你是一桩盗窃案的知情者，跟我们走一趟！"

富贵还没反应过来，就被塞进了一辆警车。

小弟们一看，这种小事没什么，老大过两天就会出来了。

第二天，富贵的律师接到了绑匪的电话，索要2200万雷亚尔的赎金。

富贵从银行劫案中分到了2500万雷亚尔，所以绑匪一定是知情者。

为了确定富贵还活着，律师特地跟富贵说了几句话。

富贵的家人不敢不答应，马上付了赎金。

但是，钱付了，人却没回来。

就在这个当口，一个深度调查记者接到了一个线人的电话。

绑架富贵的不是黑帮，而是警察！

5. 清扫行动

记者通过关系找到了验尸的法医，打听到了富贵的死亡时间。

结果竟然比律师接到绑匪的电话足足早了24小时。

律师与富贵交谈根本就是不可能的，那时富贵已经死了！

这律师就是个"两头吃"的人。

没过几天，那个线人也死于非命。

而遭遇黑警的还有其他人。

就在富贵之死闹得沸沸扬扬时，几个黑警突然闯入了老狼家。

"老弟，听说你最近发了笔大财，一个人独吞不太合适吧？"

老狼连忙解释："发什么大财啊，我不是还在这贫民窟里住着吗？"

"你小子，你那点儿破事儿，在这片儿早就传遍了。怎么，舍命不舍财啊？"

说着，他们掏出警棍，朝着老狼就是一通敲打。

人在屋檐下，哪敢不低头？

老狼不得不服了软，交出了80万雷亚尔的现金。

警察们提着钱袋子，心满意足地走了。

老狼待不下去了，照这样下去，迟早得被这帮人敲骨吸髓，赶紧跑路吧！

可他还是晚了一步，第二拨黑警很快赶到了。

这拨更狠，直接来了个连锅端。

老狼一看，急了，怎么都便宜了这些人？！

转念一想，不如干脆去自首，反正这些钱是留不住了，进去了还能躲躲清静。

他跟着这帮警察，要一起去警局自首。

有一个警察觉得不能把事情做绝，就跟同伴商量："兔子急了还咬人，要不给他留点儿？就当他的辛苦费了。"

众人觉得有道理，就给老狼留下了5万雷亚尔，但有一个条件——忘了这件事。

老狼心中愤恨，拿上钱，转身就去了阿雷格里港。

因为那里有一个绝好的机会正在等着他。

他要重整旗鼓。

原来，莫哥早已在阿雷格里港攒了二十多个人，准备再干一票。

他指示手下的一个小弟，假装富二代，买下了一栋楼。

目标就是不远处的班苏里银行。

众盗贼穿着工人的衣服，戴着安全帽、劳保手套，拿着各种工具进出大楼，不知道的还以为他们在搞装修。

老狼技术入股，马上开干。

不过这次他们的运气稍差，早就有线人把这消息报告了联邦警察。

但警方可不急于行动，捉贼捉赃。他们下了血本，也在大楼对面开了一家假公司，监视这伙盗贼。

先是观察他们每天运出的泥土，等挖到混凝土层，再去逮捕不迟。

但是，两个鬼鬼祟祟的身影引起了警察的极度不适。

那是两个当地警察，没事儿就在大楼跟前晃悠，探头探脑地往里瞧。后来干脆大摇大摆地推门就进，而盗贼们似乎对他们很客气。

只有一种可能：这是两个黑警。

他们早就知道这些盗贼的底细，想勒索钱财。

幸亏联邦警察和地方的民事警察是两套体系，不然整个巴西的警察系统都得被这些蛀虫啃成筛子了！

为免夜长梦多走漏风声，必须马上行动。

一天清晨，一组特警冲入了大楼。

26名劫匪被捕，包括老狼。

但是莫哥前一天晚上没回来，侥幸逃脱了。

距离央行劫案已经过去了一年，不少小喽啰在经历过暴富、挥霍、被勒索之后，又回到了赤贫的状态。

但那些对他们虎视眈眈的人阴魂不散，没完没了地从他们身上捞油水。

没办法，只能进监狱里躲着了。

此时，阿莱、莫哥、保罗这三名主要案犯依旧杳无音信。

他们还活着吗？

6. 最后的目标

2007年,搜捕阿莱的警察找到了新线索。阿莱的妹妹最近经常接到一个男人打来的电话。

经过调查,这是一个名叫罗伯托的牛贩子。

从警方调取到的证件上看,与阿莱并不太像。但好不容易找到一条线索,怎么可能轻易放弃?

警方开始跟踪罗伯托。

没过几天,罗伯托身上的一个特征暴露了他的真实身份。

他的右臂上文着一匹黑马,与阿莱的一模一样!

可以确定,他就是乔装后的阿莱。

阿莱被捕后,警方带着他回家里搜查。

邻居听到动静,赶来看热闹。

"嘿,老兄,听说你被捕了?"

阿莱还是乐呵呵的样子:"是啊,在所难免嘛。"

不像是要去蹲监狱,倒像是准备搬家。

橱柜里、床底下、天花板上,到处都藏着钱。

不过,阿莱早就把赃款挥霍了大半。

买豪宅,买牧场,买渔船,还买了两个加油站。

赃款留在身边就是隐患,越早花掉越安全。

阿莱被捕后,供出了保罗的下落。

几天之后,曾经是草皮公司经理的保罗被警察摁在了一个加油站里。

跟其他罪犯被捕时的淡定自若不同,保罗反抗得异常激烈。

"放我走!我已经没钱了!"

"没钱也得抓你!我们是警察,老实点!"

"你们怎么还不放过我,有完没完?求求你们,找别人去吧!"

警察好像明白了。

原来,保罗携巨款回到圣保罗后,把社交达人的特色发挥到了极致。

整天花天酒地,挥霍无度,再加上嘴上没有把门儿的,没几天,他抢银行的事迹就成了人尽皆知的秘密了。

各方恶势力迅速向他涌来。不但被敲诈勒索,还被黑警绑架了两次。

第一次绑架,他就被榨得什么都不剩了。

第二次绑架,他拿不出钱,但那帮黑警不管这些,朝他腿上就来了一枪。

最后他不得不找朋友凑钱,换回了一条命。

趁着第三次绑架还没发生,保罗赶紧回了老家,但还是整天提心吊胆。

被摁倒的一刹那,他还以为噩梦重来了。

警察只能耐心地跟他解释:"我们是联邦警察,是来把你送进监狱的,不是来要钱的……"

保罗这才放下心来:"太好了,你们终于找到我了。"

一夜暴富,又快速致贫,还差点儿把命搭上。

这日子过得,比云霄飞车还刺激。

此时,主要案犯里只剩下莫哥了。

7. 人生选择

其实，自从 2006 年在阿雷格里港逃过抓捕之后，心思缜密的莫哥并没离开。

在江湖混迹多年，他深知，最危险的地方就是最安全的地方。

况且他在圣保罗的名气太大，回去就得被人盯上。

与其被人当提款机，不如隐姓埋名。

他戴上眼镜，远离犯罪朋友圈，过起了隐形富豪的生活，但是他想念孩子了。

一年之后，他的妻子带着孩子偷偷来到阿雷格里港，开了一家餐厅。

每到周末，母子俩就玩儿消失，有什么事周一见，实际上是一家三口团聚呢。

直到 2008 年底，警方才摸到母子俩的下落，进而找到了莫哥的公寓。

因为他手里可能有枪，怕在公寓里引发血案，警方让物业通知他，有人刮了他的车，赶紧下来处理事故。

莫哥毫无防备，光着膀子就下来了。一进地库，就被摁倒在地。

"我们是联邦警察，你被捕了！"

"太好了，你们终于来了。我以为你们把我忘了。"

跟阿莱买房子置地不一样，莫哥把钱花在了奢侈品上。名贵高奢的手表有好几十块、大金链子有十几条。

按说他这两年应该过得很滋润，其实不然。

"认识我的人太多了，普通的地方我根本不敢去。"

"我只能进高档的商场买东西，去高档餐厅吃饭。"

"一顿饭花五六千雷亚尔是常事，没办法，这总比被人绑架划算得多。"

银行劫案的直接参与者有 34 人。

截至现在，除了一人在逃，其他人要么遇害，要么进了监狱。

追回赃款 3200 万雷亚尔。

因为巴西对盗窃罪的量刑极低，罪犯通常会隐匿赃款，等服刑期满后出来继续享受。

所以检察官来了一通狠操作，不但以盗窃的罪名起诉他们，还要加上洗钱。

一旦花掉赃款，就涉嫌洗钱。

最多的一人经过反复叠加，被判了 170 年监禁。

百亿骗局：华尔街假账教父的弥天大谎

这个人，曾是地表最强"财神爷"。

叱咤华尔街40载，号称纳斯达克之父。

他乐善好施，平易近人。

无数达官显贵争着加他为好友，只求能跟着他，一起赚钱一起飞。

这些钱，到底是怎么来的？

一个华尔街的无名小卒在工位啃三明治时，发现了不对劲……

1. 事出反常必有妖

2000年5月,纽约华尔街。

一个白领正紧盯着电脑,冷汗不断地往外冒。

此人名叫哈利,他发现了一个天大的系统漏洞。

电脑屏幕上显示的是一家顶级资产管理公司的收益曲线图,说是曲线,其实更像是一条直线,呈45度角,一路向上!

这条完全不符合股市起起落落的曲线。

说明什么?

这家公司多年来战绩辉煌,只赚不赔?

如此没完没了地"躺赚",绝对有蹊跷。

有内幕消息,还是开了金手指?

答案只有一个,图是假的,这家公司在骗人!

哈利兴奋了,自己发现了秘密。

可他的朋友们兜头泼了他一盆冷水:"你小子是新来的吗?这家公司都不知道!没点儿本事,谁敢干资产管理?"

哈利当然明白这里面的道道。

在华尔街,哪个大公司没有暗箱操作?

但是,同行那么多,从没听说谁家能一直稳赚。

哈利不服输,身为科班出身的金融打工人,他要一探到底。

一番调查之后,他认定这家公司有问题,便打了一份报告,交给了证监会。

很快,他得到了一位大佬的召见。

哈利做好十二分的准备,把那些金融原理,连同这家公司的种种蹊跷,掰开揉碎了向大佬一通解释。

结果他发现,除了那几句"How are you? Fine thank you. And you?"以外,大佬一个字也没听懂。

然后,就没有然后了。

哈利想不通,在他看来,这事并不难。只要证监会拿到这家公司的交易账户,几分钟就能看出问题,但没人在意。

因为他要挑战的是精英中的精英。

这家公司的创始人,是纵横华尔街40余载,纳斯达克之父,人称"麦霸"的伯纳德·麦道夫!

朋友们都劝哈利别自讨没趣。

"别忘了,'麦霸'是华尔街的财神爷,连纽约市长都得敬他三分,多少刚入行的年轻人把他奉为偶像,就差把他的照片裱起来供上了。他亏钱?怎么可能!"

"你可别犯傻了,安心打工吧。"

哈利心里一万个不服,他认定这家公司有鬼,必须让这件事曝光。

"麦霸"控制的这家公司已经掌管了70亿美元的资产,倘若真有猫腻儿,越早曝光,投资者的损失就越少。

哈利联合起三个志同道合的伙伴,临时组建了一个"找碴小队"。小伙伴们个顶个儿都是金融高手、技术大拿。

他们翻出近几年的股市数据,反复建模推演实验。最后得出结论,只赚不赔就像太阳打西边升起,根本就不可能!

给这家公司送钱的投资者是怎么想的?他们有钱人就没发现什么不对劲儿?

一打听,"找碴小队"惊出了一身冷汗,这事儿更蹊跷了。

"麦霸"立了规矩,任何投资者不许过问投资详情。否则,拿好你的钱,慢走不送。

投资者对这位大佬有着狂热的崇拜,都盲目地信任他。

但哈利不这么想,这不符合常理,一定有见不得人的内幕!

他那股坚持不懈的劲儿上来了。既然证监会不理,那他就去演讲,接受采访,看看舆论施压有没有用。

没想到,哈利努力了5年,却没蹦出一点儿火花。

大佬的势力范围太大了,拥护者众多。他不但会赚钱,还热心慈善,是各种慈善晚宴的常客。

挽救失学儿童,给北极熊送温暖,投资研究艾滋病……他连磕巴都不打,掏出支票就签。

在旁人眼里,他就是一个慈祥正派又伟大的有钱老爷爷。

整个华尔街像看小丑一样看着哈利。

直到5年之后,终于有一位财经记者关注了他。

2. 功夫不负有心人

记者洋洋洒洒写了一篇报道,这才炸出些水花。

证监会得到了消息,不得不做了些回应,邀请"麦霸"去喝了几次茶。

哈利终于看到了曙光,但享誉金融界的"麦霸"什么场面没见过?他根本不会被这些职场新人牵着鼻子走。

去证监会就像去做慰问似的,他一进门就是一通嘘寒问暖。

但事情还没完，为了例行公事，证监会又派人上门调查了。

"麦霸"看着身穿"执法人员"夹克的监察员在办公室里进进出出，检查账目，查看文件，盘问员工。

堂堂"麦霸"，纵横华尔街40多年，什么时候受过这种窝囊气？

"麦霸"拿出纳斯达克前主席的强硬态度："你们已经派人来过了，怎么又来了？"

两个监察员神情紧张，对视了一眼。

"嗯，这个，您说的一定是别的单位派来的人，我们毫不知情。"

"这就是你们的不对了。你们这些监管机构怎么能事先没有沟通呢？这样怎么能开展好工作？今天你来，明天他来，我们还要不要做生意？其他人会怎么看我们？我的声誉怎么办？"

几句话，把俩监察员给唬住了："我们只是按照法规办事，请您……"

没等他们说完，"麦霸"一巴掌就拍在了桌子上。

"我起草证券法规时，你们俩还不识字呢！整个华尔街，没有人比我更懂那些法规！你们闯进我的办公室，就是因为那个叫哈利的往我身上泼脏水，你们应该去调查他！"

两个监察员只能告辞。

这时，其中一人想起了一件事。

一件让"麦霸"一直寝食难安的麻烦事。

"我们需要您在储蓄信托公司的账号，核实资产用。"

证监会只需查一查这个账号，就能判定"麦霸"是不是真的在拿客户的钱做投资。

"麦霸"面无表情，淡定地说出了一串号码。

查，你们尽管去查！

几天过去，证监会没有传来任何消息。

"麦霸"更得意了，一个小小的白领，也配跟我叫板？

此时距离哈利第一次提交报告，已经过去了5年，"麦霸"手中的资金暴涨，至少上涨了5倍。

哈利陷入了自我怀疑，他和伙伴们曾经找过好几个"麦霸"的前员工，想套出一些内情，但没有一次成功的。

搞错了？

难道"麦霸"做的就是正经投资？

由于硬刚"麦霸"、不尊重行业前辈，他还受到了公司的排挤。这么下去不是办法，生活总得继续。

哈利决定就此放手，不再举报"麦霸"。

"麦霸"冷笑一声："算你小子有眼力见儿，不然，我手里的律师团队可不是吃素的！"

但多少次午夜梦回，哈利还是觉得事情不对。如果没毛病，证监会为什么不直说？他们根本没看过"麦霸"的投资记录。作为监管机构，他们为什么不看？这还是"全世界的灯塔"，高度法治的文明国度吗？

哈利决定死磕到底，赌一把。

输了，自己倒霉认栽；赢了，兴许能挽救不少人的财产，甚至生命。

不过哈利可不敢拿自己家人的性命当赌注。他辞去高薪工作，把家搬到了一个镇子上。

挡了大佬的财路，他这条小命可能说没就没。

他和妻子申请了持枪执照，狂练射击。

房子里外加装了全套安保系统。为了防止偷袭，他们还养成了下意识观察路人的习惯。

哈利横下一条心，不管别人如何看待他这种疯狂行为，他都要继续提交报告，讨个说法。

揭穿"麦霸"已经成了他的使命。

功夫不负有心人,转机终于来了!

3. 人算不如天算

2008年,次贷危机席卷全球。股市一路狂泻,华尔街一片哀号。

这种生死攸关的时刻,手握现金才是王道。

去他的高收益,全世界的市场都惨成那个德行了,谁能保证赚钱?

投资者们纷纷套现补窟窿续命。

"麦霸"遇到了人生第一道大坎,投资者排着队想取回投资款。

可他手里哪有那么多钱?

因为……什么投资项目,什么盈利,什么账目,全是假的!

哈利的想法没错,"麦霸"的公司就是在蒙人!

投资者的钱,都被拆了东墙补西墙,去当投资回报花掉了。

当然,还有一部分进了"麦霸"自己的口袋,不然那些豪宅豪车从哪来的?

与其说他是纳斯达克之父,不如说他是华尔街假账教父。

"麦霸",一个生活中的影帝、造假艺术家,在漫长的职业"表演"生涯中从未露馅儿。

没错,他当年报给证监会的账号是编出来的。

他赌的就是证监会不敢招惹他这位大佬,根本不会查。

果然,他赌赢了。

没承想,苍天没饶过他。

一场次贷危机，让他扛不下去了。

"麦霸"找出各种理由劝说投资者：投资项目无法中断撤资，无法快速套现。

但大家的态度只有一个：要钱！

眼见着窟窿堵不住了，账户里的钱只出不进，日渐枯竭。

"麦霸"干脆豁出脸继续演，不到最后一刻，他不会撕掉伪装。

他提高投资回报率，疯狂打电话吸引大客户来投资。

但昔日的有钱人都持观望态度，这一招收效甚微。

怎么办？他灵机一动，让全世界都知道他手里有的是钱，稳得很，以此遮掩财力空虚的真相。

他要提前给员工发放红利，并大做文章。

此时刚刚12月，按照惯例，来年2月才给员工发放红利。

可他现在就要发，而且一发就是1.7亿美元！

他两个单纯的儿子不干了，直接跑到办公室质问老父亲。

"您疯了吗？市场这么不稳定，前脚发了奖金，后脚亏了怎么办？"

"麦霸"头都没抬："为了让他们在这儿干得高兴。"

这老板当得，都遇到市场危机了还不忘给员工发福利。

兄弟俩不信这一套。

"麦霸"叹了口气，沉默良久，终于告诉了儿子们真相，他忙活了15年的资产管理、投资顾问大业，听上去高大上，其实就是个骗局。

庞氏骗局！

兄弟俩当场就懵了。

"你在说什么？我们当然有投资！"

"是我编的。"

"可每张报表上都写着投资！"

"还是我编的。"

"我亲眼见过那些交易!"

"都是我编的……投资、交易、账目、报表、收益……除了那些现金,都是假的。"

"按理说账户里应该还剩500亿美元,但谁知道年景这么差,他们都来撤资。"

"我手头还有3亿美元,安置好你们和几个忠诚的员工,我就去自首。"

"给我一周的时间。"

如同挨了一顿毒打,兄弟俩直接瘫软在椅子里,头痛欲裂,连呼吸的力气都快没了。

这就是说,他们享受的一切,这顶级豪宅,这满堂的硬木家具,还有游艇、私人飞机,都是别人在买单?

这么多年,他们家全靠骗?

交换过眼神,兄弟俩突然意识到,留给他们的时间不多了。

当天晚上,俩人跌跌撞撞地走进了一栋大楼。

几乎没有任何犹豫,他们做了个大胆的决定:告发老父亲。

兄弟俩的名校商学院可不是白上的,对美国法律那是熟悉得很。

把不当得利分给亲属、员工、朋友,同样是犯罪。知情不报,就是共犯。

所以,从"麦霸"对他们坦白的那一刻开始,他们就成了知情者。

如果明知"麦霸"要用赃款给员工发出巨额奖金还隐匿不报,他们就会成了共犯,会坐牢。侵吞赃款,罪行可就更严重了。

他们都已成家,有老婆孩子。除了向FBI检举"麦霸",别无选择。而且要快,一定要赶在"麦霸"发放红利之前。

现在，他们曾经的一切疑问都有了合理解释。

怪不得每次他们想接手公司业务，都被无情拒绝。

他们还设想了各种可能，甚至怀疑"麦霸"在外面有私生子。

唯独没想到，这居然是个庞氏骗局！

如此简单粗暴，简直是侮辱了他们的智商！

此新闻一出，立马成了轰动全美金融界的大丑闻。

这时，美国人民才知道，早在9年前，有个叫哈利的无名之辈就开始调查"麦霸"，并反复向证监会发出警告，但没人听他的。

这下，他扬眉吐气，成了重要证人。

9年来的屈辱，终于一扫而空！

他被誉为当年感动美国第一人，一个大英雄。

只可惜，损失已经无法挽回。

投资者们疯了。

"咱们的财神爷是个骗子？还我们血汗钱！让他把牢底坐穿！"

一时间，"麦霸"倒下的话题，一路飙升为全美最热的热点。

那么问题来了。

那些精明的精英们，怎么也会掉进这种低智的圈套？

"麦霸"到底靠什么魔法，哄得这些人乖乖送钱的？

4. "麦霸"成长史

1938年4月29日，纽约皇后区的一个家庭，诞生了一个小男孩。

这家十分贫穷，爸爸只是个底层水管工，靠着出苦力换来的散碎银两供一家人辛苦艰难度日。

这个小男孩打出生起就没过上好日子，直到他爸爸几年之后改行做了股票经纪人。

那时美国经济因二战胜利而一路高歌，很多人在华尔街通过炒股、做期货发了大财。

这家人也从温饱升级到了小康之家。

小男孩领悟到了金融的魅力，而这个孩子，就是后来的"麦霸"。

从小，他便立志投身于以钱生钱的伟大事业中。

这期间，他爸自己开起了公司。

眼瞅着日子越来越好，"麦霸"还考上了法学院，希望从此改变命运，实现阶级跃升，但老天爷并没有让他顺风顺水。

"麦霸"刚上大学，他父亲的公司就因为偷税倒闭了，还欠了一屁股债。

没钱支付高昂的学费，"麦霸"只能退了学，做救生员、水管工补贴家用，也算是子承父业了。

但作为一个血液里都流淌着赚钱基因的犹太人，"觉醒"只是时间问题。

他想继承的是父亲未竟的事业：去华尔街搞钱。

"麦霸"虽然大学没上完，但智商相当在线，而且有想法。

22岁那年，他拿出5000美元的积蓄，又从老丈人手里借来5万美元，创办了一家小型股票经纪公司：伯纳德·麦道夫投资证券公司。

说简单点，就是帮人买卖股票，赚取差价和佣金。

之后的30年里，公司虽然经历了一些沟沟坎坎，但实力在不断壮大，而且做的都是合法交易。

到了20世纪80年代，为了和同行抢生意，"麦霸"做了一个非常超前的决定——用电子技术进行证券交易。

在这以前，证券交易只能打电话完成，费时费力。

"麦霸"将电子技术应用起来后，那交易速度"嗖嗖"的，就好像开着汽车参加马拉松比赛，对电话交易完全就是降维打击。

所以"麦霸"一度被称为股票电子交易的先驱。

这项技术后来孕育出全球首个电子股票交易平台，就是纳斯达克。

"麦霸"便成了"纳斯达克之父"，还顺理成章地成了纳斯达克最大的交易商。

20世纪90年代初，"麦霸"迎来了人生的高光时刻。

他先后担任了三届纳斯达克主席，又担任美国证券交易商协会主席、国际证券清算公司主席……

这么多头衔，一半以上都是政府的官方机构。

有官方撑腰，"麦霸"就是绝对的权威。

各大投资银行的CEO见了他都得礼让三分。

此时，"麦霸"开始注意营造人设了。

他生活低调，从不花天酒地，与青梅竹马的妻子恩恩爱爱。

他关心员工，体恤下属，该发的红利一分不少。

所有员工都爱戴他，忠于他。

即使离职，也不会说他的坏话。

因此，哈利当初用什么手段都无法从这些人嘴里套出话来，还一度怀疑自己的判断。

但到了90年代中期，年过半百的"麦霸"不满足了。

按照现在人的观点，有可能是中年危机在作祟。他迫切想证明自己宝刀未老，充满干劲儿。

除去原有的股票交易，他又开展了一项新业务：资产管理。

就是把有钱人手里的闲置资金圈过来，由他负责投资，让钱再生钱。

为了吸引客户，"麦霸"给出了10%—15%的超高年收益率。

如此高的年收益率，但凡有点儿金融常识的人都知道，这里面有猫腻。

但美国人信，他们都坚信"American Dream"。

高度发达的美国处处是机遇，蹲地上就能捡到黄金。

大众的盲从和狂热，成就了"麦霸"的骗局，给了他天赐良机。

天时地利人和啊，我不发财谁发财？

面对金钱的诱惑，"麦霸"让道德和法律滚到了一边儿。

作为当时的强国，美国人对高额投资收益已经"上头"，早就忘了风险，忘了深度思考。

各界名流争着与"麦霸"勾肩搭背，想在他的项目里分一杯羹。欧洲一些大银行也追随着美国人的脚步，贴身跟进，呼朋唤友地送钱来了。

5. 东窗事发后

大银行一来，小的理财公司更是毫不怀疑这里面的不合理性，争着往坑里跳。

但就在这时，有人却站出来，大喊了一声："停！"

喊停的正是"麦霸"本人。

钱都不要了，难道他良心发现了？

不能够。

要知道，"麦霸"之所以为"霸"，他就不是一般人。

如果大量资金在前一个月涌入，他从第二个月开始，就要支付高额的

"分红"。

没有新资金进入,用不了一年,他就得坐吃山空。

既然要把这个骗局永远进行下去,就只能让钱一点一点地流进他的腰包,他再一点点地给人分红。

他设置了一道门槛:熟人介绍。

你想跟着我赚钱,光有钱不行,你还得有人脉,拼关系。

介绍人不会白干,有佣金可拿。

这个办法可谓一箭好几雕。

让"麦霸"管理自家资产,一下子成了身份与地位的象征。

这么一通操作下来,"麦霸"的公司马上具有了一种"只可远观"的神秘感,更让人欲罢不能,想往上贴。

各大基金公司、银行听闻消息,削尖脑袋挤上了门。

而"麦霸"呢,他发现那些精明的有钱人并不比普通人难骗。

在巨额诱惑面前,所有人的智商都持续走低。

靠着比太阳系还大的胆子和对人性的精准把握,"麦霸"的雪球越滚越大。

除了哈利之外,真的没有人怀疑过他?

有,但人总是只能够看到自己想看的。

被利益和诱惑蒙住双眼时,人们便会主动打消疑虑,说服自己。

对于种种不合常理的高额回报,有人说这些钱是"麦霸"有内幕消息搞来的,他背后有人,所以能打信息差,低买高卖。

这在华尔街并不是新鲜事,但有一种说法比较离谱,有人把他比作了割肉饲鹰的大神。

为了维护客户的利益,他赔了也不说赔,而是自掏腰包补上损失,但牛皮总有吹爆的时候。

2008年12月11日,也就是兄弟俩进入FBI大楼的第二天,两名探员出现在"麦霸"家门口。

"麦霸"一点都没有抵赖,直接承认了自己的罪行。

探员给"麦霸"戴上手铐,算是正式逮捕了。

这个爆炸性的新闻以光速传遍了纽约城,证监会的官员们集体目瞪口呆。

650亿美元啊!

这可是美国有史以来最大的诈骗数额了!

受害者达到3.7万人,遍布136个国家。

虽说是大老板、有钱人、投资银行占了大头,但最惨的是那些散户投资者。

他们把全部身家投给小型理财公司,却不想理财公司着了"麦霸"的道,普通人的毕生积蓄、教育基金、养老钱就这样打了水漂。

成群的维权者堵在办公楼下,"麦霸"的员工成了出气筒。

不少人因为把朋友、客户的钱投给"麦霸"而自杀。

但是经过调查,"麦霸"的家人们确实对骗局毫不知情,只有一个亲信帮他打理这些资金。

15年里,"麦霸"一笔投资都没做,却把这个骗局运行得如此顺滑,怪不得他叫"麦霸"。

由于被坑得太惨,全美上下一刻也不敢忘了"麦霸"犯下的罪。

天文数字般的损失让证监会破了大防,他们用极快的速度审判了"麦霸"。

短短3个月之后,"麦霸"被判处150年监禁。

量刑之重,堪称美国经济犯罪之最。

但是,650亿美元早已灰飞烟灭。

2009年秋天,"麦霸"的全部家当被没收拍卖,除了豪宅、豪车和金银细软,还包括他和妻子的睡衣、短裤、拖鞋……

最终只追回15亿美元。

虽然"麦霸"对所有罪行供认不讳,但他也没忘了抵赖。

在狱中接受采访时,他说:"当时华尔街一团糟,他们想拉出来一个人,给公众当出气筒,结果我就成了那个人。

"那些投资者本身也有点贪。他们想不劳而获,维持上流社会的奢华生活,所以我认为他们也是共犯。他们大多数人不诚实,不愿意为自己的行为负责。"

在"麦霸"眼里,背叛他人不是自己的错,错的是信任他的那些人。

"麦霸"一直瞒着家人,一来是想保守住秘密,二来是想让他们在东窗事发之后可以免责。

他确实让家人躲过了牢狱之灾,但在监狱外面,却不比他在监狱里过得更好。

他的妻子和儿子们在纽约城处处受排挤。

一些受害者聘请律师,准备起诉他们赔偿损失。

网暴者更是不计其数。

最终,长子在"麦霸"被捕两年后自杀身亡,二儿子在2014年因病去世。

2021年4月,"麦霸"死在监狱中,终年83岁。

但那些被骗去毕生积蓄的人们,不得不继续面对这绝望的生活。

犯罪侧写师：推理天才智斗连环杀人屠夫

你听说过侧写师这个职业吗？

他们是真实的福尔摩斯，能通过蛛丝马迹洞悉犯罪者每一个行为背后的心理特征，推测出凶手的方方面面。

韩国出了个变态杀人者，在短短三年时间里狂屠14人，全韩警察都抓不住他。

直到侧写师权日勇出现……

1. 犯罪侧写师

2004年1月底，韩国富川市郊区的荒山里发现2具男童尸体。

2个孩子已经报告失踪16天。

警察第三轮地毯式排查才找到他们，可惜已经成了冻成青紫色的尸体。

孩子们赤身裸体躺在冰天雪地里，死前都曾遭遇惨无人道的侵犯。

孩子们的衣服被撕成碎片，凶手踩住他们的背，用其中一个孩子的围巾从背后勒死了他们。

诡异的是，男童双手手指都被鞋带绑了起来。

注意，不是手腕，不是手肘，是手指。

其中一个男童的食指、中指、无名指都被鞋带绑了几层，最末尾的结打得十分精致。

那不是一般人会打的结。

一位经验丰富的老刑警喃喃自语："这种打结的方式我从未见过，太陌生了！究竟是什么人会在冰天雪地里杀人，还专门打这么罕见的结？"

在忙碌的警察中，一名身材高挑的年轻男子尤其突出。他死死盯着那个结，若有所思。

他就是韩国首位犯罪侧写师，权日勇。

此时的权日勇还不知道，打下这个结的人，还将犯下十几桩血腥命案。

而这个用运动鞋带打成的结，也将成为自己接下来几年持续的噩梦。

富川荒山鞋带案成为悬案，因为现场没有任何关键证据。

警方根据鞋印逮捕了好几个嫌疑人，都因为证据不足释放了。

权日勇将被害男童血腥而诡异的照片设为了自己的电脑桌面，以此来提醒自己，这世上还有一个杀害儿童的恶魔在外游荡。

4月初的首尔阴雨绵绵。

深夜，狭窄的街巷，一名年轻的女性正匆匆往家赶。

突然，有人拍了拍她的肩膀。

女人转过身，扑哧！一把短刀瞬间捅进了她的腹部！

女人尖叫起来，用残存的理智把自己的包丢给了对方，她以为对方是为了劫财。

可对面的人看都不看包一眼，拔出了刀，一刀接一刀，疯狂捅进她的身体。

女人凄厉的惨叫划破夜空。

"咔嗒！"不远处一扇窗户推开了。

"怎么回事？"一名男性探头查看。

见状，凶手迅速转身逃跑。

由于没人死亡，因此案件简报是以伤人案送到权日勇案头的。

女性、雨夜、刀……不对劲！

这几个关键词，瞬间触动了权日勇敏感的神经，他迅速去翻找案头堆积如山的简报。

没错！这已经不是首尔西南部区域第一起针对女性的故意伤人案。

在最近的4个月中，各地区警局已经呈报了不下4起类似案件。

全部发生在周四，雨夜。

这些简报由各地区警察局分别发给权日勇所在的犯罪分析组，但这些警察局彼此之间并无联动机制。

因此,没人注意到这一系列案件的关联性,除了每天阅读海量简报的权日勇。

而且,各个地区的警察局都把这些案件当成普通的伤人案处理了,他们调查了这些女性的社会关系发现没有可疑人员之后,案件便都不了了之。

权日勇敏锐地嗅到了不对劲儿。

首先,案件都发生在没有摄像头的街巷,凶手是有预谋的。

其次,案件都发生在明亮的路灯下,这极其不正常。

而且,凶手全部选择了面对被害人行凶!

要么强行把被害人转过来,要么拍拍肩膀让被害人主动转身。

这个行为模式是十分独特的,和普通伤人案根本不是一回事儿!凶手明显是在享受犯罪的过程,他要亲眼看见被害人痛苦的脸!

如此雷同的心理模式,只可能是同一个人!

可是各地区警察局却始终抓不到人。

一方面因为案发地点都没有摄像头,另一方面虽然根据幸存者口述画出了画像,但这种画像却并不具备法律效力。

最重要的是,警方并不会为了"普通伤人案"去现场蹲守,毕竟警力有限,又没死人。

相对于不同于地区警察的不当回事,权日勇则心急如焚。

权日勇警告:如果不快点逮住凶手,他马上就要开始杀人了!

可地区警察根本不听他的。他们称权日勇为"那个穿西装裤的家伙",说他是在危言耸听。

什么犯罪侧写师,那些神神道道的心理分析不但帮不上忙还捣乱!纯纯一个沽名钓誉之徒!

"他是一边笑着,一边捅刀的。"

幸存者的这句话一直在权日勇脑子里回荡。

这意味着凶手在享受这个过程,而凶手在犯罪过程中寻求的心理刺激,只可能增强,不可能减弱。

一旦凶手不再满足于目前的模式,他的攻击性就必然会升级。

得赶紧阻止他!没时间了!

2. 凝视深渊

果然,命案发生了。

死者是一名女大学生,在和男朋友约会完回家的路上,被人持刀面对面狂捅。

女大学生倒在了雨后湿漉漉的地面,凶手优哉游哉地转身离开。

而正在此时,男朋友打电话来确认女生是否安全到家。

女生拼尽力气接通手机:"我被刀刺了,快来……救我!"

听到这句话,凶手停了下来,扭头看着倒在血泊中的女大学生,嘴角咧开,露出了一个诡异的微笑。

他很清楚,这个出血量,女大学生活不成了。

果然,女大学生死在了救护车上。

临死前她努力说出了证词:凶手年纪四十岁到五十岁出头,身量不高,平头。

事后证明,她的证词有误。但当时的警察并不知道。

案件曝光,舆论哗然。

此前，权日勇为了引起注意，接受了媒体采访，说出了自己对西南部系列伤人案的分析，但没人当回事。

而此刻，权日勇的预言成真了！

他成了媒体眼中的香饽饽，警察同僚们却看他更不顺眼了，甚至有警察开始怀疑他：怎么可能有人能预言犯罪？除非……

更有甚者，还会在日常协作中对权日勇冷嘲热讽。

在同时期另一个案子的调查现场，需要挖出被掩埋的尸体。

权日勇以首尔地方警察厅犯罪分析组组员的身份去现场参与调查，却被调查组组长当众羞辱："这有人在挖着土呢！你这家伙，穿着西装裤像什么样子！生怕沾不上土吗？搞什么啊？！"

当时为了减少警察系统对"犯罪侧写师"这个新型工种的排斥，权日勇的职务并没有冠以"侧写师"的名头，而是以"犯罪分析"的中性称号来开展工作。

但是，外来者被排斥是必然的，谁也不知道侧写师能做什么，更何况这个帅气的警察确实和其他一线老警员的行事格格不入。

被排斥也是必然。

女大学生案发生后，命案开始接二连三地发生。地区警察局终于紧张起来了，但凶手始终没有落网。

没有摄像头拍到他，现场没有明显足迹，没有留下指纹，也采集不到DNA。

只有幸存者口述的画像。而这份口述甚至有互相冲突的部分。

凶手到底是一个什么样的人？怎么能做到如此神出鬼没？他会在什么时候进化到下一阶段？

为了理解凶手，权日勇决定成为"凶手"。

他开始在每一起案发的同一时间，只身前往案发地点。

一次次在深夜的雨幕中，试图还原凶手的心理。

他想象自己就是那个杀人魔。

犯案时的兴奋，选择面对面攻击女性时的控制欲……

权日勇凝视着深渊，深渊的黑暗也逐步开始侵蚀他。

此时的权日勇名声大噪，一份十分有影响力的杂志采访他并且公布了照片，而凶手，却突然沉寂。

就在权日勇日日游荡在命案现场的同一时间。

首尔某个密集的居民区，一间昏暗的室内，一个身材矮小的男人恶狠狠地盯着手里杂志上权日勇的照片。

"浑蛋，你跟得太紧了啊！去死吧！"

男人蜷缩在自己狭窄的床上。他的枕头边堆满了关于命案的报纸，每一桩都是他亲手犯下的。

报纸都折了起来，确保拿起来的一瞬间就能看到自己犯下的案子。

男人抓起手边一只带血的手套，深吸一口气，一边闻着女大学生的血腥味，一边回味杀人时美妙的感受。

权日勇让男人感受到了威胁，男人睁开眼，坐了起来，制订了一个新的计划。

"要长命一点，才能杀更多的人啊！"

从这一天起，男人开始长跑10公里，每周3次。

根据养生节目制作营养食谱，因为他的身材和权日勇比起来，实在是不堪一击。

他还戒掉了吸烟的习惯，一切都只为让自己接下来的犯罪更顺利。

他还决定尝试新的杀人模式。

"权警官，准备好迎接惊喜吧！"

3. 并肩作战

几个月之后，又一个雨夜。

身材矮小的男人钻进了一扇没有锁的窗户。

他摸索着推开了小卧室的门，来到床边，高高举起了手里的榔头。

咚！咚！咚！

随着他一锤一锤砸下去，被害人发出了由强到弱的惨叫。伴随着骨骼碎裂的声音，这一切让他情不自禁开始微笑。

洗干净榔头，跑到几个街区之外，掀开下水道的盖子把榔头藏好，他便大摇大摆地离开了。

来抓我吧，权警官。如果你追得上我。

权日勇第二天就到达了现场。

其他警察按照常规手段忙着取证现场的鞋印、血迹，推断入室方式。

只有权日勇一个人注意到了一个非比寻常的特征：鞋印的朝向！

又是直奔小房间！

连续3起入室案，鞋印都是径直走向小房间，为什么？

当时的韩国家庭，如果一栋房子里有多个卧室，一般都默认让男人使用大房间，让女性或儿童使用小房间。

而凶手每次都选择进入小房间作案，说明他不敢和男人正面起冲突，只敢对体力相对较弱的女性或者儿童下手。

懦弱！

只敢对女人和儿童下手的懦夫！

由此，权日勇断定，凶手本身并不是一个大胆之人。

毫无由来地，权日勇突然想到了几个月之前的雨夜杀人案。

这两类案件暴露出的凶手心理特征，居然如此相似！

凶手会是同一个人吗？权日勇开始怀疑。

可是案件却始终无法侦破。

鞋印没有纹路，现场提取不到指纹，没有DNA信息，也找不到凶器。

没有人能携带那么大的凶器大摇大摆地走在街上，凶手究竟是怎么做到的？

此时的警察哪里知道，凶手早就踩好点，提前买好了不同的凶器，藏在了目标街巷！

等到要用的时候，临时拿出来就能用，用完了再藏起来，特别方便。而且他选择下手的人家都是随机挑选的，根本没有规律可言。

警察追在后面被耍得团团转，案件陷入僵局。

权日勇也遭遇了巨大的职业危机。

一方面，专业性让他几乎能够断定，两类案件的凶手就是同一个人。

另一方面，从情感上，他却无法接受这个结论。

因为潜意识里，权日勇很清楚，如果推断正确，那么大概率正是由于自己的紧追不舍，才让凶手决定改变作案手法，改用更加残忍的钝器来杀人！

什么样的人会在这么短的时间内完成进化？

凶手是个懦夫，却能残忍屠杀这么多人，他到底在追求什么？

还有凶器，到底是什么样的凶器能造成那么惨烈的伤口？

最新一起案件的被害人是个男童。在权日勇的梦境里，男童血肉模糊的脸和鞋带案被害男童的脸突然重合了。

男童喉咙里发出"咔啦咔啦"的声音,突然立了起来,朝权日勇逼近。尸臭铺天盖地,让人喘不上来气。

长着两张脸的男童张口要说什么,却什么也说不出来,只是举起自己的手臂,把已经腐烂的双手伸到权日勇眼前。

森森白骨上,赫然绑着运动鞋的鞋带!精致的、罕见的绳结突然如毒蛇一般活了,扑上来狠狠勒住了权日勇的脖子!

咚咚咚咚!

权日勇在剧烈的心跳声中惊醒。

对着镜子刮胡茬的时候,权日勇控制不住地开始想象,假如自己是凶手,会使用什么样的凶器,用什么样的心情举起凶器,用什么样的力道和角度去砸男童的头盖骨。

咔嚓!

权日勇悚然睁开眼睛,突然从镜子里看到了一个双眼血红、面目狰狞的男子,正恶狠狠地盯着自己!

而他手里,赫然正高举着一把锤子,对准自己的脑袋狠狠地砸下来!

脸上的剧痛让权日勇彻底清醒了,刮胡刀把脸刮破了一道长长的口子,而刚才那一幕完全是自己的幻觉。

收拾好自己,权日勇打算把自己整理的犯罪侧写报告呈交各地区一线警局,却万万没想到,遭遇了所有人的拒绝。

一腔热血的犯罪侧写师没有意识到一个关键问题:一旦一线警局真的把犯罪分析组的报告应用在搜查上,那就等于承认了连环命案。

从2004年初到2005年,这都一年多了,连环杀手还逍遥法外。这说明什么?说明警察都是废物!到时候媒体记者一拥而上,全首尔的警察都要跟着丢脸!

因此,没有任何一个一线警局,愿意真的接受权日勇的侧写报告!

呕心沥血写出来的报告，却被人不屑一顾。

以为手握至宝，却不过手捧垃圾。

权日勇彻底死心了，像他的外号"权啤酒"一样，他真的去路边摊喝酒了。

两杯烧酒下肚，他恍惚看到了当初"忽悠"自己进犯罪分析组的那个人。

尹外出，比他大几岁的警大学长，也是力推韩国警方设立侧写师职位的高级警察。

几年前，尹外出把权日勇"忽悠"进犯罪分析组之后，他自己就外调了。

从2000年至今，整个分析组其实只有权日勇一个光杆司令。

没有前辈带，没有流程，没有工具，没有教材，所有方法都得靠自己摸索。

"为什么啊？"

"什么为什么？"

可能是醉了，眼前幻想出来的学长居然开始跟自己一问一答起来。

酒精上头，但权日勇还是记得的，学长早就调到外地去了。

"当初为什么选我？为什么偏偏选我踏上这条不归路？"

权日勇质问对方，是埋怨，也是诉苦。

他倒满烧酒，又猛干了两杯，彻底不省人事。

对面站着的人叹了一口气，结账，把醉倒的人背起来送回家。

不是幻想，真的是尹外出。

这个关键的节骨眼儿上，他又重新被调回首尔地方警察厅犯罪搜查系担任系长了。尹外出没有提前说，本来是想给学弟一个惊喜，结果学弟直接把自己喝蒙了。

接下来，权日勇不再是孤军奋战了！

4. 关键画像

"你负责搞定侧写报告，我去搞定其他人。"

尹外出给权日勇吃了一颗定心丸，他完全信任这个学弟的能力。

毕竟当初从几千名警察里选中权日勇，正是看中了对方超脱于其他人的观察力与决心。

权日勇确信，入室杀人案的凶手和此前的雨夜杀人案凶手，就是同一个人！

为什么这么肯定？

尽管作案手法不同，杀人方式也完全不一样，但连环杀手的签名特征是不会改变的。

雨夜案和入室案，都有一个明显的心理特征：对被害者的控制欲。

这体现在，雨夜案里，凶手强制被害人转过来面对面刺杀。入室案里，则是面对面地锤杀。

现场提取到的鞋印没有纹路，鞋底明显经过改造，要么撕掉鞋底，要么磨平了纹路。

凶手不按套路出牌，这让常规鉴定手段难以施展。但在侧写师看来，这恰恰就是签名特征！

鞋印鉴定是重要的破案工具，除了鞋底花纹外，每个人在行走时所用的力度和着地角度不同，因此所造成的磨损就不同。最后就留下了符合个人行走特色的花纹。

根据这些图案，就能进行个体识别，最终找到罪犯。

另外，通过鞋印遗留的面积，还可计算出遗留者所穿鞋子的大小、脚的大小。还可以知道穿鞋人的身高和体重，这些都能为破案提供重要线索。

什么人会特意除掉自己的鞋底纹路？

这是毫无必要的动作！但在凶手眼里，这一步却非常必要！

尹外出果然给力，在他的斡旋下，终于在2006年4月，一直以来不配合的各地方刑警和犯罪分析组，坐到了同一张会议桌前。

权日勇第一次向各位一线刑警，作犯罪侧写简报汇报。

"这些案件的犯案动机来自嫌疑人内心的愤怒，凶器是锤子之类的钝器，哪怕深夜犯案这种微不足道的线索，也请各位要仔细审视，因为嫌疑人有过多次的杀人行为但都失败了。所以，所有发生在夜晚的单纯暴力案件也要彻底检查一遍。

"嫌疑人年纪在三十五岁上下。

"各位在查访附近居民的时候，请多和居民对话，此人的社交能力差，在谈话中会回避眼神接触。"

权日勇的犯罪侧写堪称完美典范，不仅仅限于对凶犯特征的推测，还为刑警们提供了具体的调查方针。

而正是他给出的这份翔实且具体可操作的犯罪侧写，对案件的侦破起到了决定性的作用。

两天后，凌晨，权日勇突然被一通电话惊醒，是一个地方警察局的刑警打来的。

"我们在调查一起入室抢劫案，注意到罪犯用的凶器是榔头，我记得您专门提醒过，任何案件涉及这类凶器，要马上联系您……"

榔头！

权日勇头皮一紧，立马赶赴现场。

等他到达现场时，却发现一团糟。在警察查看伤者伤势的时候，凶手居然逃脱了！

原来，这一家住的是父子俩。

凶手先是进入小房间锤杀床上躺着的人，却没料到，这家小房间居然住的是身强力壮的儿子！

凶手蒙了。

反应过来的小伙子立马和凶手扭打起来，还惊醒了住在大房间里的老父亲。父子联手将凶手制服！

又是小房间！

权日勇立马反应过来，就是那个人！

于是，他让高层紧急通知全部警员就位：追击首尔西南部连环杀人案的凶手！

全体警员密集包抄，地毯式搜索，躲藏在附近屋顶上的矮小男人落网。他的名字即将震撼全韩国：郑南奎。

注意，地方警察局是以涉嫌"抢劫杀人罪"的名义逮捕郑南奎的，但按照韩国刑法，如果以抢劫伤人个案移送检方，按过往判例，极可能仅判处6个月有期徒刑或缓刑。关一下就放出来了。

但此时，权日勇已经十分确定，连续的入室杀人案、此前的雨夜杀人案，凶手都是眼前这个矮小猥琐的男人！

权日勇以最快的速度将此人的脚印和悬案搜查卷宗进行比照。

郑南奎最后一次犯案的脚印和此前雨夜杀人案、入室杀人案犯罪现场的脚印全都一致！他手上的防滑手套痕迹，也和此前命案现场的痕迹一致！

证据确凿，郑南奎就是那个屠夫。

5. 犯罪动机

权日勇走进了审讯室。

郑南奎看到他就笑了："我认识你。"

这句话让权日勇有点诧异。

由此，世界上最了解彼此，却从未见过面的两个人，展开了一场诡异而血腥的对话。

"我很了解你，我来是想帮你。你和谁住在一起？"权日勇开口了。

发际线后移，刘海塌垂两侧的矮小男人郑南奎答道："我和我妈、弟弟住在一起，我爸过世了。"

对于权日勇关于犯罪动机的提问，郑南奎这么说："我本来打算在有钱人住的江南区动手，不过有钱人家的保安太严密了，所以只好随便找那些没钱的人下手。"

"你不觉得对不起那些受害者？"权日勇问。

"穷就是原罪。"郑南奎答道。

权日勇努力按捺住心头的怒火，按准备好的问题，把对话进行下去。

"我大概能猜到你以前在教导所和不认识的人一起生活，压力一定很大。现在在场的刑警们不会对你动粗，他们都很理解你的处境，你愿意和我聊一聊教导所的生活吗？"

权日勇一提到教导所，原本冷漠以对的郑南奎看了他一眼。

"你怎么知道的？痛苦不足以形容我的教导所生活，我被囚犯们打得很惨。"

郑南奎愿意向权日勇吐露过往的痛苦，意味着他已经卸下了心理武装。

郑南奎继续说道："我很清楚自己做了哪些事，不过每次下手我都是随兴而至，所以我不记得每一个下手的地点，没办法全部告诉你们。"

……

更多的对话，权日勇并没有对外公布。

但是事后他接受采访时，评价说："郑南奎是我见过的罪犯里最残忍的，他在表达作案时自身感受的时候，使用的都是极度非人的表达……"

究竟是什么程度的残忍，才会让见过一千多个罪犯并为他们做过犯罪侧写的权日勇，给出这样的评价？

整场谈话中，郑南奎唯一一次情绪剧烈波动，是在谈到2004年初的一件持刀杀人案时。

当时，警方普遍认为这起案子是韩国同一时期的另一个连环杀人犯柳永哲所为。

但权日勇知道，不是。

郑南奎愤愤不平："我在那么冷的冬天杀了人，你们却把功劳给了柳永哲！"

"反正我会被判死刑吧？"在谈话结束时，郑南奎这样问权日勇，态度堪称冷漠。

至此，郑南奎的画像彻底完整。

他出生于1969年，身高仅1.67米，体重只有57千克，十分瘦小。

落网时间为2006年，年仅37岁，但他从20岁起就几乎是在监狱里度过的。

他是全家7个孩子中的长子，从小就被父亲家暴，上学的时候也总是被高年级的学生欺负。

他曾经入伍，但在军队里也一直被霸凌。

退伍后，他在一个包装工厂工作过，却适应不了，最终不了了之。

2003年底，他最后一次从监狱里出来，不久就开始犯下命案。

他在监狱里学到的"知识"，让他十分娴熟地躲过了摄像头。他知道怎么隐藏指纹，也懂得如何避免在现场留下真实的脚印。

但磨掉鞋底这种多此一举的做法，却成了权日勇追击他的关键证据。

对此，权日勇的评价是："稀里糊涂还特别努力。以为自己在湮没足迹，但实际上留下了标志性的记号。"

农民的儿子为什么会成为怪物？

这个问题，权日勇问自己，也问尹外出。

"如果自身的痛苦和人生的苦难，可以跟身边的人去商议沟通的话，就可以通过这样的方式消解。没能拥有这样机会的人，有可能会通过攻击别人来恢复自身的自尊感。"

而郑南奎，恰恰就是这样的人。

6. 童年心结

尽管郑南奎已经承认了雨夜案和入室案全部的罪案，但还是要搜查他的住所补齐关键证物。

在郑南奎家门口，权日勇和一位白发苍苍的老妇人打了个照面。她是郑南奎的母亲。

"有什么事吗？"老人问。

"令郎和人打架，我们是来找一些东西的，请不用担心。"

打开斑驳的大门，沿着油漆脱落的狭窄楼梯上到二楼，就是郑南奎的房间。

抽屉和置物架陈列有扳手和口罩等各种工具。扳手相当沉重。

染血的牛仔裤、带着暗红色血迹的手套则藏在一幅装饰画后面。

床上枕头边摆着一摞报纸，全部翻开折起来，拿起一份，就能看到郑南奎犯下的命案报道。

报纸足有30厘米高，几十份，全是郑南奎命案的报道。

他每天会看着这些报道来回味杀人时的感觉，然后美美入睡。

在卧室收纳柜的抽屉里，权日勇发现了奇怪的东西。

那是一系列性侵新闻简报，上面的标题都是"性侵犯，一出狱随即连续犯罪""妈妈不在身边，促使性犯罪诞生""虐待，会造成一辈子的精神冲击"等。

奇怪……郑南奎犯的这些命案中，并没有性侵的部分，为什么他会收集这样的简报？

紧接着，一张照片映入眼帘，权日勇头皮瞬间炸了！

那是他自己的照片！

郑南奎不但收集了权日勇全部的采访报道，还专门把他的照片那一页翻开，放在抽屉里！

权日勇的冷汗瞬间就下来了。

冷静下来的权日勇，记起了自己此行的关键目的：找到雨夜杀人案使用的凶器刀子。

必须找到郑南奎作案用的刀子。虽然他本人招供了，但街头案件没有任何实物证据，也没有监控拍到。

根据目击者口述绘制的模拟画像不具备法律效力。

权日勇了解郑南奎，他是绝对不会丢掉能够回忆自己作案过程的东西的。肯定还在家里!

终于,二轮搜查,最终发现刀子被郑南奎用胶带贴在了抽屉的底部,物证补全了。

性侵简报在脑海里挥之不去,权日勇第二次走进审讯室,要求和郑南奎聊聊这个。

"我啊,小时候,被邻居叔叔用鞋带绑住手指,侵犯过呢。"郑南奎用很轻的语调,说出了这句话。

鞋带,手指,侵犯。

刹那间,权日勇意识到,自己追逐了多年的那个鬼影,就是自己面前的这个男人!

困扰了他两年多的那个结,此刻,终于解开了!

那是郑南奎第一次杀人,他在为自己童年遭遇的痛苦,寻找发泄口。

知道了真相,但权日勇并不开心。

心结解开了,愧疚感却挥之不去。

如果他一开始就能破解那个结,那是不是后来的这十几个人,就都不用死了?

最了解他的永远是尹外出,虽然忙于工作没有见面,但学长适时发来了短信:"敬孤独的犯罪侧写师。"

"发什么神经!"权日勇打出了这句回复,却又逐字删掉了。

在追逐犯罪的道路上,侧写师注定孤独,但并不代表这一切就没有意义。

毕竟,他已经亲手把那个恶魔送进监狱里了,不是吗?

郑南奎案告破,韩国警界终于开始承认犯罪侧写的必要性。

这一年的年底，韩国警界最高主管机关——韩国警察厅宣布成立犯罪行动分析组，专门负责犯罪侧写相关工作。

过去隶属于首尔地方警察厅犯罪分析组的权日勇获破格晋升，被任命为犯罪行动分析组组长。

从此，他不再是孤身一人。

2009 年，入狱三年多的郑南奎用垃圾袋制成的绳索，吊在一米出头的电视柜上自杀身亡。

他在笔记本上留下这样一句话："毫无目的来回飘浮的人生，就如云彩一样。"

权日勇明白，这个怪物并不是在忏悔，而是因为他永远无法抑制自己杀人的冲突，当他杀不了其他人时，他最后杀死的一个人，就是他自己。

2017 年，权日勇退出警察队伍，成了警校的教授。

在他的侧写师生涯中，一共为一千多名罪犯做了犯罪侧写。

2022 年，权日勇的破案经历被改编成电视剧，扮演他的那个演员，颇有他当年的风采。

监狱"碟中谍"：毒贩死磕少女杀手

  1990年前后，美国有近50名少女被一名男子搭讪后神秘失踪，至今仍没人知道她们的下落。

  凶手的疯狂、凶残程度，在美国犯罪史上可以排进前三名。

  而且这名狡诈、变态的罪犯没留下任何证据，检方明明知道真相却无法将其定罪。

  为了找到他的犯罪证据，"狱侦耳目"被"请"了出来。

  一个妻枭到狱中当卧底，跟变态交朋友、套口供……

1. 特殊任务

1995年5月,美国伊利诺伊州福特县监狱刚落入法网的大毒枭吉米,迎来一位让他意想不到的访客。来的人正是送他坐大牢的检察官,他是来和吉米谈条件的。

此前不久,警方抓到了一个叫拉瑞的连环杀人狂,这家伙奸杀了几十名少女,是个极其危险的嗜血变态。

但在定罪的时候却遇到了难题,表面上大家都知道他杀了很多人,却硬是找不到被害者的尸体,无法把罪责定死。拉瑞的律师已经提起上诉,如果在下一次审判前还找不到新证据,拉瑞很可能被无罪释放,继续杀害无辜者。

在这种情况下,检察官和FBI想到了吉米。

吉米出身于一个典型的中产家庭,他父亲是当地警界的高层,母亲是餐厅老板。

他长得英俊潇洒、高大威猛,在父亲的精心培养下,从小就是体育尖子,曾经是学校橄榄球队的明星球员。在他读书的时候家道中落,他看着别的同学开豪车出入高档场所,顿感失落,为了挣大钱,他选择了来钱快的方式——贩毒。

当警察找上门的时候,吉米已经是芝加哥地区最大的毒枭之一,手下有很多小弟,小日子过得相当滋润。他擅长社交,不管黑人、白人全都能搭上话,人缘很好,这也是检察官选中他的原因。

计划很简单,拉瑞被关在一所专门收押变态犯人的特殊监狱里,吉米将伪装成一名重刑犯被送进去。他的任务是接近拉瑞,用一切办法套出那些被害者的尸体下落。作为条件,检察官答应,只要找到证据,吉米的刑期立刻终止,当场送回家。

"难道你不想提前十年离开监狱吗?"检察官信心满满地看着他。

出乎意料,吉米断然拒绝。

他的理由很简单,拉瑞服刑的监狱太可怕了!

瞧瞧那里头关的都是些什么人,神经病、变态杀人狂……就没一个正常人类,这个事谁敢干啊!再说这个杀人狂拉瑞,身上至少背着十几条人命,和这种疯子套近乎,那真是不要命了。自由诚可贵,生命价更高,守着精神病,一宿挨三刀。您还是另请高明吧!

然而仅仅两周后,吉米的父亲忽然中风不起,病情不太乐观。为了尽快回家尽孝,吉米只能答应了,明知是龙潭虎穴,也得硬着头皮去闯!

2. 少女尸体

说到变态杀人狂拉瑞的落网,起源于一块不起眼的玉米地。

1993年10月,伊利诺伊州的农民在收玉米的时候,忽然发现了一样不寻常的东西。那似乎是一团杂乱的碎布片,不知被谁故意遗弃在田地里。然而当农民走近查看时,不由得倒吸一口凉气。地上躺着一具高度腐烂的尸体。经过警方对比,死者的身份被确认,她是6周前神秘失踪的本地少女杰西卡。

在一个普通的午后,15岁的杰西卡对姐姐说要回学校布置花车,然后骑着自行车便离开了,再也没回来。

傍晚，家人发现杰西卡的自行车被抛弃在不远处的碎石路上，她像人间蒸发一样，消失得无影无踪。

杰西卡的父母老实善良，社交圈子非常简单，女孩失踪后家里没接到勒索电话，所以警方排除了仇杀或绑架的可能。

看来只剩下性犯罪一条路了，但是，凶手的行为与一般性侵罪犯截然不同。

通常而言，强奸犯得手后会匆匆逃离，就算杀人也不会刻意选择残忍的手法。

然而凶手先打碎杰西卡的下巴，又把她活活勒死，说明他要么生性极端残暴，要么干脆就是个变态！

可惜的是，要找到恶魔并不容易。发现尸体时距案发已过去了一个多月，现场早被破坏得一干二净，没有任何线索。唯一的目击者是一位当地居民，他说在杰西卡失踪那天晚上，有个男人从玉米地里钻出来，路边似乎还停着一辆面包车。

什么样的男人？

记不清了……

什么样的面包车？

挺普通的……

警察内心是抓狂的：上帝啊，这样的无头凶案，你叫我怎么破？！

一晃几个月过去，警方依然没找到新线索，看上去玉米地命案将成为一桩悬案。

就在所有人忍不住想放弃的关头，一名机敏的警官发现了新机会。

3. 圈定嫌犯

警官名叫米勒，根据多年从警经验，他坚信凶手肯定不止做过这一起案子。

米勒警官翻阅了邻近州县的人口失踪记录，发现近几年来有20多名少女神秘失踪，有没有一种可能，这些女孩均被同一名凶手杀害？

如果是真的，那也太吓人了，平静的城镇里怎么会藏着这种凶神恶煞！

米勒警官注意到不久前一起奇怪的报警记录，一名父亲称，他14岁的女儿和同学被一个开白色面包车的男人骚扰。两名女孩设法甩掉男人，回家后告诉了家长，这名父亲气愤不已，带着女儿在镇上寻找，最终找到了那辆面包车，可惜司机溜掉了。愤怒的父亲记下车牌号码并报了警，正是这个不经意的举动让米勒警官看到了希望。当他在电脑中输入车牌时，警务系统提示他，这辆车已经有过3次被盘查记录。

米勒警官眼前一亮，脱口说出一句：有戏。

美国的地方警察会开着警车在执勤区域内巡逻，当发现有可疑目标时便上前盘问，并记录在案。

所谓可疑目标，通常是挂外地牌照的车，在大街上漫无目的地游荡，或者停在路边半天不走，令人起疑。一次两次有可能是偶然，三番五次被撞见，必有问题！

米勒警官查到面包车的主人，是一个叫拉瑞的中年胖子，马上对他展开详细调查。

拉瑞是一名夜班保洁员，性格内向，嗓音像绵羊一样柔弱、羞怯，属于那种每天都会出现，但几乎没什么存在感的人。他唯一的业余爱好是玩集体角色扮演游戏，就是到著名战役发生地，穿上当年的军装制服，重现历史上的一幕。

乍一看此人是个人畜无害的性格内向的男人，与大家想象中的杀人恶魔相差甚远，米勒警官却从拉瑞的档案中翻出不少疑点。

在杰西卡遇害的半年前，女大学生翠西娅夜里去超市购物，却再也没回宿舍，她失踪的地点距离杰西卡遇害地仅3小时车程。翠西娅失踪后一周的深夜，在校园大道上，两名女生被一辆面包车跟踪，车上的男人还探头搭讪，她俩惊恐地跑回宿舍报警。

警察找到面包车，司机正是拉瑞，他辩称自己找不到朋友的住址，只好不停绕圈找人问路，这个解释听上去很合理，警察便放他走了。

然而米勒警官是个细心人，他去查证拉瑞当时说的"朋友住址"时，发现根本就没有这个地方。显然，拉瑞在扯谎，所谓的朋友完全是虚构的，他的真实目的何在？

此外，还有多名少女向警方报告，称她们被拉瑞骚扰，可惜都没受到足够重视。

有一次拉瑞被带进警局，原因是涉嫌跟踪一名慢跑者，不过因证据不足，警方很快把他放了。

米勒警官把失踪者和被骚扰者的照片放在一起，发现她们都是不到20岁的女性，全部为棕色长发，身材娇小。所有线索均指向一个恐怖的心理变态杀人狂魔，米勒警官相信，如果恶魔真实存在，最大的可能就是拉瑞！

他决定亲自去见拉瑞，临行前，他在公文包里塞了一件秘密武器。

4. 绝地翻盘

米勒警官见到了拉瑞，因为没有正式逮捕令，拉瑞完全有理由拒绝回答。

出乎意料，拉瑞非常配合，不仅回答了问题，还聊起了他经常做的怪梦。

"有时候我梦见自己飘在半空，看着另一个我在杀死女人。我知道自己在做坏事，但我认为这只是梦而已……"

拉瑞说梦话般地讲述，米勒警官却听出了一身冷汗，因为他讲的情节几乎就是在复述凶案现场，令人不寒而栗。

米勒警官出其不意地掏出杰西卡的照片，直接竖在拉瑞眼前。

"你见过这个女孩吗？"

拉瑞的脸色瞬间惨白，他慌忙用胳膊挡在眼前，像吸血鬼躲避阳光。

"我从未见过她！"他几乎哭着否认。

但米勒警官心中早有结论：别装了，就是你干的！

因为少女失踪案涉及好几个州，米勒警官向FBI求助，探员们很快取得了新进展。

一方面，拉瑞在警局里再次讲述了"梦境"，这次他说得更多。

"我感到很孤独，经常有和女人在一起的冲动，这种冲动必须得到满足。然后我见到那个女孩，把她绑起来，脱下她的裤子，做了那件事。为了不和她对视，我从身后勒紧皮带，直到她停止呼吸……"

他断断续续讲了几个不同的"噩梦"，内容都是他如何杀害年轻女性的，细节无比真实，与真实的犯罪现场完全相符。在警方看来，这就是犯罪口供了。

另一方面，探员们在拉瑞的家里发现了不少可疑物品。

包括从杂志上撕下的年轻女人照片，这些女人的牙齿被涂黑，身体各部位写着侮辱性的字样。

在衣服堆中发现了一瓶避孕药，药瓶上写着一名失踪者的名字，还有一些关于失踪女孩的新闻简报。

在一张纸上，拉瑞用红墨水在杰西卡的名字上画出血滴图案，旁边的地图上标记了两个红点，其中一个是杰西卡尸体被发现的地方，另一个则可能是他的行凶地点。

探员们还发现了一些笔记，其中一句话让人印象深刻，"我看不到那些脸，但我能听到她们的尖叫声。"

有了这些证据在手，警方信心满满，马上召开记者会，宣布成功破获特大连环奸杀案，一时出尽风头。

检方以绑架、强奸和谋杀等多项罪名，对拉瑞提起诉讼。

审判过程非常顺利，很快，陪审团做出裁决：拉瑞·霍尔谋杀、强奸、绑架等罪名全部成立。随后，法官判处他终身监禁。

戏剧性的一幕发生了，拉瑞立马提出上诉，推翻了全部供述，拒绝承认自己有罪！

他的律师表示，拉瑞的精神状态很不稳定，之前所有口供都是在"强烈暗示"下做出的，那不过是他在描述梦境罢了。

"法官大人，那只是他在做梦呀，难道在美国做梦犯法吗？"

在拉瑞家搜到的物品也缺乏说服力，缺少指纹、血迹等实证，更别提失踪者的尸体了。

俗话说生要见人死要见尸，没有尸体，凭什么说拉瑞杀了人？

检方只能干巴巴地辩解，拉瑞可能在面包车上杀人分尸，把尸体埋在什么地方了。

律师笑了，别忘了拉瑞是一名职业清洁工，最不缺的就是各种强力清洁剂，面包车被他洗得比牙膏广告还白，什么都找不着。

最终，陪审团仅仅判定拉瑞绑架杰西卡罪名成立，鉴于他的精神状态，拉瑞被关进了特殊监狱。

拉瑞的律师马上提起上诉，不仅要洗脱全部罪名，还要追究米勒警官等人的逼供行为。

压力来到警方这边，这不仅是简单的追凶问题，一旦被拉瑞翻案成功，会造成不好的社会影响。

这几位商量了半天，终于想出一个卧底取证的办法，开头说到的吉米，正好派上了用场。

5. 接近目标

按照计划，吉米被转入密苏里州戒备最森严的特殊监狱。

整座监狱里只有心理医生知道吉米的真实身份，他的牢房被安排在拉瑞对面，方便二人认识。

警方给了吉米一个FBI探员的电话号码，找到情报后可随时汇报。

吉米刚进来就后悔了，与其说这里是监狱，不如说是僵尸村，犯人们表情阴郁冰冷，动不动就像动物一样嗷嗷狂叫。他感觉自己掉进了原始丛林，一群野兽虎视眈眈地龇着牙，一不小心身上就会被扯掉块肉。而那个杀人狂拉瑞的情况更特殊，即便在这个变态云集的地方，他也是最变态的。

举个例子，吃饭的时候拉瑞周围永远是空的，其他犯人宁可站着吃，也不愿意和他靠近。吉米只能硬着头皮坐到拉瑞旁边，挖空心思套近乎。

一开始拉瑞完全不理睬他，经过吉米多次接近，几周下来，拉瑞居然愿意开口和他说话了。还没等他俩细聊呢，监狱里的黑帮老大看不下去了。

看着挺正常的一个人，怎么能和死变态搞在一起？黑帮成员连哄带吓，硬生生拉吉米入伙。

吉米真是欲哭无泪，正当他焦急万分的时候，又传来一个坏消息，几乎让他当场暴毙。

检察官告诉他，事情好像弄错了，拉瑞大概不是连环杀手，任务取消！

"实在抱歉，因为一些原因暂时不能把你转回原来的监狱，你做好在这里长期服刑的准备吧。"

吉米快疯了。但是他打定主意，为了活着走出监狱，就算挖地三尺，也要把证据抠出来！

6. 初战告捷

吉米发现，拉瑞这家伙邪门得很。他那胖乎乎的身材和小圆眼睛，还有那温柔的娘娘腔，很容易让人放松警惕，这也是他能吸引到那么多猎物的原因。

当他做事的时候，却显得极端的固执，像一台精密的机器，不达目的誓不罢休。比如他在牢里负责擦地板，他清扫过的地板永远闪闪发亮。

换作其他犯人，被表扬后肯定乐得满脸开花，拉瑞则只会耸耸肩，对他来说，完成工作本身就是最大的奖励，其他无所谓。

吉米一直小心翼翼地观察，不敢贸然行动。

抓坏人

他发现拉瑞喜欢去娱乐室看电视,最爱看的是一档讲述凶杀犯罪的节目。

吉米不禁感叹,都坐大牢了还看这些,这是打算出去继续吗?

为了拉近关系,每到看电视的时候,吉米都坐在拉瑞身旁,假装看得津津有味,心里想着怎么取得这个疯子的信任。

一连多日,拉瑞始终不冷不热,像一颗紧闭的核桃,让吉米很焦虑。

终于有一天,当他俩像往常一样看电视的时候,一名壮汉囚犯大大咧咧地挤到前面,咔嚓一声关掉电视。

这小子是新进来的,仗着一身腱子肉横行霸道。

拉瑞眼里闪过一丝怯懦,他小声嘟囔道:"这可不行,我们正在看呢。"

娱乐室里没人敢替他出头,吉米知道机会来了!

他推开椅子,重新打开电视,但马上又被壮汉关掉。

"小子,最好别再碰电视,否则你会惹上麻烦。"壮汉威胁道。

吉米心头暗笑,他可是打橄榄球出身,岂能害怕这样的小喽啰?

他挑衅地打开电视,故意激怒这个新来的人。

"你成心找碴是不是?"壮汉气势汹汹扑过来,不料被一拳放倒。

吉米扑上去,顿时桌椅横飞警铃大作,全副武装的看守冲进来,强行把俩人分开。

这场斗殴让吉米蹲了一天禁闭,他认为很值得,因为出来的时候,拉瑞对自己的态度明显不一样了。

拉瑞甚至邀请吉米到自己的囚室。

吉米高兴坏了,说明他已放下戒心。

他认为用不了多久,拉瑞就会主动把犯罪真相说给自己听。

事实证明,最高级的猎手,往往以猎物的形态出现。

吉米满心以为自己是猎手,殊不知他正在被拉瑞玩弄于股掌之间!

7. 与恶魔斗智

吉米原本以为，像拉瑞这种人，一定喜欢聊女人，正好利用这个话题撬开他的嘴。

然而吉米错了，每当谈论起女人时，拉瑞总表现得很奇怪，他喜欢听吉米讲段子，听得津津有味。

但当轮到拉瑞说的时候，他却神情羞涩吞吞吐吐，一点不像个成熟的中年男人。

那副扭扭捏捏的架势让吉米觉得恶心，瞧你干的那些事儿，装什么！

后来吉米一琢磨才恍然大悟，拉瑞是故意用这种方式引导话题。

吉米想起心理医生的话，很多变态杀手的病根都能追溯到童年或者青春期，拉瑞之所以杀害少女，很可能在少年时受过女孩的嘲讽奚落。

能不能转换思路，从这个角度引发拉瑞的共情呢？

吉米开始故意在拉瑞面前大谈自己遭受过的打击，如何被女人狠狠伤害，留下痛苦虐心的记忆。

这一招果然奏效，拉瑞的眼睛开始放光，不停地点头附和。

"对，那些女孩总是拒绝我，不管我对她们多好，总是被无视……"

他滔滔不绝谈起生命中遇见的各种"坏女人"，有些不过是没回应他的招呼，或者批评他直勾勾看人不礼貌，却全部被他默默记在心里，怨恨越积越深。

"早晚有一天，我会让她们付出代价！"拉瑞目露凶光。

"我懂，我懂。"吉米趁热打铁，"然后你把她们怎么样了，比如那个杰西卡？"

拉瑞立即恢复防备，"你这是什么意思？"

"得了吧，兄弟，新闻上都说是你杀了她。"

拉瑞犹豫片刻，然后像梦呓一样说出作案的全过程，比面对警察时说得更完整。

当时他用面包车里的自行车为诱饵，骗杰西卡上车观看，当他强行亲吻少女时，杰西卡开始挣扎反抗。

拉瑞用一块事先浸泡过麻醉剂的抹布捂在杰西卡口鼻上，等到少女昏迷后，他把车开到偏僻处，在后座上实施了强暴。

当吉米迫不及待询问其他受害者尸体的下落时，拉瑞却忽然起身走开了。

吉米并不着急，他知道最难的关口已经攻破，只要盯得紧，早晚能发现这家伙的秘密。

只是随着拉瑞的上诉期临近，留给他的时间不多了。

8. 关键证据

没过多久，吉米发现拉瑞喜欢独自钻进木工房，似乎在做什么手工活。

但是拉瑞从不在别人面前展示作品，如果房间里还有别人，他就那样坐着，直到只剩下他自己。

这家伙鬼鬼祟祟在搞什么名堂？吉米直觉其中必有玄机。

他有意躲起来暗中观察，只见拉瑞坐在工作台前，对着什么东西发呆。

吉米蹑手蹑脚走近，发现台面上铺着一张大纸，纸上摆着十来个棋子一样的木刻猎鹰，拉瑞小心地挪动猎鹰，似乎它们的位置非常重要。

这时吉米才发现，纸上印着伊利诺伊州和印第安纳州的地图，图上还标注着一些红点，猎鹰被摆在这些红点旁边。可惜没等看清楚，拉瑞已经发现有人进来，他迅速折起地图。

"你在干吗？"吉米捡起一只猎鹰，若无其事地问道。

"这是我要送给哥哥的礼物……"拉瑞含混地嘟囔着。

过了一会儿，拉瑞忽然反问："你知道它们是用来做什么的吗？"

没等对方回答，他匆匆说道："猎鹰在看守死者，守护他们的灵魂。"

吉米当时没想明白，等他重返囚室回想这一幕时，忽然灵机一动，从床上跳起来。

那张纸一定是拉瑞制作的杀人地图，红点和猎鹰很可能代表被害人的埋尸地点！

天呀，这不就是我苦苦追寻的秘密情报吗？！

吉米在第一时间冲向电话，用颤抖的手指拨通了FBI探员的号码。

电话那端没人应答，吉米只能留言，让对方赶紧过来找地图。

放下电话后，他心中充满胜利的狂喜，眼前出现一条金光大道。

再见吧，我就要自由啦！

吉米高兴得太早了，他以为自己伪装得挺好，却不知一举一动早被拉瑞看得清清楚楚。

第二天一大早，吉米还没睡醒，几名如狼似虎的狱警冲进牢房，强行给他戴上手铐和脚镣。

吉米感觉事情不对，这几位兄弟不像是救人的。

这是怎么回事？难道FBI要做足全套戏？

正当他疑惑的时候，一个穿白大褂的女人冲过来质问："你到底想对我的病人做什么？"

吉米蒙了，"大姐，你在说啥？"

"少装蒜,我的病人指控你骚扰他,严重影响了他的精神健康。"

吉米往外一看,拉瑞正站在走廊里看着自己,脸上露出古怪的笑容。

他立刻明白,肯定是拉瑞向主治医生投诉,不明真相的医生带人来报仇了。

这时已顾不了许多了,他一边挣扎一边高喊:

"别闹,我是警方的卧底!不信你们去问心理医生!"

没人理会他的辩解,吉米被当成重度危险犯锁进禁闭室,不得会见任何人。

吉米简直比窦娥还冤,他疯狂地拍打牢门,要求见心理医生。

"医生休假了,两周后才回来,保持安静!"警卫大声呵斥道。

休假?两周?吉米如遭雷击,两周后黄花菜都凉了!

他揪着自己的头发瘫在地上,万念俱灰,心里只有一个想法:

拉瑞这个该死的魔鬼,他到底是怎么炼成的?

9. 腼腆的魔鬼

1962年,拉瑞和他的双胞胎哥哥出生于印第安纳州一个小城市。

他们的父亲给教堂打工,主要从事一项很神圣的工作:给乡亲们挖坟地。

这个工作听起来吓人,干起来更吓人,墓地年深日久,难免一铲子下去骨头渣子满天飞,胆小的人真干不了。

可想而知,拉瑞的爹娘不是一般人,家风凶狠暴躁,周围的孩子都绕着他家走。

拉瑞在娘胎里就是个倒霉蛋,被同胞哥哥抢走了大部分营养,导致他差点胎死腹中，好不容易抢救回来，发育却始终慢人一步。

哥哥人高马大，爱说爱笑；弟弟五短身材，沉默害羞。

为了锻炼小儿子的胆量，他父亲曾在半夜带着拉瑞去挖坟，这种粗暴的行为让年幼的拉瑞深受刺激，他后来的变态行为或许就从这时埋下了种子。

拉瑞高中毕业后在一家保洁公司找到工作，主要负责给银行和商场做夜间保洁，拉瑞很喜欢这份工作。

然而他的个人情感生活始终是一片空白，从小到大，没有女孩愿意和他约会，哥哥早就结婚搬走了，他却一直同父母住在一起。

二十多岁的时候，拉瑞参加了一个南北战争爱好者社团，这些人经常穿上旧军服，复现美国中西部的经典战役场景。

拉瑞开着面包车到处逛，一边参与活动，一边完成他自己的秘密计划：寻找合适的女孩，强奸，杀掉。

没人知道拉瑞为什么会变成恶魔，因为他从小到大总是沉默寡言，很多同学甚至根本想不起班里有过这个人。

也许正像吉米猜测的那样，某个棕色头发的娇小女生无意间得罪了他，拉瑞把这一幕牢牢印在脑子里，并无数次回想放大，直到怒不可遏。

因为工作是夜班，白天拉瑞有大把时间围猎，他认真地准备了各种作案工具，包括假车牌、猎刀、绳索、滑雪面罩、手套和麻醉剂等。

一旦有猎物被引诱上车，结局只有一个，那就是被强暴，然后死掉。

据调查显示，拉瑞第一次作案时只有18岁，后来他在狱中陆续承认了39起谋杀，FBI则认为受害者可能多达50人。

但问题在于，除了杰西卡以外，没有一具被害人的尸体被发现，这成了美国犯罪史上的头号谜团。

所有人都迫切想知道，这家伙到底把死者藏在哪里了？

只要拉瑞自己不开口，这个问题可能永远没有答案。

10. 终局

吉米在小黑屋里待了两周后,终于迎来了转机。

休假归来的心理医生把他放出来,并通知了检察长和FBI。

吉米愤怒地质问探员:"为什么不理会我的电话留言?"

探员解释说,可能是电话公司的问题,他没收到那条宝贵的留言。

吉米只能苦笑,地图和木刻猎鹰肯定已经被拉瑞销毁,到嘴的熟鸭子,飞了!

不过,吉米的行动还是为惩治恶人带来了很大价值。

事情又迎来了新的转机,虽然任务失败,但在接下来的审判中,吉米的证词发挥了重要作用。

因为拉瑞亲口对他说出了很多杀害杰西卡的细节,与FBI调查出的完全相符。

而这些都是封存起来的绝密档案,警方根本没有向外界披露过。

知道得如此详细,只能证明拉瑞是凶手。

最终,法官采纳了吉米的证词,驳回拉瑞的上诉,判处他终身监禁,不得保释。

而检察官也没有食言,没过多久,吉米便回到了家人身边。

一个本来要坐10年牢的毒枭,在特殊监狱做卧底经历跌宕起伏后,被释放了。

他把这段奇遇写成一本畅销书,后来被改编成大热美剧《黑鸟》。

拉瑞如今仍在监狱里服刑,鉴于他的危险程度,这辈子都不可能再出来了。

华人神探李昌钰14天侦破悬案

　　原因是，凶手遇到了"当代福尔摩斯"、华人神探、世界著名刑侦专家李昌钰博士。

　　此案中，李昌钰带领团队用精湛独到的刑侦技术、鉴识功力，将案件快速完美破获。

　　接下来，你将跟随李博士的探案脚步，深入现场，发现疑点，逐一剖析。

1. 家庭谋杀案

这个案子发生在美国面积最小、名字最长的一个州，简称罗得岛州。

这个州只有100多万人口，里面有个居民不足1万人的小村镇，名为瓦里克镇。

1989年9月4日，也就是美国的劳动节刚过，老太太玛丽便给女儿打电话。

女儿琼安离婚了，自己带着两个孩子生活。本来约好了在劳动节的周末要一起聚聚的，但是琼安联系不上了，电话打了无数次也没人接听。

老太太有些着急，想着是不是出了什么事儿，就赶到了琼安家。但是怎么按门铃都没人开门。

奇怪的是，琼安的车就停在路边，这说明女儿是在家的。

玛丽心中的不安升起，她也顾不得什么尊重隐私，直接掏出备用钥匙打开大门。她没有想到的是，踏入门之后，她遇到了人生中最痛苦的遭遇。

客厅中的桌椅东倒西歪，一片狼藉，屋子里充满血腥与一股浓烈的腐烂气味，她看到了令人痛心的一幕：琼安躺在走廊地板上，身上盖了个鲜血淋漓的床单，旁边躺着琼安的大女儿，10岁的詹妮弗！

8岁的小女儿去哪儿了呢？

她血肉模糊地躺在满是血迹的厨房地板上！

很显然，这三个人被谋杀了，并且死了多时，因为尸体已经开始腐烂了。

玛丽当场失声尖叫，她不能接受这一切。就在几天前，玛丽还和她的外孙女们在一起逛街购物，享受快乐时光，没想到现在却天人两隔。

玛丽哆嗦着拿起电话报了警。警察和救援人员很快赶到了现场，随后负责侦破案件的探员也赶来了。

房子被封锁，对犯罪现场的调查开始了。

观察现场时，探员对凶犯的野蛮与残忍行为感到震惊，即使是见过很多尸体的法医也很难忍住眼泪，因为三名受害者都是被厨房里的菜刀砍死的，惨不忍睹。

母亲琼安的死亡是在遭刀砍后，又被活活勒死的。

大女儿身中60刀。小女儿梅利莎更惨，她的脖子被凶手直接砍断了，有块刀片还残留在她的脖子上，不仅如此，她的头骨还被厨房里的一个凳子砸碎了。除此之外，凶手还在她身上疯狂地砍了57刀。

现场如同人间炼狱。

法医初步断定，母女三人是在三天前被谋杀的。

这场令人发指的谋杀案成了小镇上的爆炸性新闻，人们在悲痛之余感到惶惶不安，在这个几乎人人都互相认识的地方，谁是惨绝人寰的杀人凶手？

热心的居民们赶到警局询问案子的进展，呼吁警方快速破案。办案人员很有责任感，发誓尽快找到凶手。

接下来，他们开始夜以继日的工作。

经过勘查，凶案现场并没有留下凶手的脚印与指纹，而且在作案后，凶手把琼安家的几把菜刀都带走了，可见对方有一定的反侦查能力，这并不是激情杀人，是有所准备的作案。

警方感到了压力与挑战，他们继续寻找有效证据并寻找目击证人，但是并没有什么收获。

为此，当地警方联系上了美国FBI，找到了联邦调查局最重要人物之一的麦克拉里探员。

听完案件描述后，麦克拉里探员给出了两个重要的观点。

第一，这起谋杀案可能与两年前在当地发生的另一起没有破获的悬案有关。

那起案子发生在1987年的7月，一个27岁名叫丽贝卡的独居女子被发现死在自家的客厅里，她也是被乱刀砍死的。

在这两起案件中，凶手都将房屋中已经存在的菜刀作为凶器。

这说明很有可能凶手是同一人，并且是出于某种目的进入房屋的，例如盗窃、侵害等，当受害人察觉或反抗时，拿起菜刀杀人。

实际上，两起案件的受害者尸体上并未发现被侵害的迹象，39岁的琼安虽然离婚，但婚后并没有与任何男人有过瓜葛，这一点她的亲友都能证明，排除情杀的可能，那么凶手很有可能是入室盗窃的。

对于盗窃犯来说，对房屋以及周边环境越熟悉，那么成功率就会越高，这也能推断出第二点，凶手可能是受害者身边熟悉的人。

这两起案子的案发地点十分接近，凶手可能就是这附近的居民。

警方认为这两个推断很合理，但是问题来了，琼安家的值钱东西都在，不像是遭遇入室抢劫的。

而且，如果没有凶手显著特征的话，排查工作是异常艰难的，于是警方的求援电话又打给了华裔神探李昌钰博士，希望他能够领导此案的侦破。

2. 华裔神探

李昌钰博士是华人的骄傲，早已名声在外。

当年他正值 51 岁，是美国刑侦界有名的探员、刑事鉴识学专家，也正是因为他的调查，此案才得以快速破获。

接到警方的求助电话后，李昌钰带着团队立刻动身，飞往瓦里克镇。

一下飞机，负责接机的当地警察就准备向他讲述案情分析以及警方已经掌握的一些情况，但随即就被李昌钰打断了。

为什么李昌钰不需要听当地警方的案情汇报呢？

因为他认为，当地警方调查这起案子已经有一段时间了，他们难免会有固定的思维与先入为主的办案逻辑。

如果他还没有勘查过现场就接收这些信息，会影响自己的勘查思路与判断。

于是他对当地警方说："你们什么也不要跟我说，我要先到现场了解情况。"

来到琼安家的案发现场后，李昌钰做了细致、缜密的勘查，然后对当地警方说："我认为，现场真正有价值的就是房间内地板上的两种可疑血迹以及厨房窗户附近区域。"

为何有如此判断？

首先李昌钰观察到这个房子的所有窗户是紧闭的，只有厨房的窗户是敞开的。

在那个窗根下面有一张桌子，这张桌子已经被压垮了，一条桌腿散落在地上。

李昌钰推测这张桌子的坍塌并不是受害者与凶手在搏斗期间造成的，而是凶手从厨房窗户爬进来后，一脚踩在了桌子上，但是桌子支撑不了被压垮的。

由此推断，凶手应该是个体重较重的人。

为了证实自己的推测，李昌钰亲自爬上去做测试。

他的身高是1.74米，体重76千克，李昌钰模拟了凶手进入厨房后的动作，桌子纹丝不动，因此，他推断凶手是个体型庞大的人。

接下来，再来观察两种可疑血迹。

在远离尸体的房间地板上，有数处不用放大镜辨认就很难发现的血迹，这些血迹明显是被人擦掉了，只留下些隐约可见的斑驳痕迹。

这面积较大的一处血迹看起来有些古怪，为什么呢？

按照刑事鉴识学常识，被砍杀的受害者血迹应该是呈喷射状的，但是地板上的这处血迹是呈块状的，而且形状相似，这很有可能不是从受害人身上直接流出的血迹，而是凶手踩到受害者的鲜血后留下的脚印！

果然，李昌钰拿出随身携带的化学试剂进行喷洒，在这一处处的古怪血迹中显露出了一个个的脚印。

而这些脚印并不是我们通常认为的鞋印，是不穿鞋的脚印，甚至连脚趾与脚掌都清晰可见，严格地说这些是脚丫印。

李昌钰与团队里的刑侦鉴定专家对这些神秘脚印进行了仔细的分析与比对后，有了重大的发现。

这些脚印确实不属于三名受害者，而是来自一个陌生的男子。

他在作案时没有穿鞋只穿了袜子，留下血脚印后，为了销毁证据，这个人把脚印擦掉了，因此不仔细辨认是看不出来的，所以这一线索被当地警方忽略掉了。

根据推断，此人是一个身材高大的人，从他脚掌的面积推算，此人平时穿着13码的鞋，也就是我们中国人的47号半的鞋，这个脚可以说是很大了，那么此人的身高也不低。

再来测量此人脚步之间的距离，相邻的左右脚印之间的距离是1.2—1.5米，而一个普通中等身高的男子脚印之间的距离为七八十厘米，此人明显异于常人，腿很长，步子迈得很大。

接着，李昌钰又沿着脚印的路线在现场做推测："根据现场的脚印，可以很清楚地看到这个人是迈着大步走路，然后在沙发拐角处的位置转身，又往前跨了一步。由此判断，凶手在作案以后并没有马上离开，反而在屋子里边四处走动，这不仅能反映出凶手的心理素质不错，还说明这个人对琼安家的情况很熟悉，并没有乱走乱翻，他是在找一样东西。"

凶手在找什么呢？地板上的另外一种可疑血迹会带来什么线索？

真相越来越接近了。

再来看房间地板上还有一种可疑的血迹，呈滴落状，也就是一滴滴地滴落在地上的，这应该不是受害人的血迹，而是凶手留下的！

我们前面讲过，琼安母子三人分别倒在客厅走廊和厨房里，而房间里的血液被证明是凶手的脚印，那么这些滴落的血迹便不会是受害者留下来的。

李昌钰怀疑这些血迹很可能是凶手在行凶过程中受伤出血了，然后滴落到地板上的。

判断到这里还不够，凶手的画像还没有具体描绘出来，李昌钰需要做出更详细的推断。他把目光瞄准在地板的血滴上，测量了面积后，他开始了一个实验。

这个实验是要判断出，从多高的地方滴下来的血液面积能与案发现场的血液面积相等。

为此他找来猪血做实验，一次次地从不同高度向地面滴血，最终成功地推断出，血液是从凶手的手部滴落下来的，并且凶手确实是个大个子，身高在 1.85 米左右。

加上之前桌子测试得到的推断，凶手的体重在一百八九十斤。

至此，有效的凶手画像出现了：男人、心理素质强、熟人，不仅人高马大，并且习惯大步行走，穿 13 码鞋，有一只手被割伤。

由此，在镇上的排查范围迅速缩小了。

信心满满的警方本以为能够立即破案，但事情又出现了变化。

根据前面的推测，凶手应该是认识受害人的，那么就有可能是住在附近区域的。但琼安家的房子位于一个白人社区，社区里的白人男子无一人手部受伤，身高体重差不多的倒是有很多。

难道手部受伤的推断是错误的？

李昌钰表示："请相信我的判断，凶手还在镇子里，请继续扩大排查面积。"

为了早日破案，警察只好继续排查，果然有了新发现。

3. 重大嫌疑人

一位名叫潘德的警官在与助手开车巡逻时，遇到了一个平日里一起打篮球的男孩，克雷格。

这个男孩只有 15 岁，是一名黑人。平日里两人的关系挺好的，潘德警官让助手停车，他想下车问问克雷格是否听说过与案子有关的线索。

潘德冲男孩招手："嗨，克雷格，过来。你最近有没有在附近见到过或听说过什么可疑的人？男的，跟你一样又高又胖。"

克雷格憨憨地说："我没有见过。"然后没敢盯着潘德警官看，而是转过了脸。

潘德知道这个孩子打球的时候挺野的，但平时就有些憨，不够机灵，想必从他嘴里也问不出什么。

就在他笑着转身之际，忽然眼角瞥到了克雷格的左手缠着绷带！

这个时候潘德突然意识到了什么，眼前的男孩身高目测1.85米，是个胖子，更重要的是他的左手受伤了！

凶手具备的几个显著特征，他全都符合！

潘德心跳加速，他慢慢地回过身，不动声色地问："克雷格，你的手怎么受伤了？"

克雷格粗声粗气地答道："没什么，有天晚上我去参加一个派对时太兴奋了，敲碎了停在路边的一辆汽车的车窗，把手划破了。"

潘德继续问："当时那辆车停在哪条街上？"

"嗯，就在吉利大街上。"克雷格眼神飘忽地答道。

"好的，回见。"潘德警官笑了笑，转身回到警车上。

关上车门，车一发动，潘德马上对助手说："快！调头回警局，这个男孩有重大嫌疑！"

他们立刻回到警局跟李昌钰汇报了这件事，李昌钰也认为这条线索不能断，要继续跟下去。

于是，潘德警官和他的助手去了吉利大街做调查，找到那辆被砸的车，就能证明克雷格没有说谎。

调查结果是那辆车根本不存在，没有任何人见过或知道那条街上最近有辆车的车玻璃被砸了。

克雷格的嫌疑越来越大，警方查到了这名男孩的更多资料。

警局里的档案显示,克雷格并不是一个普通的少年。

他早已有犯罪记录,包括入室盗窃、偷窥和吸毒。

这个孩子平时脾气很暴躁,和家长的关系也不和,警方曾多次到他家解决他所涉及的各种纠纷。

在走访克雷格的朋友和熟人时,警方得知了一个意料之外的消息:克雷格曾与一群犯罪分子混得很熟,那些人以入室盗窃而闻名。

更重要的是,有个朋友说他在两年前曾听克雷格吹过牛,克雷格夸口要杀死一名叫丽贝卡·斯宾塞的女人,也就是小镇上第一个被杀死的独身女人。

很快,克雷格就被带到了警局做调查。

在讯问期间,克雷格一直强调是在砸车玻璃的时候弄伤了自己。

但是警察并不相信,准备给他测谎。

果然,第一次的测试克雷格就没有通过。

为了确保结果的准确,警方又进行了第二次测试,而这一次克雷格依然没有通过,之后警方又给他做了两次测谎试验,结果是一致的,不通过。

但是测谎并不能证明他参与了谋杀,警方还需要更多证据。

看来,是时候对克雷格进行深度调查了。

李昌钰让警察与探员们对克雷格的家进行搜查。

9月17日凌晨,也就是琼安谋杀案发生两周后,探员们发出了进屋的信号,警察按响了克雷格家的门铃。

开门的是克雷格的父亲,睡眼惺忪的他看到警察十分震惊,不知道发生了什么事儿。

警察们顺利地进屋,克雷格的母亲和兄弟都被惊醒了,警察要求他们全家坐在客厅里然后进行搜查。

这一查还真的有重大发现，一名警察在房屋后院的小屋里发现了重要的线索：一个垃圾袋里装了几把带血的刀，其中一把刀的刀头还少了一截！

这正是琼安家厨房里丢失的刀，警方确信无疑！

为什么如此肯定？因为那把断了一截的刀，缺少的那部分，在琼安小女儿被砍断的脖子中间！

除此之外，还有一双沾满血的袜子、一副手套和衣服。这应该是克雷格作案时所穿的！

李昌钰的助手狄姆将这把断了的刀和受害人尸体中的那半截刀头做了细致的比对，完全吻合，是同一把刀！

4. 此案未终

案子真相大白，谁也没想到，凶残的凶手竟然是一名15岁的少年！

在确凿的证据面前，克雷格招供了，他不但承认琼安一家三口是他所杀，还交代了丽贝卡也是他杀的，要知道，当年第一次杀人的时候，他只有13岁！

当警察讯问他杀人动机的时候，克雷格的回答让所有人都目瞪口呆。

他说："嗯，我记不清了，我已经忘了为什么两年前要杀丽贝卡了，至于为什么杀琼安一家三口，是因为她家里有一个录像机是我想要的，但我知道她不会给我，我就到她家里偷，可后来我在她房子里翻了半天，也没找到。"

接下来，克雷格详细地描述了他的作案过程，由于他是未成年人，他的父母可以站在旁边陪伴，讲到残忍血腥的杀人情节时，他父亲竟然忍受不了跑到休息室呕吐了起来。

克雷格交代："那天晚上我在琼安家门口徘徊，想办法进入她家，我发现她家厨房的一扇窗户是敞开的，便想这个机会很好，就从窗户里爬了进去，为了不弄出声响，不留下指纹，我没穿鞋子，还戴了手套。但我没想到刚从窗户跳进去，就踩在了一张桌子上，那张桌子当时就塌了。"

警察问："桌子塌了闹出声响了吧，为什么还要继续作案？"

克雷格答道："是弄出了很大的声音，但我只想快点得到那个录像机，别的都没想。"

警察示意他继续说。

"没想到琼安听到了声音，开了灯，来到厨房发现了我。当时我比她还要害怕，我抓住她殴打她，但是她尖叫，我捂住了她的嘴，随手拿起了菜刀砍她，没几下她就没声音、倒在地上了。

"我怕她再醒过来，就勒住了她。没想到她的两个女儿也醒了，她们看到我后，准备拿起电话报警。

"不可以！我上前抓住她们两个，把她们也砍死了，那个年纪小的女孩咬我，这让我非常气愤！砍了她们无数刀后，我又……"

克雷格继续交代，在搏斗期间，他不小心刺伤了自己的左手。于是他摘下了手套，到浴室里冲洗伤口。

但他没有意识到自己的刀口很深，一直在滴血，也没有意识到，他的袜子上沾满了鲜血留下了痕迹。

洗完手后，他就开始翻找那个录像机，让他失望的是，那个录像机根本不在这个屋子里！

根据克雷格的血液分析显示，他的血型与现场滴落在地板上的血液样本相符。

此外，克雷格的鞋子尺码就是 13 码。

毫无疑问，他是在说真话。

克雷格进一步承认，用床单盖住琼安的尸体是因为他在冷静下来后，对自己所做的事情感到羞耻。

然后，他找了条毛巾清理自己留下的血脚印，收起砍过人的刀以及那把砍断一截的刀，他本想把那块断在小女孩脖子里的刀片也带走的，但是他想抠出来的时候发现不是那么简单。

他担心如果待太久，警察会抓到他，于是匆匆带着他的手套、刀具和沾满鲜血的毛巾，从现场逃跑了。

回到家中，他没敢回屋子，而是先将鲜血浸透的衣服和袜子脱了下来，包裹住杀人的刀，藏在后院小屋的一个垃圾袋里。

案件破获之后，当地居民对李昌钰十分感激，如果没有他的参与，恐怕镇上的民众还生活在恐惧之中。

谁也想不到，凶手竟然是个 15 岁的孩子。

当地警方对李昌钰重视物证、用科学检测手段进行调查的侦破方式十分推崇。

正当所有人都庆幸杀人凶手被抓住时，案子并没有结束，谁也想不到后面发生了什么。

5. 新的审判

尽管克雷格犯了残忍的谋杀罪，但他毕竟才 15 岁，还有几个星期才到 16 岁。

据罗得岛州法律规定，法院所能做的就是让他在一所青少年惩教中心里待5年，直到他21日生日那天，然后他就会被释放，成为一个自由人。

连杀4人只需要服刑5年？还有没有天理了？

这激怒了罗得岛州的所有公民，尤其是受害者的家属们不能接受。

显然，这是极其不公正的。

很多人提议法律要为这名全国最年轻的连环杀手而改写。

人们只是希望克雷格能因自己的暴行得到应有的惩罚，最好是终身监禁！

但是法律并不会轻易地被修改，克雷格依旧进入了惩教中心生活。

在那里，他还被命令接受严格的心理检查和治疗。

但是，克雷格拒绝了。他担心的是一旦被检测出有精神疾病，在21岁之后，他会被关在精神病院里度过余生。

因此，尽管受到法院的干预，克雷格还是坚持拒绝接受任何检测与治疗措施。

在惩教中心里，他完成了高中同等学力考试，并开始接受继续教育。

他认为自己需要在学业上有所进步，以便在离开惩戒中心后能到社会上找到一份好工作。

不仅如此，他的生活还很丰富多彩，他与其他少年犯组了乐队，研究说唱。

就在克雷格在高墙之内过着好日子，等着自由到来之时，墙外的罗得岛州公民和受害者家属们的抗议从未停止。

其中最活跃的、起到关键性作用的是四个人，他们是：琼安的母亲玛丽、琼安的妹妹、参与案件调查的探员凯文以及助理检察长杰弗里。

他们不断地游说罗得岛州立法机关制定新法案，以防止克雷格以及今后出现像他那样十恶不赦的人被轻易释放。

此外，他们还不遗余力地向全世界宣传克雷格的罪行，并提醒公众要避免克雷格这种人返回社会后有机会再次行凶，要杜绝悲剧的发生。

皇天不负有心人，1990年，罗得岛州出台了一项新的法案，该法案加重了对少年犯罪者的判刑，但这还不能阻止克雷格重返社会。

1993年10月，抗议者们成立了一个非营利组织，致力于在社会上筹集资金，用于提高公众对克雷格犯罪的认识宣传与游说工作。目的是让政府通过重要法案，防止克雷格被释放。

几个月内，该组织吸引了数百名志愿者，筹集了数万美元，并赢得了美国全民的关注。

而在此期间，克雷格不断地与法律对抗，截至1993年底，他已经6次被命令遵守强制性精神病学评估和治疗。

但是，他依旧拒绝。

时间到了1994年5月，戏剧性的一幕出现了，抗议者们在社会上募集的资金派上了用场。

当年的美国总统比尔·克林顿在罗得岛州访问，一下飞机就遇到了成千上万的示威者和一架在空中拉着横幅盘旋的飞机。

示威者们呼吁：请总统在克雷格连环杀人案中有所作为，否则在解决问题之前，他们不会放弃示威行动。

随即，大批记者围上，在电视采访中，克林顿表示对克雷格案中不公正的司法结果感到沮丧。

他建议不应将未成年犯罪者的罪行封存，应该向社会公开。他还提到需要修改法律，以防止有严重犯罪史的少年回归社会后购买枪支或继续犯罪。

克林顿发表的讲话很快就奏效了，仅仅过了15天，罗得岛州议员就将"有关公众获取少年犯罪记录和少年枪支法律的法案"进行了审查修改。

但是，与克雷格有关的问题仍未得到解决。

时间到了6月8日，惩教中心传出了一个令人震惊的消息：克雷格因威胁并伤害中心里的教员马克而被起诉，罪名是殴打与恐吓。

果然，恶魔改变不了本性！

同时，克雷格还面临另一个问题，他因长期拒绝接受精神科检查和治疗而再次上了法庭，法官当庭勒令克雷格接受精神病检查，但他的回答仍然是拒绝。

法官暴怒，认为自己受到了轻视，在克雷格的监禁中增加了一年的刑期。

于是，在琼安被谋杀近5年后，克雷格终于接受了精神病学评估。

精神病学家、波士顿少年法院诊所的负责人巴纳姆博士领导了此次评估。

结果显示，克雷格在交代案件详情中的很多地方都撒了谎，案件的真相并不像他描述的那样简单，他将接受新的审判！

6. 童年影响

时间到了1994年10月3日，克雷格殴打与恐吓教员的审判在高等法院公开审理。

这是全美民众高度关注的一场审判，大批媒体与公民挤满法庭内外，人们都渴望看到正义最终会占上风。

开庭陈述后，检方召马克教员上庭。

马克花了两个小时，详细阐述了克雷格如何用亵渎性语言对他进行侮辱、恐吓与暴力攻击，并且说，克雷格威胁他不许继续上班，否则就杀死他。

除此之外，还有几名惩教中心的狱警佐证目睹了这一切，惩教中心的监控把克雷格当时的所作所为都记录了下来，无可抵赖。

而克雷格告诉陪审团，这一切的起因是马克教员在他身上发现了香烟和打火机，但马克当场说不会举报此事。

他没想到的是，马克在当晚向上级提交纪律报告时，把这件事如实地写进了报告里。因此他感到很惊讶，感到了被戏耍与愤怒，所以对马克进行了威胁与攻击，但是他否认自己曾经说过要杀死马克的话。

惩教中心的摄像头拍摄到的视频中，上身穿白衣服的肥胖男子克雷格，在殴打教员后被制服，被固定在一张轮椅里带走。

在检方接下来的盘问中，克雷格忽然控制不住情绪，撕开了伪装，当庭大发雷霆，他大声喊道："骗子！你们每个人都在撒谎！我是这个法庭中唯一诚实的人！"

然后他指着检察官喊道："你就是串谋的罪魁祸首！你们做假证据的目的就是要把我永久地关进监狱！"

克雷格的突然发狂导致审判的结束，当他在法庭上的所作所为被传开后，所有人都认为，他获得自由的希望已经消失了。

4天后，陪审团做出最终判决。克雷格因敲诈勒索、恐吓与殴打他人而被判有罪。他被判处15年有期徒刑。

但克雷格的问题还没有完全解决，人们的诉求是他永远不会再返回社会，这种极端危险分子只能给社会带来无法预估的灾难。

果然，恶行继续。

1996年2月，克雷格在服刑期间的一次斗殴中，咬伤了惩教人员的手指,他又被判增加一年徒刑。

紧接着,他被精神医生指控,在谋杀案的供述中存在大量的谎言,他的犯罪动机并不是他说的那样单纯,他也不是那个看起来憨憨的男孩。

因此,克雷格被判增加25年的有期徒刑。

紧接着,克雷格斯又因袭击惩教人员而被判加刑7年,在这之后,相同的事情又发生了,他又被增加4年有期徒刑。

迄今为止,还没有确切的消息说克雷格将在哪一年从监狱中释放出来,因为谁也不知道他是否还会在服刑期间继续犯罪。

虽然法律没有因他而修改,但恶魔因自己的罪行不断地受到惩罚。

警方后来了解到,克雷格出生在一个残缺的贫困黑人家庭,在他3岁那年,他的生母就离开了他与父亲,接着父亲再婚。

克雷格的父亲喜欢酗酒,所以他从小就跟着父亲喝酒,长大些后在社会上沾染了许多恶习,他喜欢参与斗殴、盗窃,接触的人都是社会底层或犯罪分子。

在长期充满暴力与犯罪的生活环境中,他的心理健康出现了问题,根本没拿人的性命当回事,才会干出如此残忍的连环案并对法律没有丝毫的敬畏。

但是很多人并不认可糟糕的成长环境造就了一个邪恶的连环杀手,因为很多人都是从底层出来的,但他们充满良知,敬畏生命。

悬案17载：数学天才自制炸弹报复社会

  美国有一起长达17年没破的悬案，一个数学天才自制定时炸弹报复社会。系列爆炸案中的受害者不仅有各大院校的科学家、教授，还有诺贝尔奖获得者以及著名公关公司总裁，甚至还有美军军官。

  而背后的凶手，是一名16岁就考上哈佛大学，被誉为加州大学伯克利分校最年轻的助理教授的超高智商犯罪者。与其他震惊世界的连环杀手不同，他的作案动机被自己认为是"高尚的、造福于社会和人类的行为"，是对人类未来发出的警告。

  实际上正好相反，他制造的是反人类的恐怖袭击。想必大家都看过著名的好莱坞科幻电影《黑客帝国》吧？这部影片里的重要情节，就来自此案主角的一篇论文。

  这起连环案的破获，不但花费了美国FBI大量的经费，还牵扯出CIA做过的一起惨无人道的秘密实验。将近200名专家与探员参与侦破此案，都没把凶手抓获。直到一次偶然，他被亲弟弟出卖了，才落入法网。

  此案中，案犯的犯罪手段之高明，犯罪动机之诡谲，令人叹为观止。

  从这个犯罪者身上，你还能看到美剧《小谢尔顿》主人公的身影。

1. 炸弹客

1978年5月25日早晨,在美国芝加哥大学停车场里,一名快递分拣员发现了一个写错地址的包裹,上面写的收件地址是西北大学,但这里是芝加哥大学,这个错误也太离谱了。

但是尽职的工作人员很快就将这个包裹转寄给了地址上的收件人:西北大学工程材料学专业的巴克利教授。

细心的巴克利教授发现,包裹角落处有一行手写的小字:"这可能是一枚炸弹"。他立刻谨慎起来,打电话将学校的校警找来,这名校警不知道是胆子太大还是觉得这只是个恶作剧,没有任何思考就扯开了这个包裹,谁也没想到,这一下,扯开了美国历史上长达17年的人为系列爆炸案。

"砰"的一声巨响,包裹瞬间爆炸了!整个办公室顿时硝烟弥漫,救护车立即赶来,校警的左臂和左手被炸伤,而巴克利教授逃过一劫。

警方的技术专家分析,这是一枚装在包裹里的手工制造的炸弹。此事并没有引起警方的高度重视。紧接着,又一起包裹爆炸案发生了。

这次的事件发生在第二年,也就是1979年的5月9日,美国航空公司一架从芝加哥飞往华盛顿的飞机货舱里,发现了一个包裹炸弹。

庆幸的是,炸弹的部分装置发生了故障,所以未能爆炸,没有造成无法估量的后果。但是炸弹在货舱里释放出了大量烟雾,飞行员紧急迫降以处理此次重大危机。

警方发现这个包裹炸弹与巴克利教授收到的是同款。如果这枚炸弹成功引爆了,必将造成一场载入史册的空难。

由此，包裹爆炸事件已经上升为恐怖袭击了，这简直是公然挑衅司法的恐怖活动！此事马上震惊了美国政府。

美国联邦调查局，也就是大名鼎鼎的FBI，联合了各个领域的专家，立即成立了一支多达150人的专案组，准备利用各种手段和线索尽快揪出幕后真凶，誓要将"炸弹客"缉拿归案。可谁也没想到的是，一群高级别的专家和探员在接下来的十几年中一无所获，被炸弹客反复戏耍。

这期间，类似的事件接二连三地发生。炸弹包裹上没有留下任何有效线索，专案组除了搞到一张模拟画像外，一无所获。

说起来那张模拟画像跟没有一样，画像上的嫌疑人戴着大墨镜、穿着连帽衫，谁也不能辨别出他的面目特征。

包裹炸弹事件造成了社会恐慌，人们对FBI产生了抱怨情绪，甚至说"联邦调查局就是饭桶局，搞了那么大阵仗还不能破案"。

是啊，因为对于FBI来说，他们不知道面对的凶手是怎样的一个存在，更想不到对方是一个有文化的超高智商犯罪者，社会上广为流传的话在后来看，算不上轻蔑。

接下来，凶手越来越猖狂，不但炸弹的杀伤力增强了，收到包裹的人的身份也越来越趋向高级别，美国各地又相继发生了9宗包裹爆炸案。

1985年，炸弹案导致了重大伤亡，美国军方的高层受到了袭击。一名美国空军上尉的4根手指和1只眼睛被炸伤。

紧接着，加利福尼亚州州府所在地，萨克拉门托市的一家电脑店老板被炸弹炸伤。这枚炸弹比以往的更邪恶，里面还装满了钉子和金属碎片！

1987年2月20日，犹他州盐湖城的一家电脑商店也遭到了炸弹袭击，一个人的左臂被炸断。

这起爆炸事件之后，神秘又恐怖的包裹爆炸案消停了6年，就当FBI以为炸弹客停手了的时候，犯罪又重新开启。

先是一名耶鲁大学计算机科学教授被炸伤，紧接着，加州大学旧金山分校的研究员查尔斯在家中收到一个包裹，拆开后，他的几根手指被炸掉。

诺贝尔奖获得者也遭遇了恐吓，麻省理工学院的遗传学家罗伯特和夏普，收到了一封匿名信，信中警告两位博士："立刻停止你们的基因研究，否则就干掉你们！"

1994年，又一个震惊美国社会的大事件发生，著名的公共关系公司"博雅"公司的总裁托马斯·莫瑟，被寄到家中的包裹炸弹炸死。

1995年4月，美国木材行业游说团体，加州林业协会的会长吉尔伯特被包裹炸弹炸死。

至此，提心吊胆的人群从美国各大高校的教授，扩展到了一些社会高层精英群体。谁也搞不清楚，炸弹客的目的究竟是什么？

整整17年！FBI被折磨疯了，专案组的成员不断增加，萦绕在专员头顶的迷雾越来越重，一系列的恐怖爆炸事件导致的恐慌不断加剧，案件一直不能告破。

谁也未想到，接下来案件出现了戏剧性的大反转。不知是命运的安排还是上帝的指引，炸弹客主动现身了，并且炸弹客是被他的亲弟弟给大义灭亲了。

2. 露头角

事情是这样的。

1995年4月24日，美国的两大知名媒体——《华盛顿邮报》和《纽约时报》，同时收到了一封同样的信，寄件人署名是"炸弹客"。报社主编们不敢轻举妄动，立即联系了FBI的专案组。

这封信里有两个重要信息。第一个信息解释了制造恐怖事件的部分原因，寄信人写道：

我对这一系列的包裹爆炸事件负责。

我炸死博雅公共关系公司总裁托马斯·莫瑟的原因是，阿拉斯加港湾漏油事件之后，博雅公司帮助埃克森美孚公司隐藏真相，恢复其公共形象。更重要的是，该公司的业务是发展操纵民众舆情的技术。

第二个信息是炸弹客的古怪诉求，他在信中写道：要在这两家报纸上完整地刊登一篇我的论文，否则的话，爆炸案将继续！

信中还说：谁也不许改动我的论文，如果有人胆敢改动论文当中的一个字，我就将进行更加恐怖的报复，比如炸毁一架飞机！

这是凶犯第一次主动露出头角，这一线索对于FBI的专家和探员们简直有些"受宠若惊、欣喜若狂"，追踪了整整17年，炸弹客终于现身了。

但是，专员们又陷入了僵局。这封信件是真是假，所说之事会不会是个陷阱，让FBI继续丢脸闹笑话？如果真的刊登了那篇论文，凶手会不会言而无信继续行凶？

反复斟酌推演后，FBI最终妥协了，他们同意让当时最具影响力的两家报纸全文刊载炸弹客的论文。那篇论文里究竟写了些什么，我们会在后面详细分析，继续说接下来发生了什么。

FBI毕竟不是吃干饭的，他们还是留了一手。这篇论文在报纸上的刊登形式并不是用打字机把内容敲打上去，而是把论文翻拍成照片，把照片刊登在报纸上。

为什么要这么做？FBI的算盘是，如果有人能够辨认出这篇论文的笔迹，兴许会联系报社，找出炸弹客。

没想到，FBI的机智终于派上了用场。一个名叫大卫的人看到了报纸后，感觉论文上的字迹与自己亲哥哥的字迹十分相似，并且，论文里的观点也与他哥哥多年坚持的观点一致。

为了确认，他翻出了哥哥曾经给他写过的信件，认真地比对，确认无疑后，又给自己做了番大义灭亲的思想工作。然后拿起电话，拨通了警方的电话："你好，我发现了一个重要的线索。我怀疑报纸上刊登的那篇论文的作者，也就是炸弹客，很有可能是我哥哥，卡辛斯基。"

紧接着，逍遥了十几年的神秘炸弹客终于落网。此人名为希尔多·卡辛斯基，果然是一名超高智商犯罪者。

他曾经是天才少年，人人羡慕的社会精英。他是16岁就进入哈佛大学就读的神童，20岁博士毕业，25岁就被美国著名大学伯克利大学数学系聘任助理教授。

恐怖分子的真实身份被揭开后，美国舆论一片哗然。人们不解，作为一名曾经的天之骄子，本应为社会的发展做出贡献的科学家，为什么会沦为反社会的疯子呢？答案就在那篇刊登在报纸上的论文中。

3. 实验

本来卡辛斯基的人生可以说是一帆风顺，就像开挂一样，成为精英中的精英，但一切辉煌在他27岁那年结束了。他辞掉了大学里的工作，选择了隐居，成了一名山野隐士，并且由于种种原因报复社会，他的犯罪动机可以在那篇论文里获悉。

论文的标题为《工业社会及其未来》，内容长达三万五千多字。为了让大家更好地理解卡辛斯基的犯罪动机，我们就不去逐字逐句分析论文中阐述的详细内容了。单从两个角度去简单地解析，揭开大案背后不为人知的真相。

第一个角度，这篇论文是在什么情况下写出来的，卡辛斯基为什么要让全社会知道他的想法，从而带出他"黑化"的诱因是什么。

第二个角度，这篇论文的核心思想是什么。

我们先说第一个。FBI的调查作用显现了出来，他们找到了卡辛斯基当年的一位哈佛同学，据这位同学透露，导致卡辛斯基"黑化"的原因可能和他在大二期间接受的一项名为"Murray"的秘密实验有关。

天才少年卡辛斯基被当成政治需求下的科学实验小白鼠，受到了极其残酷的精神摧残。

这个实验的起因是：当时的美国正处于和苏联的冷战时期，这两个国家是第二次世界大战结束后崛起的两个超级大国，两国为了谋求在全球的利益而相互敌视、对抗。

在军事实力上，两国旗鼓相当，都有摧毁整个地球的力量，所以并没有爆发直接的战争，而是采取各种手段，诸如科技、军事、经济的封锁，相互敌对，组织国家同盟相互对抗等。

冷战期间，两国分别派出众多间谍深入对方国家，获取重要情报，虽然冷战最终是以苏联解体而告终，但对两国的影响巨大。

在这期间，美国中央情报局，也就是大名鼎鼎的CIA，经常抓捕到苏联间谍。为了成功撬开间谍的嘴，他们找到了哈佛大学心理学家展开了一项"故意摧残人心理的实验"。

这项实验以亨利·默里教授主导，因此实验就用了这位教授的姓氏命名。这项实验的目的就是研发出一种高效的审讯方法，帮助CIA在抓获间谍后，快速攻破其心理防线，让间谍吐露真话。

在实验期,需要用活人做测试,实验的对象是谁呢?肯定不是普通老百姓,因为间谍都是高智商且意志坚定的精英,CIA 就把实验对象对准了本国的精英。

其中就包括天才少年希尔多·卡辛斯基。CIA 发现卡辛斯基不但智商非常高,作为一名科研人员,他对科学的信仰无比坚定。如果实验能够攻破他的心理防线,那么这套方法用在苏联间谍身上就更不在话下了。

于是,实验组的人先让卡辛斯基写了一篇关于科学信仰的论文,卡辛斯基无论如何也没想到这是个阴谋,他在论文中详尽地阐述了科学的发展为何会推动社会的进步,使世界变得更美好,等等。紧接着,实验的第二步来了。

CIA 派出一名高级别审讯员,对卡辛斯基论文中的内容逐字逐句地拆解、扭曲,不断地向卡辛斯基进行精神攻击和嘲讽,让他对本来已有的科学信仰产生怀疑,甚至达到了精神虐待的程度。

其中的手法堪称变态。实验中,卡辛斯基要遭受"强烈粗暴的"语言侮辱与攻击,他的身上连着检测仪器,实验人员会观察他遭受心理攻击时的生理反应。

这一切都会被摄像机拍摄下来,实验人员会反复地研究被实验对象的反应和微表情,从而帮助 CIA 获得最快速最高效的审讯方法。

这项残酷的实验持续了整整三年,每周都有人口头虐待和侮辱卡辛斯基,他受精神摧残的时长达到了 200 个小时,他为实验作出了巨大的贡献,而实验的后遗症也出来了,虽然没有破土而出,但在卡辛斯基的内心种下了恶果。

这个年轻的科学家内心已经崩塌了,对科学的坚定信仰被瓦解。从此,卡辛斯基对科学的正确理解和认知产生了深深的怀疑。

CIA 的实验成功了,但是他们不知道,他们的非人道行为令这个社会出现了一个怪咖，秘密实验催化出了一个连环杀人凶手。

实验结束之后，卡辛斯基的内心逐渐变得扭曲，对科学的怀疑达到了顶峰。他参加工作不久后就辞职了，他认为他的前27年活在假象和谬论里，于是搬到了蒙大拿州的一个山林小木屋里独居，做起了隐士。

他夜以继日地修改他的那篇论文，不断地推翻原有的认知，重塑扭曲的新观点。后来写成的新论文，就是报纸上刊登的那篇。

4. 论文

在接下来的17年中，他不断制造炸弹，给美国各大学院不同院系的教授寄去包裹，恐吓或企图杀死一些为推动科技进步而作出重要贡献的科学家、工程师等高科技人才。

当这些行为产生了效果后，他又开始"任性地"把炸弹寄给令他感到厌恶与憎恨的人。比如给航空公司寄炸弹，是因为他不喜欢坐飞机。炸死博雅公司总裁，是因为他觉得博雅公司在操控舆论。

一系列爆炸案的结果，就是让全世界都知道他的最新论文，并且接受他的想法。

我们再从第二个角度分析，这篇新论文中的核心思想是什么？

相信很多人在小时候都写过一篇"对未来世界畅想"的作文吧？很多同学幻想在未来的世界中人们活得越来越轻松，人工智能的发展取代了原始的劳作，社会更进步，生活更便捷。

卡辛斯基的新论文就是说的这个主题，他认为：人类会很轻易地陷入强烈依赖高科技机器的境地，以至于到最后没有别的选择，只能完全听从机器的决定。随着科技的不断进步，会引发未来社会的科技危机。

"人类被高度智能化的机器所取代，而机器的终端只会掌握在少数统治阶层的手中，从而产生可怕的后果。到那时，统治者会成为上帝，拥有控制全人类的能力，可以轻而易举地对人种进行净化，甚至控制出生率和死亡率。

"新出生的人类，从降生的那一刻起，就成为被操控的人，命运由主宰者设定。因此，在进入21世纪的关键时刻，人类必须警惕科技的发展，不能让未来社会被部分精英所操控。

卡辛斯基在论文中呼吁全社会摒弃科技，重回自然，并主张发动针对工业体系的革命，"这场革命可能使用或不使用暴力，可能突然完成也可能在几十年时间里相对循序渐进地进行。

"这不是一场政治革命，革命目标并非推翻政府，而是颠覆现存社会的经济与技术基础。"

听到这里你是不是想到了电影《黑客帝国》里的情节？就像开头所说，这部电影的灵感就是来自卡辛斯基的论文。

他的这篇论文被刊登之后，在社会上引起了巨大的反响。卡辛斯基戴着手铐的照片，也登上了美国著名杂志《时代》周刊封面，越来越多的人知道了他。

接着，更戏剧化的事情出现了，社会上很多人在看了他的论文后，无比赞同与支持，站在了卡辛斯基这边，对他加以崇拜与拥护。其中还包括一名被他自制炸弹给炸伤过的教授。很多人认为这篇论文逻辑缜密，充满哲思，卡辛斯基的预言就是未来人类社会被科技操纵的样子。

支持者们把这名爆炸案的主谋、恐怖分子，推崇成一名反科技"斗士"，让他瞬间成了一个理想主义英雄。

实际上，这篇论文没有任何有效的论据支撑，是一出阴谋论，一次反社会的呓语而已。

那些批判卡辛斯基的人们，将他称作"新卢德分子"。

这个词对于很多人来说很陌生，是什么意思呢？这要追溯到19世纪的英国，当时社会上爆发了工业革命，新技术、新科技的发展，让工业自动化取代了人工，这一现象导致了大批工人的工资下降，甚至失去就业岗位。作为弱势的一方，工人不得不采用极端的方式向资本家报复。

比如将怒火发泄到机器上。相传一名叫卢德的人率先砸碎了两台纺织机，开启了破坏机器之先河。虽然这只是坊间传闻，但留下了这么一个称谓。

卢德分子指的就是那些与机器对抗、反对科技进步的工人们。随着社会的发展，新时代中也不乏此类人，他们被称为"新卢德分子"。

他们视对人类生活具有颠覆性的电脑、互联网、高科学技术以及再造人类基因工程等高科技为邪恶之物。这些人渴望自然而传统的生活，他们厌恶工业文明对生活的扭曲。

他们认为高科技是反人性的、是破坏社会道德的，造成了消费主义的横行与人类精神的颓败，并可能最终引发人类的灭绝。

这不就是卡辛斯基所代表的人群吗？只不过，与那些发牢骚或抗议游行的人不同，卡辛斯基为了达到目的，不择手段，采用了极端的方式，违反了法律，突破了道德底线，置他人的生死于不顾。

不论舆论如何发酵，谁也不能饶恕卡辛斯基犯下的罪行。

卡辛斯基被捕之后，他拒绝律师以患有精神病的名义为自己辩护。他对一切犯罪行为供认不讳，但坚称自己的思维与心智是正常的，他对人类未来发出的警告是正确的，不允许别人用"精神病""疯子"这种标签来丑化自己。

最终，美国联邦法庭判他终身监禁，在监管等级最高的监狱中服刑，终身代号为00475046。

在狱中，有狱友曾问卡辛斯基："你是否会害怕在监狱里没有自由孤独终老，时间久了会让自己变得癫狂？"

卡辛斯基却说："不会。我害怕的不是寂寞，我害怕的是我会很快适应监狱里的环境而不再憎恨它。我害怕有一天我会忘记，忘记山林中的那些花草、那些树，忘记曾经与大自然接触的美好感觉。但我并不怕被某些人再次损毁我的心灵！"

案子并没有结束，人们更想知道的是，卡辛斯基前半生的"开挂"人生到底有多么精彩，天才少年都有哪些经历，在山林里隐居的时候发生了什么，是否有催化剂让卡辛斯基变得疯狂，制造出16枚炸弹，接连炸死3人，炸伤23人。

5. 种子

1942年5月22日，希尔多·卡辛斯基在美国伊利诺伊州的芝加哥出生，是从波兰移民到美国的工人阶级的第二代。他的父母是波兰裔的美国人，当时在香肠制造工厂上班。几年后，他的弟弟大卫也出生了。

家里有了两个孩子，生活得很幸福。在童年时，卡辛斯基因免疫力低下，患上了严重的荨麻疹，不得不住院治疗并且被隔离。

在这期间，他几乎很少与人接触。与普通孩子不同的是，他在长达几个月的住院隔离期间，并没有像其他孩子那样表现出烦躁不满的情绪，更没有因远离父母而哭闹。

据他母亲后来回忆，那次出院之后，每当遇到被关在笼子里的小动物时，卡辛斯基就会对它们流露出同情。也许这会让他想起当时住院被隔离的经历，无比的孤单与无助，但也能由此发现，卡辛斯基打小就耐得住寂寞。

到了入学年龄后，卡辛斯基进入了谢尔曼小学就读，从一年级到四年级，老师们并没有发现他的特别之处，对他的评价是"健康""适应良好"。转折出现在他上五年级那一年，当时因搬家，卡辛斯基进入新学校就读。

一场学生智商测试改变了他的命运，他的测试结果竟然是全校最高分——167！智商167是个什么概念呢？智商140以上者被称为天才，据说爱因斯坦的智商为146，那么卡辛斯基比爱因斯坦还要厉害。

一时间，全校都知道出了个小天才。智商测试并不能说明一切，在学习中，数学课上他展现出了过人之处，同龄人努力学习的内容对他来说已经是小儿科了，因此校方允许他跳级。

实际上，这次跳级对于童年的卡辛斯基来说并不是一个好的开始。他不能与年龄大的学生们正常相处，反而遭到了排挤和欺负，从此他开始变得沉默寡言，除了学习就是学习，不愿意参与社交，甚至一到社交场合就感觉有压力。

这段经历很像美剧《少年谢尔顿》里主角的经历。

在邻居们眼里，小卡辛斯基是个安静的、独来独往的孩子。有人说甚至从没见过他在外面跟其他孩子一起玩，有些早熟。

因此，卡辛斯基的母亲一度怀疑孩子有自闭症，还带着他去了自闭症儿童研究中心，事实证明是他母亲想多了。

卡辛斯基在学业上的成绩越来越突出，被所有老师认为是学习成绩最优秀的学生。进入中学后，他不仅学业上表现出色，还显示出在其他领域的天赋。

他在学校乐队中负责演奏长号，还是校内各种学习俱乐部的成员，包括数学、生物学、德语等，都是他擅长的。但是在社交上，他仍旧被同学们视为局外人。除非有人跟他讨论数学的时候，才能和他长时间、近距离地交流。

因为卡辛斯基对数学产生了浓厚的兴趣，所以他会花费很多时间研究和解决普通学生想都不敢想的高级问题。

他会随身携带一个公文包，里面全是和数学有关的资料与习题，因此同学们给他起了个绰号——"公文包男孩"。讲到这里，你是不是会再次确认小谢尔顿身上有卡辛斯基的影子？

整个中学期间，卡辛斯基的学习成绩遥遥领先于他的同学并且连连跳级。

在 15 岁那年，他完成了中学全部学业，成为全校成绩前 5 名，在老师们的推荐和鼓励下，他申请了哈佛大学的奖学金。不出意料，1958 年，也就是他 16 岁时进入了哈佛大学数学系就读。

进入哈佛后，卡辛斯基搬进了学生宿舍与同学们同吃同住，但他依旧保持着独来独往的行事风格。与充满活力的普通大学生相比，他显得格外内向，不愿意参加任何社交活动。

据他的一位室友回忆："卡辛斯基刻意避免与他人接触，没见他与谁深交过。他只会匆匆地穿过走廊，走进自己的房间，然后关上门不再出来。"还有室友说："虽然他特立独行，但才华横溢，看得出是个天才。"

4 年之后，他在哈佛毕业，进入密歇根大学研究复杂分析，主攻几何函数理论。

他的聪明才智和干劲给他的教授们留下了深刻的印象并得到赞扬，他分别于 1964 年和 1967 年获得了数学硕士学位和博士学位，他的博士论文还被评为当年全校年度最佳论文。

1967 年末，年仅 25 岁的卡辛斯基成为当时加州大学伯克利分校历史上最年轻的数学助理教授。在那里，他教授几何和微积分的本科课程。

卡辛斯基是个好学生,但并不是个好老师,不知是因为他的性格还是实验的后遗症越来越严重,他的教学质量并不高,甚至开始敷衍。

在课堂上,他会直接念诵课本里的内容,不会深度讲解,并且拒绝回答学生们的提问。仅仅工作了一年半,卡辛斯基忽然提出了离职。

从伯克利辞职后,卡辛斯基搬到了他父母家住。又过了两年,时间到了1971年,他选择了隐居,搬到了蒙大拿州林肯县郊外的一个偏远小屋里居住。

那个小屋远离市区,处于森林之中,周围罕有人烟,条件非常简陋。谁也不知道卡辛斯基是怎么了,为何要远离正常的都市生活,选择到一处堪称原始的地方开始生活。

父母和弟弟大卫想要资助他,但是遭到了拒绝。卡辛斯基的生活新目标就是要回归原始,自给自足,远离科技带来的都市生活,开明的家长并没有干涉他的自由。

为了能够在野外生存下去,他自学了各种生存技能,包括自制弓箭打猎、种植粮食和蔬菜等。没有邻居,没有朋友,就这么一个人孤独地生活。

但是他还保持着阅读的习惯,会骑一辆破旧的自行车到镇、县里的图书馆借阅书籍,当然不是科学类的,而是古文学类的。

4年后,卡辛斯基安稳的田园隐居生活被打乱了。

起因是一些房地产开发商把他居住的那片土地的周边进行了开发,很多植物遭到了毁灭性的破坏,森林里原始的生态系统遭到了现代机械的摧残。

满目疮痍让卡辛斯基感到痛心,一条条绿植覆盖的道路被挖掘机破坏后,成了一条条光秃秃的沟壑。散步时能见到的瀑布也断流了,森林中的昆虫与动物们在逐渐消失。

望着原始的生态被一步步破坏,卡辛斯基愤恨不已,他认为大自然被破坏的源头就是科技的进步，于是开始了复仇计划。

6. 赎罪

他计划的是，想要阻止工业发展、科技进步，就要把源头掐死。源头是什么呢？就是那些一线的科学家和工程师们，把他们消灭后就能使科技发展暂停。

说到这里，你可能已经发现了这个天才的另一面。

偏激、极端，甚至是幼稚。

从古至今，社会的发展靠的就是科技的革新，这不是某几个人推动的，而是全人类的力量。不论在战争还是灾难面前，科技的进步从未停歇。

卡辛斯基片面地以为阻止一些科学家的研究就能让科技的发展止步，却忘记了科技造福于人让更多人远离疾病、灾难带来的影响。

生活中的遭遇催化了他内心中阴郁的种子，邪恶的力量开始增长，他开始实施具体的犯罪。

他采购了各种材料，开始自制定时炸弹。这对一个天才来说并不难，但是天才"黑化"后，恐怖的力量是普通人的几十倍。

接着，就出现了我们开头讲的那一幕，西北大学工程材料学专业的巴克利教授收到了包裹炸弹……在这期间，谁也不知道这些恐怖活动是卡辛斯基制造出来的。

他的家人还通过书信保持与他的沟通。

当得知弟弟大卫要结婚时，他的反应让人意想不到，他竟然反对弟弟步入婚姻生活,称结婚后的女性就不是处女了,人要保持纯真。

这个古怪的念头导致兄弟俩感情的决裂,家人们越来越难以跟卡辛斯基沟通,但是谁也没有把"炸弹客"联想到他身上。

接着,除了大学教授遭受袭击外,航空公司、军队、电脑店都遭到了炸弹的袭击,因为卡辛斯基认为这些机构都是加速科技发展的。

与此同时,曾经施展高超的公关手法掩盖阿拉斯加港湾漏油事件真相的博雅公司,也遭到报复。加州林业协会的会长因为没有起到保护好森林的职责,也惨遭杀害。

这期间,卡辛斯基的父亲因为癌症晚期,不堪病痛折磨选择了自杀。这让他对现代文明造成的疾病深恶痛绝,加速了复仇。

但是最终,法网恢恢,卡辛斯基还是落网了,并且要在监狱里度过终生,为犯下的罪行赎罪。

至今,还有人对他的行为褒贬不一。

科技的快速发展确实给社会带来了危机与负面影响:环境污染、物种灭绝、人身安全越来越没保障、各种新型病毒不断涌现……

如果卡辛斯基能够利用所学,用正确的方法拯救世界,那么他可能会成为一名对社会有价值的诺贝尔奖获得者。但是最终,他选择了犯罪,用低劣的手段毫无人性地去结束他人的生命。

也许这并不是他的初心吧,谁也不知道他的疯狂行为归根结底是不是来自那项变态的实验。

这个案子我们就讲述到这里,但案件给我们带来的反思不得不说是深刻的。

历史的启示告诉我们:科技是把双刃剑,既能造福人类,也能玩火自焚。

作为社会的一分子,保护地球从我做起,从小事做起吧。

韩国臼齿爸爸，双面恶魔

为了让爸爸开心，自己能有个"小妈妈"，女孩把班里的好闺蜜带回了家，送给网红爸爸做"礼物"。

1. 人设背后

2017 年 9 月 30 日,韩国首尔江南区。

14 岁的朝鲜族女孩贞贞,接到了闺蜜雅妍的邀请,去江南区的豪宅里玩。

雅妍是贞贞的同班同学,虽然家庭条件优渥,但却是个命运悲惨的女孩。

她是"巨大牙骨质瘤"患者,这种病会导致患者的颌骨膨胀,面部畸形,像河马一样。

虽然能通过医疗手段治愈,但在切除肿瘤时,也失去了牙齿,无法像正常人那样生活。

好在学校里没有人排挤她,相反,老师和同学在各方面都对她照顾有加。

雪上加霜的是,半个月前,雅妍的妈妈去世了。

这个不幸的女孩引起了很多人的同情。

两个小女孩手牵着手一起放学,愉快地讨论着等会儿写完作业后要一起吃零食、玩游戏。

但雅妍忽然冒出来一句古怪的话:"贞贞啊,你愿意当我妈妈吗?"

贞贞愣了一下,不知道怎么回答。

心想,是不是闺蜜跟自己太亲近了,想要自己像妈妈那样对她好。

见贞贞没说出拒绝的话,雅妍露出了满意的笑。

"爸爸等会儿一定会表扬我的。"雅妍期待爸爸见到好朋友后的反应。

"贞贞长得好漂亮，爸爸一定会喜欢她。"

雅妍家果然很大，看得贞贞目不暇接。

雅妍的爸爸温和又热情，不断地劝两个孩子吃零食水果。

雅妍看到爸爸的反应很开心，这代表爸爸喜欢自己的好同学。

贞贞是自己"新妈妈"的最好人选！

为了留住"小妈妈"，雅妍递给贞贞一杯饮料，盯着她喝完整杯。

贞贞喝完后突然觉得有些头晕目眩，来不及反应就瘫倒在沙发上，沉沉睡去。

她哪会想得到，饮料中被闺蜜加了大量安眠药。

这场盛情邀请的背后，是一个精心设计的卑鄙阴谋。

贞贞在刺痛中醒来。

一个叔叔一丝不挂地压在她身上。

男人身上满是文身，满脸横肉，正色眯眯地盯着她。

贞贞这才发现，是雅妍的爸爸啊！

"叔叔，你在干什么！放开我！"

贞贞惊惶失措，眼前发生的事情完全超出了她的认知。

她拼命大叫着求救，挣扎着，却毫无用处。

原本心情舒爽的男人，被贞贞的尖叫声和哭声扰乱了兴致。

又因为欲望未能发泄成功，逐渐暴躁。

这个魔鬼将贞贞一把钳住，捂住她的嘴。

接着，他随手拿起床边的一条领带，牢牢套住女孩的脖子，缓缓加重了手上的力度。

垂危之际，贞贞绝望地看向门外，期待能有人将她从死亡的边缘拉回来。

回应她的只有空荡荡的屋子。

楼下传来小孩嬉闹玩笑的声音，窗户处有阳光的碎片散落进来。然而这些美好的场景已和她无关。

她多希望这一切不过是一场噩梦啊！

渐渐地，贞贞没了呼吸，被活活勒死了！

而她的好同学、好闺蜜，刚从爸爸手里接过零花钱，"识趣"地走开了。

雅妍爸爸像丢垃圾一样，将贞贞的尸体装进行李箱，扔到了荒山野岭，然后装作一副人畜无害的样子继续做公益。

没错，做公益。

他是韩国网红，被称为"臼齿爸爸"，曾经的"巨大牙骨质瘤"患者。

主打的就是一个励志人设，不向命运低头，在韩国尽人皆知。

早在2005年，他们父女俩就因为一档热播节目《直播话题聚焦》，走进了大众视野。

年轻的爸爸抱着生病的女儿，在电视镜头前声泪俱下，诉说病魔的折磨。

他们得的是一种罕见病，得这病的人，全世界只有7个。

当爹的好不容易把病治好了，眼看结婚生子，以为能过上安生日子。

没想到这不幸的病竟然遗传到了女儿身上。

这病虽说不致命，但是让人终生痛苦，生不如死，得用大量的金钱医治。

那医药费就像个无底洞，可不是普通家庭所能够承担的。

夫妻两人就是个打工的，一家人还蜗居在地下室里，生活都成问题，哪儿有钱给女儿治病。

但雅妍爸爸从没放弃过，为了给女儿治病，不惜放下身段做各种苦活累活，东奔西走，立志要带女儿战胜病魔。

节目一经播出，赚足了观众的爱心，也"掏空"了他们的钱包。

这么可爱的小女孩，这么善良慈爱的爸爸，怎么能让他们被命运打垮呢？

韩国掀起了一波献爱心的浪潮，纷纷向这个不幸的家庭施以援手。

2. 贪婪之下

李家银行卡的数字一路飙升，一出卖惨过后，钱就跟白捡来的一样。

雅妍爸爸悟出了"流量密码"，没事就抱着孩子在镜头前哭，还呼吁全社会关注其他罕见病患者。

12年间，共有13亿韩元流向这个家庭。

13亿韩元，相当于744万元人民币，靠着这些钱和关注的目光，李家实现了飞跃。

曾住在地下室的底层市民，如今在首尔的富人区占有一席之地。

当时的韩国民众还不知道，爱心滋养出的是一只贪得无厌的蚂蟥。

捐款者还有人在加班加点辛苦打拼，雅妍爸爸却用善款购置了豪车豪宅、奢侈品，甚至用爱心钱嫖娼……

这个看似励志温馨的一家，除了贪财，背地里更是混乱至极。

就在贞贞出事前的一个月，也就是9月1日，雅妍爸爸曾经带着妻子去当地派出所报警。

雅妍爸爸怒火冲天，说日子过不下去了。他的继父，一直在侵害自己的老婆。

雅妍妈妈也声泪俱下，细数公公的肮脏与猥琐。

在长达8年的时间里，色魔公公用各种手段折磨她、威胁她。

有一次甚至用枪抵着她的身体，说如果不听话就一枪崩了她。

警方震惊之余安抚了情绪激动的两人，决定先调查，让他们回去等消息。

可没过几天意外便发生了。

9月5日的凌晨，有人报警说江南区某高档小区有人坠楼。

死者就是雅妍的妈妈。

雅妍爸爸泪如泉涌，拿出妻子的遗书，上面写着她这些年过的非人的日子和忍受的屈辱。

字字句句，如泣如诉，言语间充满了绝望。

经过初步的尸检，警方发现死者身体上有明显伤痕，生前似乎被人殴打过，而且体内确实有公公的体液。

再进一步调查，警察却发现眼前的迷雾越发浓重。

公公直喊冤枉，他一开始拒不认账，说自己是个正人君子，怎么可能做出这种背德乱伦之事。

后来警方拿出尸检报告，他承认自己确实和儿媳妇发生过关系。但那都是儿媳妇不守妇德，主动勾引他，才导致他把持不住。

据雅妍爸爸交代，在妻子坠楼前，两人曾因为被侵犯的事情发生争执。

没有哪个男人能受得了这种事，雅妍爸爸情绪一激动，才动手打了妻子。

谁承想，一个不注意的工夫，妻子就产生了自杀念头，直接跳窗自杀了。

一家人，各有各的说法，活脱脱上演了一场豪门罗生门。

另一头，雅妍爸爸又开始搞事情了。

妻子尸骨未寒，这个眼里心里只有钱的家伙已经想好了将妻子当成

"流量密码"。

这次主打的是一个爱妻暖男人设。

他专门跑去停尸间,一边亲吻着妻子,一边痛哭流涕,诉说着对妻子的思念。

这些场景,都被他一个不落地记录在手机中,制作成视频。

随后他将视频发给电视台,要求对方花钱买下这段录像作为独家播出,美其名曰"葬礼费"。

接着,他又放了段视频在互联网上。

为了快速筹钱,他甚至将自己的银行卡号直接打在视频中,让广大民众直接转账。

因为之前的人设,部分网友被他虚假的表象蒙蔽了双眼。

只是天下没有不透风的墙,这虚伪的外皮迟早会被揭开。

事发之后,警方一直在调查,试图搜集证据。

他们已经开始怀疑雅妍妈妈的死因。

最先让人起疑的是那封遗书是打印的。

另外,尸检除了发现死者身上有各种瘀青,还在背部和性器官上发现了有侮辱性字眼的文身。

没有人会把那种肮脏不堪的文字文在自己身上。

除非她生前遭受过非人的虐待,是被逼的。

更可疑的是,当天雅妍妈妈坠楼之后,她的丈夫和女儿并没有第一时间现身。

结合种种证据,警方推测,这背后一定有什么不可告人的秘密。

当时他们还不知道,这起疑点重重的自杀,会引发一场震惊全国的大案。

雅妍爸爸背后的秘密可太多了,随便抖一个出来,就是爆炸性新闻。

3. 魔鬼的獠牙

见女儿贞贞没回家,贞贞妈妈联系上雅妍,询问贞贞的下落。

雅妍早就料到朋友妈妈会找来,随意编了个谎话,说贞贞早就离开了,不知道去了哪里。

爱女心切的贞贞妈妈一下子慌了神,赶紧去附近的派出所(韩国警察署在各街道设立派出机构,也称派出所)报警。

4天后,贞贞的尸体在江原道宁越郡的一座山上被找到。

小小的尸体蜷缩着,被装在一个黑色的行李箱内。

经过法医检测,贞贞的身体有被侵犯过的痕迹,但没有体液留存。

体内有安眠药成分,脖子上有一道深深的勒痕。

初步判定为勒颈窒息死亡。

警方顺着监控,查到了贞贞同学雅妍及其父亲那里。

监控录像显示父女俩一起,将一个黑色行李箱放入车的后备厢。

当警察赶到时,雅妍家的豪宅空空如也,连个人影都没看见。

不好!说不定是发现事情暴露,畏罪潜逃了。

他们赶紧顺藤摸瓜找到一处出租屋。

入门后,他们发现了诡异的一幕:父女俩双双躺在一张床上,一动不动。

一旁的地上,散落着几只空的安眠药瓶。

二人畏罪自杀了!

事情还没查清楚,法律还没有给出公正的判决,不能让他们就这么轻易死去。

警方赶紧将两人送往医院进行救治,费了九牛二虎之力才让他们逃出鬼门关。

雅妍爸爸李永鹤一睁眼,就看见围坐在一旁的警官。他满脸的横肉抽搐了一下,眼珠子骨碌一转,想出了一个主意。

李永鹤立马做出一副悲痛欲绝的样子,哭哭啼啼,闹着要去寻死,说爱妻不在,活着也没啥意思了。

又拿出自己家里的那点破事,诉说自己的不易,想通过卖惨换取同情。

警察不会因为他的哭闹而心慈手软,李永鹤直接被架去了审讯室。

眼瞅着假死自杀没用,警察公事公办,李永鹤又打起了新主意。

"警察,我命苦啊!我认罪。"

"小女孩是我杀的,但我不是故意的。自从老婆死后,我一直想追随她去,就买了安眠药放入饮料里,准备自己喝。哪里知道那小姑娘直接喝光了。我想救她已经来不及了!"

李永鹤哭丧着脸,表示万分懊恼,请求看在他认罪并且不是故意杀人的分上放他一马。但说得再多,都只是他的一面之词。

办案讲究的是证据。

贞贞尸检中查出来的安眠药剂量并不致死。

另外,如果按照李永鹤的说法,贞贞是误喝了安眠药而死,那她脖子上的勒痕又该如何解释呢?

李永鹤是信口雌黄。

拿到搜查证之后,警方直接"抄"了李永鹤的家。

在这个被老百姓称为天使的"臼齿爸爸"家中,他们找到了大量的成人玩具。

他的个人电脑中,存放着大量的淫秽视频。

原来这个男人不光是个爱财如命的家伙,还是个性变态。他自己有性功能障碍,所以只能靠成人玩具和各类视频来发泄心里的欲望。

越往下查,越惊讶于人性的变态和贪婪。

那些善意的捐款,全都被他拿来挥霍,购买奢侈品、豪车和房产。

被捕时,他名下就有2栋豪华洋房和6辆豪车,全都是顶配。

当然,单纯的物质无法满足他内心的变态欲望,他吃喝嫖骗,样样俱全。

但靠着乞讨得来的钱总有挥霍完的一天,终究不长久。

为了维持自己荒淫无度的生活,李永鹤的邪念开始疯狂滋长。这个畜生一边在公众面前继续扮演着坚强励志的好父亲形象,消费着女儿李雅妍的病,一边拿着卖惨换来的钱打造魔窟。

他租了套房子,然后用高额工资骗来一些不谙世事的少女,强迫她们卖淫。

针对不同少女,他见人下菜碟。

有的是用霸王硬上弓的方式,想走?没门,公开你的不雅照片!

有的是用金钱诱惑加洗脑的方式。

而他最擅长的是恐吓,把女孩们都震慑住后,没人敢报警。

不仅如此,当招不到新人时,这个没有人性的家伙甚至会强迫妻子直接接客。

为了寻求刺激,李永鹤会偷拍或者直接站在一旁拍摄交易场景,把视频放在网上卖钱。

他电脑中的视频大都是这么来的。在他的眼中除了钱,道德、感情、羞耻,早已被抛之脑后。

得知妻子被继父侵害时,李永鹤的第一反应不是帮妻子讨回公道,而是想着以此敲诈继父一笔。

"那你再跟他做一次，我拍下来可以勒索他。"

能说出这种话的人，良心早已被罪恶吞噬，人性在他身上早已消失殆尽。

他所花的每一分钱，都沾染着无耻。

值得一提的是，李永鹤很明显是利用了韩国法律的漏洞。

他不碰14岁以下的少女，是因为韩国法律对胁迫13岁及以下的未成年人犯罪会加重刑罚。

这个魔鬼很巧妙地避开了这一点，他知道自己在犯罪，但心存侥幸。

认为只要精准把握好了尺度，就不会有什么问题，并为此找好了后路。

只是正义和法律不会放过他，总有一天他要为自己的恶行付出惨痛的代价！

铁证如山，李永鹤已无法辩解，只能交代了事情的前因后果。

妻子死后，他欲壑难填。

对他来说，妻子不过是发泄欲望的玩偶，更是个赚钱的工具。

他长期对妻子进行精神控制，甚至让对方在私密处刺下文身。

工具人一死，他总觉得生活少了点意思。

再也没有人能让他招之即来，挥之即去。

直到他看见女儿那个漂亮的同学，邪念蠢蠢欲动，最终将魔爪伸向了年仅14岁的贞贞。

他提出要给李雅妍找一个"新妈妈"，让女儿帮她把人带回来。

从小就在父亲的洗脑下长大，少不更事的李雅妍并不明白爸爸的真正意图是什么。

她只知道，父亲是最爱她的人，父亲说什么她做什么就是，于是一步步沦为害死朋友的杀人帮凶。

一桩惊天大案被揭晓。

披着人皮的恶魔终于被揭露,血淋淋的獠牙呈现在大众面前。

4. 阴暗滋生

李永鹤,原名李英学。

事发当年35岁。

他出生在一个富裕的家庭,原本应该过着幸福的童年,却因为"巨大牙骨质瘤"改变了人生轨迹。

随着长大,他的面部开始变得畸形。因为与众不同的丑陋外表,李永鹤在学校遭受了长期霸凌。

青春期的男生,正值荷尔蒙旺盛的时期。眼看身边的男生都谈起了恋爱,李永鹤备感孤独。但校园中,从来都没有女孩愿意正眼瞧他,反而看见他都躲得远远的,背地里叫他丑八怪。

好在家里有钱,父母也愿意花钱给他配备顶级的医疗团队。

为了治疗,李永鹤需要做肿瘤切除手术,敲掉了所有的牙齿,只剩下一颗臼齿。

手术能治好他的疾病,整容能修复他的外貌,却无法弥补他的内心。

在疾病的折磨和外部环境的双重作用下,李永鹤的心理逐渐产生了扭曲。

他只能通过挥霍钱财来获得一些存在感。但还不够,他要从女人身上夺回属于男人的自尊心。

没有女生愿意和他交往,他就采取强制的手段来挽救可悲的自尊心。

干了这些龌龊事的李永鹤并不害怕被揭露，反而会在别人面前炫耀。

韩国是财阀独大的社会，金钱就是一切。李永鹤的这些恶行，也都被李父的金钱摆平了。

李家父母或许是觉得亏欠儿子，或许是忙着赚钱，没空管他，只顾着给儿子擦屁股。

在这种环境下，李永鹤的三观也开始扭曲，他觉得金钱能摆平一切。这也是为什么他那么渴望金钱，为了钱胡作非为，却有恃无恐的原因。

但做生意总有亏本的时候，钱总有用完的一天。

李家的钱在金融危机的巨浪之中，不过是一滴水珠，连水花都溅不起。

家里破产，父母离婚，李永鹤也从富家公子哥儿变成了住在地下室的"下等人"。

他和妻子的婚姻，也是一场悲剧。

18岁的李永鹤考不上大学，为了生存只能去打工。

打工时，他遇到了长相清秀的瑛善。一见对方是个手无缚鸡之力，没什么背景的弱女子，李永鹤色心、歹心并起，找准机会强奸了瑛善。

那时候的韩国社会还很封建，对女人的包容度很低。

14岁的瑛善刚步入社会，还未成年，遇到这种事，十分慌乱。因为害怕名声不保，遭人唾弃，再加上李永鹤的威胁，瑛善选择了忍让，将眼泪往肚子里吞。

但忍气吞声换来的并不是对方的同情，反而更助长了李永鹤的恶行。久而久之，瑛善怀孕了。

李永鹤觉得好不容易找到一个这么听话的女人，正好她怀了自己的孩子，干脆就结婚。

一段悲剧的婚姻也就此开始。

不幸的家庭造就的当然不止婚姻双方，还有无辜的孩子。

要说李永鹤也是运气不佳的，自己有罕见病也就算了，偏偏还把病遗传给了女儿。

按照他们当时的家境，连温饱都成问题，根本不可能付得起女儿李雅妍的手术费。

李永鹤苦思冥想，终于想到一个绝妙的主意。

好歹是从财阀家庭出来的公子哥儿，从小浸润在商业圈子中，也让李永鹤对商机和人心有一定的灵敏度。

他知道如何利用人的同情心，知道怎么揣摩洞察人的心理。

激发人们的慈悲心，就是最好的敛财办法。

很快，他就四处奔走，联系各路媒体，为自己包装出一个励志人设。

再拿着女儿的病当幌子，靠着卖惨火遍大江南北。

名有了，利也有了。通过欺骗暴富后，李永鹤再次感受到金钱至上的快乐。

为了弥补青春期的阴影，他开始不断整容，试图修饰外貌。

他还爱上了文身，在身上描龙刺凤，以显示自己并不好惹。

为了在两性关系中证明自己是个真男人，他甚至去整了下半身。结果花了千金，韩国的整容技术没把他整成帅哥，反倒落得个下半身不举。

5. 煤气灯效应

事情一经曝光，震惊韩国全社会。

"臼齿爸爸"的人设翻车，公众形象破碎，舆论一片哗然。

"即使家徒四壁，我也不会放弃希望，我想让女儿接受治疗，迎接新的人生。"

"我因为没钱才只能给她爱，但是却连疾病也给了她。"

当年说这些话时的李永鹤，看着女儿充满了愧疚，眼神中流露出的父爱，可歌可泣。

更让无数人觉得他身上真正体现出"父爱如山"，值得赞颂。

他带着女儿治病的纪录片，在那个寒冷的冬天，不知牵动了多少韩国人的心。

却没想到，他竟然做出如此伤天害理之事，是个遭人唾弃的社会渣滓、败类。

事情告一段落，被指控性侵的李永鹤继父在老家上吊死亡。

死前，他留下遗书，控诉自己的无辜，只能以死自证清白。

逝者已去，人证物证都已不在，真相被带进了坟墓。

豪门罗生门最终只能不了了之。

到底是李永鹤为了勒索钱财胁迫妻子勾引公公，还是公公长期强奸霸凌儿媳，恐怕只有当事人自己心中清楚。

而李妻究竟是被人推下窗户，还是跳楼自杀，也无人能说清。

这起意外死亡和性侵案件没有等到最终的正义。

案发5个月后，也就是2018年2月，恶魔李永鹤被判死刑，李雅妍因未成年被判刑6年。

李永鹤却不服判决，提出上诉，并且在狱中写下了长达100页的反省信。

又是同样的套路，他这一辈子，都是在靠着乞求、卖惨来存活。

一审7个月后，二审竟然推翻了一审，李永鹤从死刑改判无期，李雅妍的刑期减为4年。

理由是，父女俩杀人具有偶发性，并非蓄谋已久的故意。

而且李永鹤也有精神疾病。

任谁看了这一纸判决都要大呼离谱！

这一判决，引发民愤，韩国国民联名上书请求青瓦台判李永鹤死刑。

但至今，韩国法院并没有改判。

贞贞的不幸遭遇令人痛心疾首。

李雅妍和她妈妈的遭遇令人惋惜。

"臼齿爸爸"的双面人生更是令人唏嘘。

写这个案子不是为了猎奇，而是为了从案件中吸取经验，帮助我们在现实生活中规避不必要的伤害，早日认清人心。

心理疾病显然不是遮羞布，也不是逃脱法律制裁的理由，更不能成为伤害他人的借口。

现实生活中，遇到靠着卖惨来博取同情，通过卖惨想要让对方单方面付出的行为，都应该远离。

另外，现实生活中也要远离制造"煤气灯效应"的人。

"煤气灯效应"是一种心理操控和洗脑手段，就是对受害者施加情感虐待和操控，让受害者开始产生自我怀疑。

长此以往，受害者的认知会被颠覆，反而认同施暴者的想法。

就比如李雅妍，按照正常人的认知，绝对不会将自己的好朋友送入虎口。

正是由于李永鹤对女儿长期的精神控制，让雅妍彻底否定了自己的认知，对于爸爸灌输的观念全盘接受，才沦为杀人帮凶。

而李永鹤的妻子，或许也正是因为被长期控制和洗脑，无法脱离魔窟，"甘愿"忍受伤害。

但不管怎样，做错事的人就应该受到惩罚，讨论原因不是为犯罪者开脱，而是让其他人避免成为下一个被害者。

对李永鹤的惩罚不足以慰藉死去的亡魂。

也愿世界上的每一份善意、每一颗爱心都不会被辜负。

对真正需要帮助的人，继续伸出我们温暖的手。

英国模特的网络谜踪

　　美艳女模特到国外拍片,两天后,她的性感照片却出现在了经纪人的邮箱里。

　　她身穿紧身衣,躺在冰凉的地面上,像一个没有情感的洋娃娃,任人摆布。

　　有人威胁,如果不交出巨额赎金,这个女人就会被挂在暗网上售卖。

　　无论是变态富豪,还是黑帮,只要对她有兴趣,都可以出价竞拍。

1. 女模

2017年7月12日，刚满20岁的英国女模特克洛伊·艾林应一家摄影工作室的邀请来到米兰，拍摄一组机车主题的照片。

克洛伊金发碧眼，身材性感，是一名职业模特。

但她可不是我们常见的走T台、瘦削高冷的时装模特，而是专门为一些报纸拍摄无上装照片，以提高男性读者购买欲的性感模特。

因为这类照片通常会被放在报纸的第三版，所以这类模特被统称为"三版女郎"。

虽然听上去"不入流"，但克洛伊能借着工作的机会到处旅游，所以她对自己的职业很满意。

凭借出众的身材与甜美的长相，克洛伊收到的工作邀请越来越多。比如这家米兰的工作室，已经是第二次找她了。

虽然第一次因为一些意外没有合作成功，但是时隔几个月后，这个工作室还能来找她，不正好证明了自己的商业价值和非凡的吸引力吗？

克洛伊有预感，这次米兰之行将改变她的人生。

事实上，的确如此。

工作室位于米兰火车站附近的一条小街上，从外面看，只是一间普通的门面房。

克洛伊下了出租车，掏出地址核对。

没错，就是这里。

房子外面没有任何醒目的标识，除了门牌号，只挂着一个"工作室"

的牌子。

这房子看上去有些破败，但是已经从业一年有余的克洛伊知道，很多摄影工作室搭建在废弃的仓库里，一旦你进去，就会发现里面大不一样，嘈杂的声音，随处可见的拍摄器材，灯光耀眼的化妆间，各种拍摄道具……

可是当克洛伊推开门时，里面却一片寂静。

"你好！有人在吗？"克洛伊边打招呼边向里面走去。

穿过一条走廊，她来到一个拐角处，向左边看去，希望有人出来迎接她。

然而并没有。

正在她纳闷时，突然，从身后传来急促的脚步声。还没等回头，她的嘴巴就被一只戴着手套的大手紧紧捂住了。

同时，一条粗壮的胳膊从另一侧绕过她的脖子，牢牢控制住了她。

克洛伊被勒得眼冒金星，双手狂乱而又无力地抓着那条胳膊。她吓坏了，想呼救却喊不出来，嘴里只能发出"呜呜"的声音。

但让她更加恐惧的事情发生了。

一个强壮的蒙面男人冲到了她面前，手中的东西闪着阵阵寒光，那是一个针管！

"快点！抓住她的胳膊！"勒住克洛伊脖子的人低声催促道，声音里明显带着东欧口音，但克洛伊根本顾不上仔细分辨。

她只有20岁，来这里是为了工作，不可能与人结仇，他们一定是认错人了！

她必须喊出来，里面还有人在等着她拍照，他们一定会对她施以援手。

但瞬息之间，她已经被按在了地上，左臂一阵刺痛袭来。

针头已经刺进了她的皮肉，克洛伊知道，她再也无力反抗了。

短短几秒钟之后,一团黑暗笼罩了她。

一阵颠簸,让克洛伊醒了过来。

她的头隐隐作痛,身上湿热难耐,连呼吸都不顺畅。

她的嘴巴被胶带封住了!

恐惧、惊慌瞬间笼罩了她。

她奋力挣扎,却发现双手双脚已被冰冷的东西死死捆住。

居然是手铐!

她举起被铐在一起的双手撕下了嘴上的胶带,张开嘴,但仍旧喘不上气,这时她才发现,周身被橡胶一样的东西包裹着。

她似乎被装进了一个大口袋。

不会是裹尸袋吧?

她胡乱地摸索着,终于摸到了一条拉链。她扒开拉链,大口呼吸,同时也看清了,这是一辆汽车的后备厢。

而这辆汽车正在快速行驶!

"我要被带到哪儿去?"

强烈的求生欲涌上了克洛伊的脑袋,她不顾一切地大喊起来:"救命!救命!我被绑架了!救救我!"

车子"吱"地停了下来,克洛伊闭上了嘴巴,她为自己的鲁莽感到懊恼,如果激怒了绑匪,自己这条命随时都没了。

后备厢盖猛地被掀开,强烈的阳光直射在克洛伊脸上,她下意识地眯起了双眼。

眼前立着一个高大的身影,虽然是盛夏,但这个人还戴着滑雪面罩。

克洛伊吓得浑身发起抖来,但她还是鼓起勇气问道:"你们是什么人?要把我带到哪儿去?"

没有回答。

那个人俯下身子，把胶带贴回她嘴上，拉上口袋拉链，又在上面压了几个空纸箱。

"砰"的一声，后备厢盖被重重地扣上，车子又继续开动起来。

等蒙面人再次打开后备厢盖时，克洛伊才注意到自己身上只剩下了紧身连体内衣。她热极了，喉咙又干又疼，像火烧一般，如果还穿着外套和裤子，她一定会脱水昏厥过去。

可是他们为什么要脱掉自己的衣服呢？

她的记忆停留在针头扎进胳膊时的刺痛，她失去知觉之后，那两个人对她做了什么？

劫财？她衣着普通，没戴首饰，身上也没有多少现金。

劫色？从刚才那个男人的反应来看，似乎没有侵犯过她，而且她的身体没感到任何异样，连体紧身衣也还在。

如果劫财劫色都不是他们的目的，那他们一定另有所图。

杀了她，还是折磨她？

摄影工作室的人发现她失踪了吗？是否已经报警？警察能搜寻到她吗？

克洛伊忍不住哭了起来。

或许她再也见不到家人了。

2. 组织

7月13日清早，伦敦南部库尔斯登，"超级模特"经纪公司的老板格林满心焦虑地来到办公室。

他的脑袋昏昏沉沉的，眼睛里布满血丝，显然昨晚没睡好。但身体上的疲惫现在都不是事儿，因为他可能遇到大麻烦了。

公司里的签约模特克洛伊昨晚没有按计划从米兰回来，任何方式都联系不上。

登录工作邮箱之后，一个陌生联系人发来的邮件引起了格林的注意。

他屏住呼吸，打开邮件，一张照片赫然出现在眼前。

一个年轻女孩躺在地上，身上穿着一件粉色天鹅绒的连体紧身衣。她目光呆滞，面无表情，像一只待宰的羔羊。

虽然与平时活泼的样子判若两人，但格林一眼就认出，这个女孩正是克洛伊。

邮件的正文更是让他全身渗出了冷汗。

"克洛伊在我们手里。我们来自'黑死病'组织。本周日之前付给我们30万美元的赎金，否则我们会在暗网上将她拍卖，黑帮可是我们的最大买家。"

格林愣在当场，不知所措。果然，他最不愿意看到的事情还是发生了。

更令人胆战的是，克洛伊居然落到了"黑死病"的手里。

网上流传着各种关于"黑死病"的传言。据说，这是诞生于罗马尼亚的邪恶犯罪组织，活跃于暗网之上。从事贩毒、军火交易、贩卖人口等一切见不得光的行当。

他们在暗网上拍卖女性时，会标上女人的年龄、头发颜色、身高、三围，就像在出售玩物，从不把女人当人。

每卖出一个女人，他们就会赚到十几万、甚至几十万美元！

买家通常是变态富豪，或者是从事色情业的黑帮。年轻女人落入这些人手里，结局凄惨，即使能活着也不成人样。

据说被卖掉的女人，如果生病或失去了利用价值，会被拉走喂给富豪豢养的野兽。

格林感到一阵恶寒,他不敢想象克洛伊到底遭受了什么。

从照片上看,克洛伊满脸通红,目光呆滞,躺在地上一副任人摆布的样子。

她被凌辱过、被毒打过,还是被灌下了迷幻药?

格林双手颤抖,拨通了"999"。

警察很快赶到了格林的办公室。经过研判,他们意识到了事情的严重性,这不是一起简单的绑架案,而是与暗网相关的人口拐卖案。

消息马上传递给了意大利警方,请求协同办案。

意大利警方按照格林提供的地址找到了那家摄影工作室,但早已人去楼空。

除了克洛伊的帽子、外套、牛仔裤、运动鞋和一张"黑死病"的传单,没有其他任何有价值的线索。

这个所谓的摄影工作室,根本不存在。据房主说,房子已经荒废很久了。

看来这一切早有预谋,克洛伊陷入了设好的圈套里。

米兰那边的调查陷入僵局,英国警方只能回过来从格林身上调查。

毕竟犯罪嫌疑人是先与他联系的,是他给克洛伊介绍了这份工作,送她去的米兰,怎么看这件事都与他脱不了干系。

格林与警察谈起了他认识克洛伊的经过。

克洛伊是毛遂自荐来找格林的。那时她虽然只有19岁,但已经是一个小婴儿的母亲了。

因为过早地有了孩子,成了单亲妈妈,她草草中断学业,出来闯荡社会。

她主动提出想成为一名三版女郎,原因很简单,她有姣好的容貌与身材,这份工作可以轻轻松松地赚到钱,而且还能借着工作的机会去各地免费旅游。

金发碧眼、身材丰满,克洛伊确实长在了大多数欧美男性的审美之上。

加入格林的经纪公司之后,克洛伊顺风顺水,在不到一年的时间里轻松赚到了5万多英镑,以她的学历,这可算是高收入了。

除了金钱,克洛伊还收获了名气。

克洛伊喜欢在社交账号上发布自己的美照,其中不乏一些衣着暴露的自拍照片。

这一招果然管用。

掌握了"流量密码",克洛伊社交账号的点击量不断上涨,在出事之前,她已经有了15万的粉丝。

这么多的粉丝里,有多少心怀叵测之人可不好说了。

但是模特需要名气,需要曝光,年轻单纯的克洛伊更不例外,她几乎把生活的每个细节都发到了社交账号里,在哪里,在干什么……任何人只要想,随时都可以定位她的行踪。

直到她的面前张开了一张大网,她还一无所知。

3. 骗局

就在英国警方调查格林时,被装进口袋差点儿脱水而死的克洛伊,究竟遭遇了什么?

7月12日午后,此时的格林还不知道克洛伊已经被绑架。

克洛伊的母亲还在等着女儿晚上回家。

就在克洛伊被塞在后备厢,再次陷入恍惚时,汽车终于在意法边境附近的一个偏僻村庄里停了下来。

　　头晕目眩的克洛伊被两个男人拖进了一个破旧的小房子里。

　　她无力反抗，只能任由那两个人把她绑在沉重的木制家具上。

　　除了哭，这个年轻的姑娘什么也做不了。

　　在泪水和疲惫中，她熬过了第一个晚上。

　　除了送食物和带她去了一趟洗手间，那两个蒙面人都没有出现，虐待、侮辱也没有发生。但越是这样，克洛伊的心里越没底。

　　这两个人在等什么？

　　难道在等待买家来买她的器官？

　　每一小时，每一分钟，每一秒，克洛伊都在为自己的性命担忧。

　　她后悔孤身一人来到这个陌生的连语言都不通的地方。

　　当时已经是清晨，透过窗户，她只能看到连绵的大山。没有房子，没有人，更没有车从这里经过，她即使喊破喉咙也不会有人听到。

　　甚至连只鸟都没有，外面一片寂静。唯一的声音就是楼下那两个男人的说话声。听不懂的语言更让她恐慌。

　　突然，房间的门被打开了，一个男人出现在门口。

　　这次他没戴滑雪面罩，与克洛伊对视时，他毫不掩饰自己的得意："我们又见面了，我的女神。"

　　当克洛伊看清这个人之后，心里咯噔一下，一句话脱口而出："怎么是你？！"

　　就在这一年的3月，克洛伊的经纪人格林收到了一封工作邮件。

　　发信人是一名意大利摄影师，名叫安德烈·拉齐奥。他指名邀请克洛伊去巴黎拍摄一组法式风情的照片。

　　格林并没有马上替克洛伊接下这个工作。他先是问了安德烈一些专业性的问题，又查看了他以往的作品，一切看上去都再正常不过。

接下来就是商谈拍摄的具体时间和地点。

安德烈有问必答，为了表达诚意，还预付了 900 欧元作为定金。

能够得到去巴黎工作的机会，克洛伊喜出望外，但是随后发生的事却大大出乎了她的预料。

4 月 20 日，克洛伊如约到了巴黎，但戏剧性的一幕发生了。

就在当天，巴黎发生了恐怖袭击，一名警察被枪杀在香榭丽舍大街上，另有两名警察受重伤，凶手被当场击毙。

格林得到消息之后，赶忙给克洛伊打电话，让她待在酒店里，哪里也不要去，等到第二天拍照时再出门。

谁知到了第二天，克洛伊又等来了一个坏消息。

一大早，有人敲响了克洛伊的房门。她打开门一看，是一个戴着墨镜的陌生男子，此人身体强壮，额头上的一道伤疤尤为显眼，看上去像个黑帮保镖。

此人正是安德烈。

安德烈自称经常游走于世界各地拍照，前不久在社交媒体上关注到克洛伊，并被她的气质所吸引。

好不容易找到机会合作，却没想到前一天夜里摄影器材都被偷走了，所以拍摄只能取消。

临走时安德烈又给了克洛伊 100 欧元，作为她去机场的出租车费。

克洛伊满心失望地回到了英国。

原以为这件事就这么过去了，没想到几天之后，安德烈又给格林打来了电话。

原来，他又找到了与克洛伊合作的机会。

商量过后，两个人把时间定在了 7 月 12 日，地点就在米兰的工作室，安德烈还发来了工作室的照片，甚至提前支付了酬金。

一切看上去都万无一失，与以往的合作并没有两样。

7月11日，克洛伊提前一天抵达米兰，入住酒店。拍照将在第二天早上8：30开始，拍照结束后，她会乘坐晚上的航班回到英国。

她却没能登上那趟航班。

至此，克洛伊恍然大悟，所有的一切都是骗局，自己早已被坏人觊觎。

之前是因为"意外"，她才侥幸逃脱。

她之所以能从巴黎全身而退，并不是摄影器材被盗，而是因为当时发生了恐怖袭击，巴黎到处都是警察，犯罪团伙不敢轻举妄动。

但没想到，坏人根本没打算放过自己。

"你们要干什么？"克洛伊鼓足勇气问道。

安德烈没有直接回答，而是主动介绍起自己来。

他的真名叫卢卡兹·赫尔巴，自称是"黑死病"犯罪集团里的一个中层头目，专门做贩卖人口的"生意"。

他说话时态度温和，但是冷酷的眼睛、充满棱角的面孔和额头上那道伤疤让克洛伊不敢直视。

卢卡兹并不在意克洛伊的躲闪，丝毫不掩饰对这个"猎物"的满意。他像对待一只宠物般轻轻摸着克洛伊的金发，脸上露出温和的微笑，嘴里却发出不容置疑的威胁："我们已经联系了你的经纪人，如果他和你的家人愿意在本周日之前拿出30万美元的赎金，我们就会放你回去。"

4. 反转

30万！克洛伊被这个数字震住了，她一个小模特，出身贫寒家庭，哪来的30万美元?"

克洛伊颤抖着哀求道:"求求你……可我没有那么多钱,我妈妈也没钱。"

"没关系,我们有的是办法。你不知道你有多值钱!我的上帝!那些有钱佬看见你一定会发狂!还有一些皮条客,他们专门买你们这些娇生惯养的姑娘供变态客人消遣!天知道你会给他们带来多少财富!"

卢卡兹越说越激动,蓝色的眼睛闪烁着狂热的光,他双手摊开,好像在等着天上掉下钞票。

克洛伊吓得失声痛哭:"求求你,不要把我卖了,我答应你,会弄到钱,我可以找人来赎我,求你了……"

卢卡兹低下头,像饿狼盯着猎物般看着克洛伊,冷冷地说:"我的女神,哭红眼睛就卖不了好价钱了。没关系,有些暴发户喜欢金发美女。只要你不让他们感到厌倦,就可以活下去。"

卢卡兹停了一下,观察着克洛伊的表情,似笑非笑地继续说道:"失去吸引力,接下来享受你的就是他们养的狮子和老虎了!"

克洛伊此时已经浑身发软,连求饶的力气都没有了。

"想要活命,唯一的办法就是让你的家人朋友付赎金。以你的条件,恐怕不难找出几个愿意为你出钱的朋友。"说着,卢卡兹的眼神开始在克洛伊的身上游走。

克洛伊脑子飞快地转起来,有谁愿意为自己出这么大一笔钱?

她想到了曾经与自己约会过的几个人,或许他们能拿出这笔钱来。

卢卡兹记下这些名字,正要向门口走去,突然对克洛伊说:"这里到处都有我们的人,想活命就乖乖听话,那些打手可不像我这么懂得怜香惜玉。还有,在地上睡觉一定很不舒服,如果你愿意,今晚可以和我睡在一起。"说完,他离开了房间。

绑架、凌辱、贩卖、折磨、毒打、杀戮……克洛伊做梦也没有想到，这种在电影里才能看到的情节会降临到自己头上。

她感到窒息、绝望。

更要命的是，这个人渣居然要和自己同床！

不，我宁愿一直被铐在这里！你让我恶心！

但她不敢说出来。

惊吓过后的克洛伊反倒清醒了一些。

此刻的她孤立无援，被绑在这个不见人的地方，没有人知道她的下落。而且对方穷凶极恶，可能会做出各种匪夷所思的恶行。

想保命，想不被虐待，就要取悦这个恶魔。

现在绝不是跟他硬刚的时候。想要活下去，就要答应他的一切要求。

为了那一线生机，克洛伊决定取悦这个把自己推入火坑的男人。

身处英国的格林一筹莫展。

他按照绑匪提供的名单，与几个可能出赎金的人联系过后才发现，这些人一听克洛伊被绑架需要钱来救命时，全都竭力澄清自己与克洛伊的关系，指天发誓"我们只是普通朋友"。

只有一个人"出于人道主义"，愿意拿出两万美元。

警察一直在以格林的名义与绑匪周旋，尽量套取线索，并为营救克洛伊争取时间。

但意大利警察却不给力，在当地的调查依旧没有丝毫进展。

正当所有人陷入焦灼与绝望之时，7月17日，案件忽然峰回路转，出现了大逆转。

克洛伊被绑架的第六天上午，从意大利传回来一个令人备感意外的消息：克洛伊现身了！

克洛伊是被绑匪亲自送进了英国驻米兰领事馆的大门口，领事馆的工作人员第一时间抓获了还没来得及跑远的卢卡兹。

这可真是闻所未闻。到底发生了什么，让绑匪突然良心发现？

结果令人吃惊，居然因为克洛伊是个妈妈！

"黑死病"组织自称是个有底线、讲道德而又慷慨的组织，他们不绑架已为人母的女人。

表面上看，绑匪以"侠盗"自居，不想让一个幼儿失去母亲。可这哪里是什么"盗亦有道"，只不过是生育过的女人卖不了高价。

但无论如何，克洛伊平安了，在协助意大利警方调查了三个星期后，她终于回到了英国的家中。

人质被释放，罪犯被抓，这个案件理应告一段落，但谁知事情却远没有结束。

一个年轻漂亮的女人，不幸落入"人贩子"集团的手里却能全身而退，这个话题迅速吸引了英意两国民众的眼球。

各大媒体纷纷跟进报道此事，想尽办法挖掘背后的故事。

几天之后，意大利广播电视公司有幸在克洛伊家门口对她进行了专访。

人们原本准备看到一个饱受惊吓、精神憔悴的女性受害者，但是当克洛伊出现在电视屏幕上时，着实出乎人们的意料。

她身穿低领紧身背心和热裤，披散着金色的长发，化着精致的妆容，面带微笑地讲述着自己的遭遇。

怎么看这个女人都不像死里逃生的样子，倒像是刚拿了选美冠军。

这太反常了！

"美貌有罪论"开始了。

有人质疑她的经历，有人说她在借机炒作。

不久之后，质疑变成了指控，因为卢卡兹居然翻供了！

于是，故事有了另一个版本。

5. 自救

据卢卡兹说，他和克洛伊在巴黎初次见面就成了朋友，后来快速坠入爱河。

为了让克洛伊红起来，他们共同谋划了这么一个"先被黑帮绑架，又被慷慨释放"的离奇故事。

一旦媒体报道出来，肯定能引起不小的轰动，克洛伊的身价说不定就能涨上好几倍！

他的话有人信吗？还真有很多人相信。因为卢卡兹的律师拿出了一段监控视频，拍摄于克洛伊被绑架后的第五天。

视频里，克洛伊和卢卡兹出现在了一条商业街，像情侣一样，手拉手进了一家店铺。

据那家商店的店员回忆，克洛伊看上去没有任何异常，没想逃跑，也没有向他人求救。

一时间，舆论哗然。

有些人本来就对克洛伊"三版女郎"的身份颇有微词，突然来了这么一条猛料，马上来了精神。

"我就知道这事儿没那么简单！"

"这种女人为了博出位什么都干得出来！"

而克洛伊的另一些举动，更让人们认为她就是一个野心勃勃的女人。

她回国之后立马与格林解除了合约，转投到另一个经纪人门下，似乎一切早有预谋。

不过对于所有质疑和指控，克洛伊坚持了自己的立场。

"格林先生本来应该查出绑匪的破绽，这是他的职责，但是他并没有，还把我送入了虎口，害得我差点儿丧命。我怎么能与他再合作下去？"

"有些人可笑至极，认为他们知道的比警察还多。我相信一切终会水落石出。"

法庭毕竟是讲证据的地方。

首先，法医在克洛伊的头发里检测出了氯胺酮的成分，这种麻醉剂使用过量，会造成呼吸停止。

正常情况下，假绑架是不会拿人命冒险的。

其次，卢卡兹声称自己与克洛伊合谋假绑架，但拿不出证据。没有邮件，没有任何通信。倒是他与另一名案犯，也就是他的亲哥哥米查·赫尔巴之间的通信联系显示出他们在一起预谋绑架，比如通知对方准备好麻醉剂、手铐，以及能装进一个人的旅行袋，等等。

他还一直试图制造蓖麻毒素和氰化物，同时不断在网上搜索"克洛伊·艾林""性交易"等内容。

经过审理，卢卡兹于2018年6月被米兰法院以绑架罪判处16年9个月监禁，他的哥哥米查被判处16年监禁。

至于他们背后的"黑死病"组织，卢卡兹始终拒绝谈论。这也让那个犯罪组织更加神秘。

对于人们的质疑，克洛伊给出了解释。

为什么在商业街没有逃跑？

卢卡兹告诉过她，他们每次抓住女孩，组织里的人都会潜伏在关押地附近。一旦女孩逃跑，他们马上就会把她抓回来，轻则毒打一顿，重则摘除器官卖掉。所以，克洛伊宁愿想其他办法。

而且因为她的服从，卢卡兹对她的态度明显温和了许多，她明白，自己能否回家完全取决于卢卡兹，她希望得到卢卡兹的怜悯。

如果能得到他的爱，说不定他会把自己从火坑里拉出来。

于是克洛伊开始更加努力地对卢卡兹施展魅力。

有一天，卢卡兹突然问她："我们以后能生活在一起吗？"

克洛伊给了他一个充满希望的回答："只要你们放了我，我们就能名正言顺地在一起。"

但7月17日这一天，卢卡兹和米查突然把她再次装进口袋，塞进了汽车后备厢。

克洛伊万念俱灰，看来自己的努力全部白费了，最终还是难逃被卖掉的命运。

直到从车里出来，卢卡兹才告诉克洛伊，他决定冒险背叛组织，把她送到英国领事馆，她可以回家了。

不过此时克洛伊还以为，被释放是因为卢卡兹对她有了感情。后来才知道真正的原因是她生过孩子。

但不管怎样，她没有跟绑匪硬碰硬确实减少了被虐待的风险。

克洛伊大难不死，从此一举成名。她频繁接受采访，着手写书，还参加电视真人秀《名人老大哥》。

但克洛伊宁可自己没有这么大的名气。

脱险之后，克洛伊很挣扎。晚上她根本睡不着，或者说她不愿意睡着。

"在最初的几个月里，我在妈妈睡觉的时候熬夜，然后在白天睡觉。晚上我每听到一点小噪音，就会跑进她的房间。有一次，我甚至把抽屉柜堵在门口，因为我害怕那些人再找上我。"

那些企图寻找"完美受害者"，希望通过歪曲事实炒作此案，为自己的自媒体账号博取流量的人，愿望落空了。

法律，永远不会站在邪恶的一方。

6. 人心

这个案子最大的爆点，直指"人口贩卖"这一长久存在的罪恶。

每年，几乎各个国家都有男人、女人和孩子落入人贩子的手中。

无论是作为受害者的来源国、中转国还是目的国，几乎每个国家都受到贩运人口行为的影响。

2019年，联合国发布的一份报告指出，在全世界破获的拐卖人口案件中，70%的受害人是女性，23%的受害人是未成年人。

被贩卖者中也有年轻男性，他们基本来自贫穷的非洲国家。他们为了生活选择背井离乡，却不幸落入人贩子手里。

他们的经历同样凄惨，会被卖到发达国家从事重体力劳动。如有反抗或是逃跑，就会遭到毒打和非人的虐待。

就在此刻，在世界各地的黑暗角落里，贩卖人口的罪行一直在持续。

此外，由于网络技术的发展，人口贩卖变得风险更低，更不容易被发现和追查。这就使暗网上的人口贩卖更猖狂。

由于具有匿名性等特点，暗网成为各类违法犯罪的集中地，是各种犯罪组织和恐怖组织的完美庇护所。

印度南部最大的报纸《德干纪事报》曾报道，据美国的一项研究，暗网每天大约有250万游客涌入，在两年的时间里，有超过6000万条广告在3万多个暗网网页上发布，并促成了2.5亿美元的人口交易额。

这个数额甚至超过了毒品的交易额。

有需求便有市场，在"无本万利"的诱惑下，人贩子甘愿铤而走险。

说到底，贩卖人口的罪恶还是基于一小部分人对弱势群体，尤其是对女性的物化和欺压。

在施恶者眼里，女性是从属，是玩物，没有任何权利可言。

只要我们多留意社会新闻就会发现，贩卖人口离我们并不遥远，除了加大司法打击力度，买卖双方都要受到严厉惩罚。作为女性，也要保护好自己。

有不少网友总结过如何杜绝被拐卖，在这里我们也想提醒女性读者：

去陌生的地方旅行，尤其是出国旅游，一定要结伴而行。

不要轻易与陌生人接近，也不要接受莫名的帮助或馈赠。

独自出游虽然听上去浪漫洒脱，但如果遭遇不测，将会跌入万丈深渊。

即使有幸获救，身心也难免受创。所以不要轻易测试自己的运气和抗击打能力。

如果有陌生人求助，请让对方找警察帮忙，"有困难找民警"不是说着玩儿的，一个小姑娘能比民警的能力更强吗？

夜晚出行尽量走大路，走监控覆盖的地方，看到敞开门的汽车一定要绕开走，因为把人掳走就是几秒钟的事。

为人母的女性一定要保护好自己的孩子，在外面绝不能让孩子离开自己的视线，同时也要警惕陌生人没有缘由的热情。

愿大家每天都能平安回到自己的家。

西雅图屠夫，制造20年悬案

他一面高声朗诵《圣经》，一面手起刀落虐杀近50名女性，制造出长达20年的悬案。

为了抓他，美国政府花了1500万美元，卷宗多到用车拉。

他太会伪装了，连同床共枕的妻子都不知道老实的丈夫怎么把警方玩弄于股掌之间。

正邪交锋最激烈的时刻，警长甚至请出了《沉默羔羊》的原型变态杀手，联手破案。毕竟，"同行最了解同行"。

1. 鳄鱼的眼泪

美国21世纪最臭名昭著的变态杀手，与警方周旋了20年的恶魔终于站在了审判席上。

这个披着人皮的畜生，不但用邪恶的手法奸杀了几十位无辜女性，还会在作案后嚣张地重返抛尸地对尸体进行侮辱，一遍又一遍回味虐杀带给他的愉悦！

此时此刻，他泰然自若地站在审判席上，身边围满法警。

这些法警不是为了防止他逃跑，而是为了保护他不被在场的被害人家属撕碎。

家属们个个咬牙切齿、目眦尽裂，要不是有法警拦着，恨不能生食其肉！

有人咬着后槽牙泪流满面："我希望有人也能勒住你，让你窒息到失去意识。这样你就能一遍遍地体会你施加在我们母亲、女儿、姐妹身上的恐怖暴行！"

有人绝望哀号："我就是那个在家等着妈妈回来的小女孩，但是我永远等不到她了。"

甚至有人冲破了警戒线，不顾法警的阻拦，撕扯、狂吼："杀了他！我要他血债血偿！"

法庭内嘶吼声、哭嚎声连连。

而站在审判席上的男人气定神闲，麻木地看着眼前发生的一切。

当一位老人向他说道："我原谅你，因为上帝会原谅有罪的人。"

恶魔竟突然失声痛哭，落下几滴鳄鱼的眼泪。

旁听席边上坐着的是凶手毕生的对手，那个将他绳之以法的专案组组长——警长戴夫。

在长达20年的追逐中，凶手曾和他数次交锋，却从未落网。

戴夫一声冷哼，他知道，这条滑不溜秋的老泥鳅又在演戏了。

原谅他是上帝的事情，自己的任务就是送他去见上帝！

戴夫盯着那张戴着眼镜的斯文老实脸，记忆回到了他们初次交手的时候……

21年前，也就是1982年夏天。

西雅图接连两位女性被害，死者全部是被勒死后抛尸的。尸体上有不同程度的虐待痕迹。

警方感到情况不妙，立刻成立了专案组。

戴夫作为新上任的组长，踌躇满志，他相信天底下就没有抓不到的罪犯，如果有，那也是因为没有遇到他戴夫！

没过几天，他们接到了一位钓鱼老伯的报警电话。

戴夫赶到现场，瞬间头皮都麻了。

老伯瘫坐在岸上，指着河里的东西，已经吓得说不出一句完整的话。

河里"站立"着两个赤裸的女人，其中一个扬着手，仿佛在和他们打招呼。

尸体的脚上都绑着沉重的石头，在水里浮浮沉沉若隐若现。

两具尸体打捞上来以后，戴夫还来不及细看，身后突然传来一声疾呼："组长！土里还有一个！"

居然一下发现了3具尸体！

加上前两个月的那两个，已经有5名被害人了。

这5人都是附近红灯区的站街女。

尸检证明，死者在生前均与人发生过关系，而且遭到了非人的虐待。

其中一个死者，戴夫还曾经见过。她是一位三个孩子的黑人妈妈，因没有能力抚养孩子被迫沦落街头。

戴夫在此前调查走访时还提醒过她，最近有女人被杀，千万小心。

三孩妈妈还说自己很聪明，防备心很强，一定不会有事。

没想到，两周以后再见，竟然已成为一具尸体。

戴夫愤怒又挫败。

因为河水冲刷了一切犯罪痕迹，即便经验老到如他，也难以大展拳脚。

冷静下来细想，凶手一定是一个善于伪装、容易让人信任的人！

他意识到这是一起连环奸杀案，如果不快点抓住凶手，将会有更多女性被害，而且站街女是他接下来重点观察的对象。

这期间，戴夫昼夜不休，白天带队调查，晚上化装，假扮成嫖客想从站街女口中打探消息。

奈何做这个行当的女人都相当谨慎，不愿意和人攀谈过深，更不愿意把客人的长相、特征描述出来。

戴夫一无所获。

果不其然，一个月后，又一名20岁的女孩遭到了毒手。但当时警方侦破技术落后，导致她的尸体无法被辨认出身份，也无法通过体液确定凶手。

尸体便一直保存在法医室里，成了一具无名女尸。

就当戴夫顶着黑眼圈，坐在楼道里郁闷地抽烟时，一名18岁的年轻孕妇失踪了。

"你说什么？这才三天！"戴夫不可置信地揪着探员的领子吼道。

孕妇失踪的时间，离无名女尸仅仅隔了三天！

她并不是站街女，但她和男友住过的旅馆靠近红灯区。

又是红灯区！

戴夫急得直薅头发。

接下来凶手杀疯了，丝毫不给警方喘息的机会。

5天后，一个15岁的女孩失踪了；又过了6天，一个16岁的女孩也消失了。

被害人一个接一个地出现，警方毫无还手之力。

2. 犯罪脚步

戴夫双手颤抖握着被害人资料，一想到那个黑人妈妈的三个嗷嗷待哺的孩子，想到无辜孕妇一尸两命，想到那么多未成年花一般的少女……

他强迫自己打起精神重新振作，经过他和专案组的谨慎分析，得出以下几个特征：

第一，这个凶手极其善于伪装，连阅人无数的站街女都难逃他的魔爪，现实生活中很有可能是个好好先生；

第二，凶手应该有车，他不可能徒步带着被害人到偏僻的地方杀人抛尸；

第三，这个人肯定有某种隐蔽的精神障碍，而且极有可能和性有关！

尽管事后的调查证明戴夫的推断大部分正确，但就目前来看，戴夫仍然陷入了死局。

警方开始全力调查有性侵前科的人员、精神病人以及在附近工作或者有车的男人。

然而，没有找到任何线索。

又一名被害者出现了，这次，竟然是露天垃圾场！

这个杀人恶魔的手段又升级了！

他把尸体肢解，堂而皇之地扔到露天垃圾场。

从小心翼翼抛尸，生怕被人发现，到此刻大咧咧地抛尸于公共场所。好像在说："看见没？这都是老子做的！有本事来抓我啊。"

戴夫鼻尖萦绕着尸块散发的恶臭，握紧了拳头。

警方的压力倍增。

谁也不知道这个恶魔是谁，甚至有人猜疑凶手是警察。

"只有警察有权力接触到那么多站街女。"

"为什么迟迟不破案？是不是内部包庇？"

说得有鼻子有眼，更有甚者直接拉着警探质问。

戴夫面对民众的质疑却只能保持沉默，而凶手却没有停下犯罪的脚步。

转过年，也就是1983年4月末，又有一名女性失踪了。

这次，有目击证人。

戴夫连忙飞身赶往现场。

失踪的女子叫吉娜，她和男友在一家餐馆用餐。

男友出去打了个电话的工夫，吉娜就不见了，他看到吉娜上了一辆棕红色的皮卡。

男友马上开车跟着那辆皮卡，他还看到这个心大的女人在和开车的男人交谈。

在一个十字路口等红灯的时候跟丢了，皮卡带走了吉娜，她再也没回来。

男友迅速找到了吉娜的家人，他们分头寻找那辆棕红色的、后车厢被改装封闭了的皮卡。

终于，在距离红灯区几个街区外的一个死胡同里发现了这辆车。

吉娜的家人报警，他们认为吉娜就在车旁的那所房子里。

皮卡！这与戴夫的第二条猜想不谋而合。

戴夫按捺住内心的激动，顺着家属提供的线索，来到了一家给卡车喷漆的厂房。

一个戴眼镜的男人打开了门，男人长相斯斯文文，拘谨有礼。

面对警察的询问对答如流，说房间里只有他一个人，没有什么女人。

戴夫带队搜查了房间，确实没有发现。

"警探先生，要喝一杯咖啡吗？"

戴夫转身盯着站在一旁向他发出邀请的眼镜男，警察的嗅觉在那一瞬间闻到了一丝不对劲。

这个人为何面对警察会如此淡定？

不死心的戴夫把眼镜男带回了警察局，对他进行了测谎。

眼镜男全程淡定如斯，面对测谎仪丝毫不怵，成功通过检测。

为了保证检测结果的真实性，戴夫又给他测了第二次。

还是顺利通过，证明他没有撒谎。

戴夫像一个泄了气的皮球，在没有证据的情况下只能把眼镜男释放。

警方把这个男人的所有信息进行了采集，归类在几百名犯罪嫌疑人信息中，包括他的DNA。

由于当时DNA比对技术并不先进，这个事情就不了了之了。

接下来，依旧有女孩不断地遇害。

3. 事件转机

一个月后,一名酒吧服务员遇害。

她的尸体旁边摆着一瓶红酒和几根香肠,同样的,生前遭受过虐待。

不同的是,她死后身体遭到侵害,现场还留下了迷惑性的假证据。

凶手越来越变态且狡猾了!

西雅图警方愤怒了,为了加大侦破力度,戴夫的专案组扩大到了40名探员。

转眼又过了一年,凶手越来越疯狂,几乎每半个月就会作一次案。

截至1984年底,短短两年内,被害女性高达40人之多!

40个探员,40个死者。戴夫自嘲地冷笑。

这件案子轰动了整个美国,戴夫觉得自己被钉在了耻辱柱上。

什么犯罪心理专家、刑侦专家,能使的手段都用了,统统不好使!

万般无奈之下,戴夫忽然想到一个人。

此刻正关在监狱里的一个大变态——泰勒·邦迪。

这家伙智商极高,表面是律师,背地里是虐杀女人的变态连环杀手,曾成功越狱两次,杀害了30多个人。

只有同类才能互相了解。

戴夫要跟杀人狂联合破案!

这个想法遭到了上级的驳斥。

堂堂警探竟然向一个犯人寻求帮助,这岂不是天大的笑话?

戴夫回怼:"这件案子不破,我们现在就是天大的笑话。"

经过沟通,泰勒给出一条重要建议,这个"同行"会侮辱尸体,说明他很满意自己掌控他人身体的行为,极可能会返回抛尸现场细细品味。

实际上凶手确实返回过抛尸地,但都在尸体还没被发现的时候。

戴夫带队在各个抛尸地点蹲了好几天,连凶手的影儿都没看到。

死亡的阴云笼罩在西雅图上空,杀手越发嚣张。他甚至把印有侮辱警方效率低、警方被悬案困扰的报纸刻意留在犯罪现场。

凶手还会把三四具甚至是五具尸体堆放在一起,就像对待垃圾一样随意摆弄。

无穷尽的杀戮引起了社会的恐慌,人们自发地走上街头游行示威,抗议惨无人道的杀戮。

就在警方以为凶手会继续疯狂作案时,他却突然销声匿迹了。

之后长达9年的时间,没有发生过任何一起相似的奸杀案。

专案组大多数人都纷纷猜测,凶手是不是已经死了?

只有戴夫面色凝重,没有丝毫松懈,决定跟这起案子死磕到底。

"凶手已经9年没作案了,别被他困住。"

"困住我的不是凶手,而是40个亡魂。"

所有人都认为他魔怔了。

很快,专案组解散。

这件案子成了悬案,也成了戴夫心头的烙印。

之后,一旦有类似案件发生,戴夫就像发了疯一样奔往现场,但依旧一无所获。

戴夫的精神几近崩溃,但他知道,这家伙还在,自己不能先倒下!

直到2001年,事件出现了转机!DNA比对技术横空出世。

几乎同一时间,戴夫猛然想起冷冻柜里的那具无名女尸,她的体内还残留着凶手的体液!

拿到比对结果后,戴夫瞳孔骤缩老泪纵横。

原来,他早在17年前就见过凶手!

还记得1983年驾驶皮卡把吉娜带走的那个司机吗?

他的唾液和头发中获取的DNA样本,与留在被害人体内的体液样本相匹配,比对结果完全一致!

清白身份遮掩下的双重生活、50岁左右的年纪、不起眼的身材、某种形式的精神障碍、戴夫打过交道的戴眼镜的男子……此刻都聚合成了这份薄薄的报告中的那个名字——加里·里奇韦!

4. 杀手真容

戴夫瞬间热血沸腾,他马上召集大量人马,对加里实行了秘密调查。

多少次,凶手的样貌在专案组的成员脑海里萦绕却看不清真相。

十几年,背负着压力与不甘的华盛顿警方被纳税人抱怨与群嘲。

戴夫因此成了行业笑话,差点把自己逼疯!

终于,终于!

恶魔露出了马脚。

万事俱备,只差逮捕。

2001年11月底这一天,加里像往常一样走出厂房,准备下班回家。

正在此时,附近埋伏的几名便衣一下子冲上去,瞬间把他团团围住,咔嚓一声,加里被扣上了手铐。

本该在17年前就逮捕的凶手终于落网!

整个华盛顿沸腾了,整个美国沸腾了!

没想到，恶贯满盈大名鼎鼎的"绿河杀手"竟然是个斯斯文文的眼镜男！

有人要问了，怎么会是他呢？

他曾经两次通过了测谎仪。

心虚的人才会说谎，心虚的人尚有良知。

而根据犯罪心理专家的分析，测谎仪对毫无良知的人是无效的。

也就是说，加里是一个彻头彻尾的魔鬼，是人间撒旦。

所以不能完全依赖测谎仪，因为人心难测。

就在戴夫带队的警方雄心重振，准备把恶魔送上法庭时，吊诡的一幕出现了。

被捕后加里一口咬定自己是无辜的，他只是和被害人发生了关系，根本没有杀人。

他笃定目前为止，警方掌握的全是间接证据。

事实就是如此，就算拘捕了加里，如果他始终不肯认罪，很有可能以强奸罪论处，死刑就是天方夜谭。

社会舆论再一次把此案推向了高潮，被害人的家属堵在警察局门口。

质问、哀号、愤怒差点把警察局的房顶掀了。

此时的戴夫已经成了局长，他长叹一口气，准备去会会这个交手将近20载的"老朋友"。

他追逐加里跨越了世纪，从青春年少到两鬓斑白。

再见面时，两个人相对无言，沉默良久。

戴夫把证据一样一样摆到加里面前道："你知道，我们手上的证据足以判你死刑。上级已经在催促审判了。"

加里闻言一愣，继而脸色变得很难看。

早些年的美国为了平息舆论草草结案，已经不是什么新鲜事。

戴夫这话就是在告诉他：你的如意算盘落空了。

"但是寻求真相是我们刑事司法体系存在的原因。如果你肯认罪，我保证能留你一命。"

稀里糊涂把凶手送上断头台不是戴夫想要的结果，他要的是真相，要的是给被害人家属一个明确的交代。

这个不能被称为人的"东西"究竟是用什么方法把一众女人骗上了他的车？他为什么"偏爱"站街女？

所以加里死不死已经不重要了，重要的是他得认罪。

这个看起来老实的男人顿时目露精光，他知道自己必死无疑，所以迟迟不肯认罪。

等的就是警察主动向自己低头。

因此，为了保命的加里陆续将他能回忆起来的 48 宗谋杀的细节一一展开……

在接下来两年多的时间里，加里带着警察到处指证，案发现场一一曝光，一些没有被挖掘出来的尸体才得以被家属认领。

他在一片密林里指着一块空地说："就在这里，我和那个女人发生了关系。结束后，我趴在她的后背上，用前肘紧紧地勒住了她的脖子。我告诉她：只要你乖乖地，我会放开你的。其实我心里想的是：杀死她！杀死她！"

就这样，加里承认了 48 起谋杀案，实际上远远不止 48 名受害人，只是加里不记得更多行凶的细节了。

到底是什么，让一个外表斯文的人举起了屠刀？

他对女性到底有怎样刻骨铭心的仇恨？

5. 发泄出口

　　1949年2月18日，在美国西部的犹他州盐湖城一个贫困的家庭里，加里出生了。

　　他们家一共有三个孩子，加里排行老二。

　　这个本不富裕的家庭只靠父亲开大巴车赚钱养活一家五口。

　　而他们的母亲并不是个温柔的家庭主妇，正好相反，她是个非常强悍的女人，并且控制欲极强。

　　据邻居回忆，加里的母亲是个很喜欢打扮自己的女人。

　　她每天化最妖艳的浓妆，穿时下最短的裙子，随时随地展示自己的女性魅力。

　　辛劳了一天的父亲回家后得到的往往不是热汤热饭，而是妻子的谩骂和砸到头上的盘子。

　　生活中稍有摩擦或不满，脾气火暴冲动的妻子就会大动干戈。

　　父亲即使脾气再好也有忍受不了的时候，两个人开始互殴。鸡飞狗跳是家里的常态。

　　这些都被加里看在了眼里，病态的种子开始生根。

　　加里从害怕逐渐变成了憎恨厌恶母亲，他对母亲甚至还产生了一种异常的情绪。

　　因为加里从小有尿床的习惯，他控制不住自己的这种行为，甚至到了十二三岁还会尿床。

　　而他的母亲每次在指责他后，都会帮他清洗，没有任何的避讳。

作为一名青少年，他无法正视违背伦理的羞耻感，愤怒和欲望交叠，让他对母亲的恨意只增不减。

后来，他甚至声称自己经常幻想杀死母亲。

母亲成了他想杀掉的第一个女人。

父亲也为他扭曲的心态添了一把火。

在加里 11 岁的时候，他们全家搬到了华盛顿州红灯区的附近。

父亲经常在出车的时候带着还未成年的加里，并每次都会告诉他，上车的乘客中，哪些是站街女，她们是令人痛恨的。

嘴上这样说着，他却经常把加里留在车里，自己去嫖娼。

这也让加里对站街女产生了极大的厌恶和憎恨情绪。

长大入学后的加里学习成绩并不好，成了班里的混混，并且从小就显露出冷血和暴力的倾向。

他曾经纵火、虐杀猫咪，还曾付钱给一个小姑娘进行"有偿调戏"。

在 16 岁那年，他第一次对一个无辜的 6 岁男孩举起了屠刀。

他把男孩诱骗到一片偏僻的树林中，用刀捅伤了男孩的脾脏，幸好这个男孩并没有被杀死。

拔出刀后，加里还将刀上的血迹在男孩的外衣上擦干净，并且说："我只是想尝尝杀人的滋味。"

加里患有阅读障碍，并且智商比较低下。

正常人智力测试的分数一般在 90—109 分之间，而加里的测试分数只有 82 分，属于中下水平。

然而就是这样一个智力欠缺的人，两次通过测谎仪，做下了弥天大案。

成年后，他的婚姻之路也十分坎坷。

第一任妻子在他参军后出轨了，他无法承受妻子的背叛，随即离婚。

第一任妻子是他想杀死的第二个女人。

离婚后,他开始沉迷于站街女,步了他父亲的后尘。

他要用这种方式把旺盛的欲望和背叛的愤怒发泄出去。

6. 绿河杀手

二婚后,加里有了一个儿子,但那时他的性观念和喜好已经严重扭曲。

为了寻求更大的刺激,他开始对妻子性虐待。

妻子不堪受辱,提出了分居。

欲求不满让加里的内心更加空虚,此后他开始疯狂迷恋宗教,甚至走火入魔。

这让他表现出两种极端对抗的人格。

一方面,他不分场合随时随地大声朗读《圣经》,像极了一个虔诚的信徒。

另一方面,他会开着一辆改装过的皮卡去找站街女,满足更加强烈的欲望。

在跟路边的姑娘交谈时,他往往表现出一副温和谦逊的样子。

有的时候他会很有心机地带上懵懂无知的儿子,让站街女以为他只是个谨慎内向的居家男人,让对方放松警惕。

直到一次交易中,他对姑娘施暴遭到了反抗。

姑娘的挣扎勾起了加里内心既愤怒又兴奋的感觉,他粗暴地把姑娘按在树上,死死掐住她的脖子。

宣泄过后，可怜的姑娘瘫软在地，已经没气了。

面对冰冷的尸体，加里不仅没有慌乱，反而又一次产生了反应。

不会挣扎、不会说话、不会拒绝的女性尸体，极大地满足了他那变态的控制欲，于是他对尸体进行了侮辱。

扭曲的欲望战胜了理智，他从后备厢里拿出了工具把尸体草草地掩埋了，然后驱车回家。

这天晚上，他在床上翻来覆去地睡不着。他脑海里一次次地回想那种快感，这让他夜不能寐，心里像有一百只蚂蚁在啃咬，酥酥痒痒。

身体里的血都沸腾了起来，但他丝毫没有愧疚与不安。

"绿河杀手"就此诞生，人世间又多了一个地狱恶鬼。

和其他连环杀手不同的是，每次作案后，他的理智与良知又会暂时回归，他会手捧《圣经》忏悔哭泣，祈求上帝的原谅。

骨子里的懦弱让那些可怜的姑娘成了他曾咬牙切齿要杀死的两个女人的替罪的羔羊。

那消失的9年里他干什么去了呢？

原来他遇到了爱情，步入了第三段婚姻。

上帝第三次向他伸出拯救之手，然而魔鬼终究是魔鬼。

安分了没几年，他又心痒痒了，做下了专案组解散后的8起案子。

枕边人竟然是人人喊打的"绿河杀手"，妻子不敢置信。

直到法庭上的丈夫说了48次"我认罪"，她才接受现实失声痛哭。

根据他的妻子回忆，刚结婚的时候丈夫老老实实上下班，后来开始晚归。

"现在想起来，几次他晚上回来我问他去干什么了，他都遮遮掩掩。原来竟然是去杀人抛尸了。"

48这个惊人的数字，是因为加里只能想起48起凶案。

据华盛顿警方说，死者远远不止这些。

"绿河杀手"在很长一段时间被美国公认是杀人最多的恶魔。

加里的案子告一段落，2005年一部以"绿河杀手"为名的电影搬上了银幕。

以警醒世人，不要给恶魔滋生成长的土壤。

下水道里的"炸鸡块"

三层小楼的下水道长期被堵,里面掏出了"炸鸡块"。

居民们莫名其妙,报警后发现,是人体组织。

一桩大案由此揭开,看似瘦削文弱的他,竟然连续杀害十几名男子。

原来他从小就不喜欢女人,而杀人的理由竟然是"尸体可以带来长久的陪伴"。

1. 目标

1982年5月,伦敦。

21岁的朋克青年卡尔,在同性恋酒吧里遇到了一个戴眼镜的斯文男子。

卡尔刚离开有暴力倾向的前男友,寂寞又沮丧,眼镜男主动来到他身边,和他攀谈起来。

卡尔似乎得到了某种慰藉,当晚就跟着眼镜男回家了。

眼镜男的小公寓位于伦敦北部郊区,克兰利花园。

这是一处老房子,楼道很是狭窄,木板楼梯经人一踩就发出"吱吱呀呀"的声音。

刚到公寓门口,卡尔就感到了不对劲。

空气中有一股腐臭的气味。

卡尔没多想,老房子有些陈年的气味很正常。

但是一进门,那股气味更浓烈了,他不禁皱起了眉头。

眼镜男看出了他的不满,指着自己养的一条小黑狗,解释道:"我的小狗又在屋里撒尿了,嘿嘿。"

卡尔没再深究,两人开始喝酒。

刚喝了两杯,卡尔便昏昏沉沉地躺在床上,睡着了。

眼镜男开始了他的计划。

迷迷糊糊中,卡尔突然感到喘不上气,睁开眼睛,发现自己被勒着脖子。

他刚要呼救,却见眼镜男趴在他身边道:"别动!"

卡尔以为眼镜男在帮他,就听了他的话,没有动,然后再次失去了知觉。

不知过了多久,卡尔听到了流水声。

突然间,他意识到自己整个儿被泡在冷水里,要被淹死了!

他不知从哪儿来的力气,挣扎着把头露出水面哀求道:"不!求你了,不!"

眼镜男不为所动,额头上暴着青筋,咬着牙再次把卡尔的头按进了水里,直到卡尔不再挣扎。

估摸着卡尔已经彻底断气,眼镜男把他从浴缸里拉出来,准备摆放在扶手椅里。

突然,他发现小黑狗在舔卡尔的脸,这证明卡尔还活着!

眼镜男愣在原地,内心显然在挣扎,犹豫了好一会儿,他决定把卡尔救活。

他给卡尔按摩四肢和心脏,加速血液循环,还用毯子盖住了他的身体,接着他又把卡尔放在床上。

不知过了多久,卡尔终于醒来,他迷迷糊糊地看着四周,想不起究竟发生了什么。

眼镜男拥抱着他,解释说他差点被睡袋上的拉锁卡死,幸亏自己及时发现救了他一命。

在接下来的两天里,卡尔时而清醒时而迷糊,那天晚上的一些情景渐渐在脑海中浮现出来,但又不真切。

等到他恢复了一些体力,便问眼镜男:"那天晚上你是不是要勒死我,还把我放进了冷水里?"

眼镜男一脸无辜,像是受到了伤害,委屈地说:"那些都是你做的噩梦!你睡着了,不知怎么被睡袋的拉链卡住了脖子。我救了你!把你放在冷水里只是想让你清醒过来。"

卡尔将信将疑，但体力还未完全恢复，他也不想惹得眼镜男情绪激动，便没再追究。

最终，卡尔平安离开了那个诡异的公寓。但他心里的疑团总是挥之不去，为了证实自己的想法，他马上去了医院。

医生在对他做完检查之后，奇怪地说："你知道吗？我觉得有人试图勒死你，可他既然要勒死你，为什么还要把你救活，又送你走？说不通啊！"

卡尔的脑子里一片混乱，他不知道什么是真实发生过的事，什么是他的想象。

直到三个多月后，他的记忆开始变得清晰起来，便对家人说出了事情经过，还去找了心理医生。

所有人都告诉他，那些谋杀的片段只是他的想象，是暴力的前男友造成的。

事实真的是这样吗？卡尔一直被困扰着。

卡尔此时还不知道，他有多幸运。

27岁的艾伦是在卡尔离开4个月后成为眼镜男的猎物的，当时他正准备打车。

眼镜男在路边主动与他攀谈起来，介绍自己是个厨师，还问他愿不愿意去他家吃顿便饭，艾伦同意了。

艾伦可没有卡尔那么幸运，饭还没吃完，他就被勒死了。

他的尸体在浴缸里躺了三天，然后被拖到厨房进行分解。尸块先被冷藏起来，再陆续被冲进下水道或被扔进垃圾箱。

那些被冲进下水道的人体组织，并没有被冲得很远。

也许是死者在天有灵，等待机会让案件大白于天下。

2. 线索

转眼到了 1983 年。

新年刚过,住在克兰利花园 23 号楼的租客们就遇到了麻烦。

他们发现这栋三层小楼的下水道堵了,于是找人来修。

管道修理工来过好几次,试图帮助租户们从家里疏通管道,但是效果并不好,堵塞的问题一直没有得到彻底解决,这个情况持续到了 2 月。

2 月 8 日,管道工迈克尔·卡特兰再次来到了这栋楼。先前他来这儿维修过,但是并没有找到原因,这次又接到了报修电话。他本来是想走个过场应付下,但是没想到,这一次的检查让他终生难忘。

由于之前排查过每位租户家里的管道,这次卡特兰选择查查楼外地面上的下水井。

当时英国的排水管道与现代全封闭式的不同,是属于比较原始的样式。

每层楼分别有根大管子,直接把楼里的废水排到楼外面的下水井里。

下水井里又有几根管道,会导流脏水,进入地下。

卡特兰撬开了方形下水井盖,里面黑漆漆一片,飘出阵阵恶臭。

下水道的臭味他早就习以为常了,只不过今天的这个气味实在是令人难以忍受,浓烈得让人作呕。

卡特兰下到井里,用手电向里面的管道照去。

根据判断,他发现通往地下的主管道有问题,不能正常地导流下水井里的废水。卡特兰把手伸进了主管道里掏,果然,有个东西卡在里面。

卡特兰用手电照看,发现这个东西非常像一块肉。谁这么大意啊!把这么一大块肉给冲下水道里了?

卡特兰非常确信这不是小耗子什么的动物尸体,是一块被切割过的,带着骨头的肉。

突然,一个"细思极恐"的词闪过了他的脑子:人肉!这会不会是一块人肉?

卡特兰被自己的脑洞吓到了,觉得是自己想多了,只是他还是有些不安,决定给他的老板打电话。

老板在电话里指示他:先把那块肉放在下水井的干燥空间处,不要拿出来,等他明天来了再做处理。

卡特兰照着老板的吩咐,把疑似的人肉放在了一个角落里,管道里似乎还有一些东西,但是这个地方让他毛骨悚然,眼看天色暗下来了,他想赶紧离开。

在他收拾工具准备离开时,两个23号楼的租客来到了他跟前,打听维修情况。卡特兰说不知是谁家把带着骨头的肉冲了下来,然后又神秘地说:"从我多年修管道的经验来看,那可不是什么动物尸体,很像一块人肉啊。"

两个租客都没当回事,其中一个眼镜男还开玩笑地说:"看来有人把原味炸鸡给冲下来了。"

第二天早晨7点刚过,卡特兰和他的老板便一起来到了克兰利花园23号楼外面,他们打开下水井盖,却发现昨天找到的那块肉不见了!

难道是被人给偷走了?

谁会干这种事儿呢?

下水井里多脏啊。卡特兰的老板也觉得事情古怪,就问:"昨天你掏出阻塞物这个事儿,除了你还有谁知道?"

"嗯,就是这个楼里的两个租户,他们问我掏出什么了,我就说了。

其中有个戴眼镜的还说是谁家的炸鸡给冲下来了。"

他的老板思索了片刻:"再掏!看看还有没有类似的东西。"

倒霉的卡特兰忍着恶臭摸到主管道的深处还有一些阻塞物。

清理后发现,是几块像肉一样的东西,还有三四块碎骨头。

取出这些东西后,卡特兰的老板马上报了警。

警察局总探长彼得·杰伊接到了电话,和几位警察很快就赶到了现场。

经他初步确认,这堆肉与骨头与人体组织高度相似,而且那几块连着关节的骨头,看上去很像是人手!

他把这堆东西送到了法医那里加急化验。

法医很快就给出了结论,这些就是人体组织,确认无疑!而且其中一块肉是脖颈上的,那块肉的表层还带着皮肤,上面有明显的捆扎痕迹,这就证明受害者可能是被勒死的。

紧接着,留在现场勘查的警察们也发现了新线索。

他们在另一条管道里也发现了人体组织。

这条管道被用于23号楼二层以上的住户,二层没有人住,三楼只住了一个单身男人。

警察为了不打草惊蛇,开始秘密走访,对楼里的住户依次询问。

很快,就得到了有用的线索。

住在一楼的一个租户说:"大约凌晨1点吧,我还没睡呢。听到楼道里有动静,我想谁这么晚了会在楼道里走动?我打开门一看,看见三楼那个男人站在大门内,这么冷的天,他身上只穿了一个背心。我看得特清楚,他身上竟然在冒汗,两条胳膊上都是污泥。真是个奇怪的人,我没和他说话就关门睡觉了。"

重要的证据全部指向了三楼的住户,那个眼镜男,杰伊探长决定和他的两个同事守在楼门里面,等待他下班。

3. 招供

太阳西下,杰伊探长紧张起来,他想:这会是个什么样的人?会不会很古怪、很难缠?

时间刚过 6 点,杰伊探长透过门上的玻璃,看到一个戴眼镜的男人向这里走来。

他到了大门口,拿出钥匙打开了楼门。

等那人一进来,杰伊探长和两位同事马上围拢上去,问道:"请问你是三楼的租客吗?"

那人说:"我就是。"

杰伊探长掏出证件,介绍了自己和两位同事,然后说:"我们来找你,是为了下水道的事。"

眼镜男的脸上浮现出一丝古怪的微笑,说:"警察什么时候对下水道感兴趣了?"

杰伊探长说:"你先带我们上楼去你的公寓里看看。"

眼镜男只得向楼上走去,他相貌普通,戴着金属框眼镜,身穿西装,表情轻松而又平静。

三位警察跟着他走在狭窄的木质楼梯上,脚下发出吱吱呀呀的声音,很快就到了三楼的公寓门前。

就在他打开房门的一刹那,一股死亡的恶臭迎面扑来。

凭借多年的探案经验,杰伊探长此时已经基本确定,眼前这个男人就是他们要找的人。

只是他还不知道这个男人究竟藏着多大的秘密。

杰伊探长决定对他开诚布公。

他们来到起居室，杰伊探长突然说："我们在下水道里发现了人体碎块。"

眼镜男惊讶地说："哦，天哪！太恶心了！"

杰伊探长向前走了一步，站在眼镜男面前，紧盯他的双眼，恶狠狠地说道："别跟我们耍花招，其他尸块在哪儿？"

探长的咄咄逼人显然没把眼镜男吓唬住。

他纹丝不动，摆出了一副扑克脸，两眼也直直地盯着探长。

两个人就这样僵在了原地。

突然，眼镜男的喉咙一动，使劲咽了一口口水，然后一字一句地说道："就在隔壁房间的衣柜里。"

杰伊探长打开那个房间的门，果然，气味更重了。

他马上关上门，问还有没有其他的。

眼镜男仿佛在闲聊一样，轻松地回答说："这可说来话长了，我会告诉你们一切，但不是在这儿，还是去警察局吧。"

在回警察局的路上，杰伊探长问："一共有几个受害者？"

眼镜男回答说："3个。"

他看着车窗外的街景，停了一会儿，慢慢又说："其实，从1978年到现在一共有15个。你们应该庆幸这么快就抓住我了，不然会有150个的。"

这就是本案的另一个独特之处，在警察刚逮捕嫌疑人，几乎什么都不知道时，嫌疑人就主动承认了全部罪行。

此外，还有7人逃脱了他的魔掌。

眼镜男被带走后，还有警察继续勘查现场，他们在起居室的茶叶箱里、厨房的橱柜里、浴室的储物柜里又发现了很多人体残骸，经法医初步判断，这些至少属于两个人。

让警察没想到的是，这个案件在24小时内就登上报纸了。

起先，警察们怀疑消息是从警察局内部走漏的，但实际上，通风报信的人是管道工卡特兰。

他觉得这件事既诡异又可怕，必须马上让公众知道！那个被抓的犯罪嫌疑人，就是在前几天跟自己开玩笑的戴眼镜的男人！

每次想到自己和变态杀人狂面对面地对话过，手里还摸过碎人肉，卡特兰就恶心到胃部翻涌，估计这是他一生中遭受的最大的心理创伤。

于是，卡特兰就给英国最有影响力的《镜报》报社打去了电话，半小时内，报社的记者就赶到了卡特兰家。

第二天，经过《镜报》的带头与宣扬，全英国的报纸头版都是犯罪嫌疑人的大幅照片，全英国人都知道了这起变态碎尸杀人案，也知道了罪犯的名字——丹尼斯·尼尔森。

警察们感到了前所未有的压力。

首先，虽然尼尔森主动承认了罪行，但是风险还是很大，他完全有可能翻供。其次，在英国法律里，嫌疑人被捕之后的48小时内，要么被起诉，要么被释放。

为了不出岔子，让尼尔森保持情绪稳定，杰伊探长和他的同事在自己的办公室里对他进行了审讯。

同时法医也抓紧时间，争取尽快从残骸上找到更多的线索。

2月11日，法医终于从一块人体组织上找到了一枚指纹，并且成功地和在警察局早有备案的辛克莱尔比对上了。

当天下午5点40分，尼尔森因为谋杀辛克莱尔正式被起诉。

同时，警察们开始了正式审讯。

面对一个冷血的连环杀手时，人们最想知道的首先就是作案动机，警察们也想知道。

但是尼尔森对这个问题一脸茫然,他在腾腾上升的烟雾中看着杰伊探长说:"我不知道自己为什么要杀人,我希望你们能告诉我。"

4. 经历

一个普通人是绝对不会犯下如此丧心病狂的连环凶杀案的,丹尼斯·尼尔森究竟是怎样的一个人?他究竟经历过什么?

尼尔森,于1945年11月23日出生于苏格兰的弗雷泽堡,在家排行老二,有一个哥哥和一个妹妹。

他的父亲是一名挪威自由军的士兵,名叫奥拉夫·尼尔森,1940年在挪威被德国占领之后,跟随部队来到了苏格兰,遇到了尼尔森的母亲伊丽莎白,并且很快结婚。

但这样的婚姻得不到伊丽莎白家人的祝福,因为奥拉夫还在军营里任职,不能像普通老百姓那样天天回家过正常的日子。

不过伊丽莎白的父母最终还是同意了女儿和女婿的婚事,并且让他俩婚后跟自己一起生活。因为奥拉夫要长期住在军营里,所以很少回家。

奥拉夫与伊丽莎白所生的三个孩子,都是在他不多的回家的时间里受孕的。

生下第三个孩子——小女儿西尔维娅后,伊丽莎白意识到自己的婚姻太过草率,决定离婚。

尼尔森的外祖父母将三个孩子照顾得很好,外祖父尤其喜欢第二个外孙,也就是我们的主角尼尔森。

因此，外祖父也是尼尔森承认的唯一深爱的人。但是好景不长，在尼尔森6岁时，外祖父出海打鱼时心脏病突发，离开了人世。

那天，尼尔森放学回家，在门口遇到了母亲，母亲问他："你想再去看看外祖父吗？"

尼尔森以为外祖父像往常那样打完鱼回家了，高兴地回答："我想啊！"

他跑进家门，却看见餐厅的桌子上摆放着一口棺材，他不知道那个长条盒子叫作棺材，只看见外祖父静静地躺在里面。

尼尔森并不觉得害怕，他只想爬进那个盒子里，和外祖父躺在一起。这是他人生中第一次面对死亡，那种体验很奇妙，他既没有害怕也没有慌乱。

也许这就是尼尔森心中，对"死亡混合失调的爱"这一奇怪感受的起源。外祖父是他唯一爱的人，外祖父身上凝聚了丹尼斯对爱与死亡的双重理解。

自从外祖父去世之后，没有了生活中最疼爱自己的那个人，尼尔森把自己封闭了起来，变得安静内向，拒绝与家里其他人亲近。

他因思念外祖父，会经常跑到外祖父出海的那个港口，看来来往往的渔船，体会外祖父还在世时候的场景。10岁那年，他有一次不小心掉进了水里，所幸有人及时发现了他，让他逃过一死。

这件事发生后，母亲伊丽莎白害怕孩子们再出危险，就带着三个孩子去镇子上生活了。

没多久她就与第二任丈夫结了婚，几年之内又生下了四个孩子。

进入青春期之后，尼尔森发现了自己与旁人不一样，但他不敢告诉朋友。

在家里，尼尔森被跋扈惯了的哥哥百般羞辱。

在学校里，尼尔森没什么古怪之处，显得非常普通。

他的成绩算是中等偏上，对历史和艺术兴趣浓厚，但是体育成绩很差。

这种成绩考大学是不可能了，家里也没有足够的钱供他继续念书。

本就对上学不感兴趣的他，在16岁的时候停止了学业，进了一家罐头厂工作。但是这种流水线上的工作，让他开始感到厌烦。

他越来越觉得这个镇子上的生活沉闷、乏味，既没有娱乐项目，又没有什么好的工作机会，让他看不到未来。

而且，因为家里孩子太多了，各种开销庞大，家里的生活水平在镇子上是最差的，他都不好意思邀请朋友来家里玩，于是，便萌生了离开的念头。

尼尔森告诉母亲他想参军，并且希望成为军队里的厨师。

母亲同意了，尼尔森顺利通过了招兵体检与考试，并且很快收到了入伍通知书。

1961年9月，尼尔森正式参军受训，开始了他为期11年的军旅生涯。

参军3年后，尼尔森结束受训通过了初级厨师考试，被派往德国工作。

在那里他养成了喝酒的习惯，经常对同事们戏称这是对辛苦工作的犒劳。

在同事们眼里，尼尔森是个谨慎且害羞的人，但是他喝酒后就变得开朗热情起来。殊不知，平时的害羞谨慎只是尼尔森压抑内心躁动的假象。

有一次，尼尔森从军队外出，在外面认识了一个德国年轻人，俩人一见如故，喝醉了。

第二天早晨醒来，尼尔森发现自己睡在那个年轻人公寓的地板上。

那个青年上身没穿衣服，躺在床上，阳光照射在他身上，这让尼尔森觉得眼前之人的身体如此美好，让他产生了强烈的异样的冲动。

虽然当时尼尔森克制住了自己，但是这次经历让他开始有了理想的幻想对象。

他幻想中伴侣的样子也变得更清晰，那就是：年轻、苗条，最重要的是，这个人要失去知觉，死了的也行。

两年后，尼尔森回到英国，通过了高级厨师考试，又随同英国军队被派往挪威工作。一年后，他又被派往亚丁湾，当时叫作亚丁殖民地。

在这里，他终于有了自己的独立房间，他的幻想更加膨胀。他把穿衣镜调节到合适的角度，正好看不到自己的脸，然后幻想镜子里的是另一个人。

亚丁湾比他以前驻扎过的地方危险很多，英国军队经常遭到阿拉伯人的突袭，他自己有几次濒死的经历，也亲眼看见过别人被枪杀，这些经历与他的幻想融合在了一起。

后来，尼尔森又跟随部队在普利茅斯、塞浦路斯和柏林驻扎过。

5. 引诱

1972 年 10 月，在英国女王的皇家卫队担任厨师一年后，尼尔森结束了他 11 年的军队生涯，回到了母亲身边。

就像所有老母亲一样，伊丽莎白操心起尼尔森的感情生活，她觉得二儿子应该考虑成家了，丝毫没有看出儿子的与众不同。

一次偶然的机会，尼尔森和哥哥嫂子，还有另一对夫妇一起看了一部关于"非正常性取向者"的纪录片，那两对夫妻都瞧不起这种人，尼尔森反驳了他们，并且引发了争执。

从那以后，尼尔森再也没与哥哥说过话。

12月，尼尔森来到伦敦。

第二年的4月，尼尔森完成了警察的训练，成了一名巡警。

白天，他穿着制服巡逻、抓坏人；晚上，他换下制服，寻找各种机会排遣寂寞。

那年夏天和秋天，他开始频繁出入异类酒吧，但是他觉得这些人肤浅至极，他想要的是能让灵魂安宁下来的长久的关系。

一年之后，尼尔森辞掉巡警的工作，成了一名公务员。

1975年11月，尼尔森遇到了20岁的大卫。

大卫当时在一家酒吧外面与两个人争执，尼尔森上前解围，并把大卫带回自己家里。

相处一晚，尼尔森得知大卫最近刚搬到伦敦，没有工作，住在青年旅馆里。

最重要的是，大卫也喜欢男人。

于是，两个人顺理成章地住在了一起。

恰好几年前，尼尔森的父亲去世时给三个孩子各留下了一千英镑的遗产，尼尔森决定拿出一部分来租一个更宽敞的住处。

他们在梅尔罗斯发现了一个一楼的公寓，后面还有一片空地。

两个人对这个地方很满意，就搬了进去，还买了一条小黑狗来养，俩人的同居生活正式开始了。

虽然尼尔森在后来的供述中否认与大卫发生过关系，但是他和大卫同居时留下了很多他们自拍的录像。

从这些录像可以看出，两个人在一起生活的状态就像一对夫妻，尼尔森是丈夫，大卫是妻子。

大卫一直不想去找工作，生活开销都是靠尼尔森在外工作赚来的，尼尔森就觉得自己在这个家里的地位比大卫高，经常颐指气使。

一年半以后，忍受不了的大卫突然离开了这里。

虽然之后尼尔森又和不同的年轻男人交往，这些关系最长只持续了几周。

他想要长久稳定的感情，但没有一个人愿意留在他身边。

时间到了1978年的12月30日，就在新年即将到来之际，一名只有14岁、离家出走的少年霍尔姆斯，进入了尼尔森的视线，他们在一家酒吧里相遇。

霍尔姆斯想买酒喝，但是因为岁数太小被酒保拒绝，这时尼尔森走过来问他愿不愿意去他家里喝酒。

据尼尔森在被审讯时交代，他当时觉得霍尔姆斯看起来就像17岁的样子。霍尔姆斯跟他一起回到了公寓，他们边喝酒边听音乐，然后就睡着了。

第二天早晨尼尔森醒来，看见了熟睡中的霍尔姆斯，他不想叫醒他，担心他醒来之后会离开。

尼尔森抚摸着少年，决定把他留下来过新年，不管他愿不愿意。于是他用一条领带把霍尔姆斯勒得失去了知觉，然后拿来一桶水淹死了这个可怜的少年。

接着，尼尔森对着少年的尸体进行了侮辱。

这是尼尔森第一次将幻想中的画面搬到了现实，他感受到了从未体验过的快感。当他恢复平静后，才发现自己杀了人。

尸体怎么处理呢？丢掉？

他舍不得，他想长期占有这个少年。于是，他想出了一个变态的主意，既不用天天看到尸体，又能让少年随时陪着自己。

他撬开了木地板，把尸体放在了地板下方。

尼尔森尝到了滋味，他决定寻找下一个目标。

1979年10月11日，尼尔森在酒吧遇到了一个从香港来的留学生，名叫安德鲁。安德鲁也是一名异类，尼尔森以要跟他亲热为由把他诱骗到了家里。

为了能得到最大的满足，尼尔森想弄死安德鲁后再与他发生关系，但是，在最后关头，他手软了，安德鲁成功逃脱。

在逃出尼尔森的家后，安德鲁马上去报了警，尼尔森随即被带到警察局接受问讯。

但是很可惜，当时的欧美社会对性取向不一致的人非常排斥，甚至可以说是憎恨，安德鲁考虑到自己的名声，决定不予起诉。

尼尔森之前做过的事情没有被发现，他继续逍遥法外。

两个月后，1979年12月3日，尼尔森在酒吧遇到了23岁的加拿大旅游者肯尼斯。

尼尔森提出要带他游览景点，肯尼斯欣然接受，并被尼尔森邀请去家里吃饭喝酒。

就在肯尼斯戴着耳机听音乐时，尼尔森用耳机线勒死了他。

然后他把尸体放在床上，陪着他一起看了几个小时的电视。

之后，尼尔森把尸体用塑料袋裹了起来，放在了地板下面，把它变为第二个收藏品。

接下来，第三个受害者出现了。

6. 歧路

1980年5月17日，16岁的厨师学校的学生达菲搭便车来到了伦敦，他在火车站睡觉时，遇到了出差回来的尼尔森，达菲又饿又累，便接受了尼尔森的邀请，去他家吃饭睡觉。

就在他睡觉时，尼尔森下手了。

达菲先被勒到失去知觉，然后被拖到厨房，在水槽里被淹死。

几天后，第三具尸体被放入地板下面。

有了三次完美犯罪经验之后，尼尔森驾轻就熟了，他的杀人频率突然加快。

直到1981年初，他又杀了5个人，还有一次是谋杀未遂。

这些人里面只有26岁的萨瑟兰的身份最终被警察确认。

日子并没有这样持续下去，1981年的夏天，房东准备翻新梅尔罗斯195号用来自己居住，让尼尔森另找住处。

房后空地下面埋着的人体骨灰与残骸怎么办呢？

对于房东提出的搬家请求，尼尔森表示了拒绝。

因为他不愿意放弃这么便于藏尸的住处。

后来房东提出了补偿他1000英镑的条件，他便搬到了伦敦北部的克兰利花园23号，也就是那个下水道被堵了的公寓。

在搬走前，他第三次点起篝火，烧掉了最后杀死的4个人的尸体。

尼尔森搬家之后，发现地板下不能藏尸体了，也没有后院供他焚烧尸体，所以在刚搬来的两个月里，任何被他引诱到公寓里的人都没有受到伤害。

但是憋的时间久了，欲望就越发强烈，尼尔森决定迎难而上。

1982年3月，尼尔森在酒吧遇到了23岁的年轻人约翰。同样的套路，约翰被引诱跟他回家继续喝酒，他们边喝边看电视，看到一半时约翰进了卧室，倒在床上睡着了。

天网恢恢，疏而不漏，公寓楼里的下水道因为被尸块堵塞而引来了警察。东窗事发，尼尔森被捕。

审讯期间，尼尔森一直很配合警察。

在上一个公寓：梅尔罗斯的那片空地上，他指出了那三个分尸地的具体位置，警察们在那里一共找出了1000多块骨头残片，都已被烧得焦黑。

最终，警方核实出6个人的身份，检察官以6项谋杀和两项谋杀未遂的罪名对尼尔森提出了指控。

1983年10月24日，尼尔森终于坐到了法庭上。

他的辩护律师提出他有精神障碍，但是控方的心理专家提出，真正有精神障碍的人，要么不知道他在干什么，要么不知道他所做的事情是错的。

尼尔森在接受讯问时多次说到他知道自己想杀人，而且事后还能有条不紊地毁尸灭迹，这就说明他是个具有正常思维能力的人。

控方还找到了从尼尔森手里逃脱的几个人，他们的证词也证明了尼尔森表面上和蔼，一旦起了杀机，就是一个彻头彻尾的冷血恶魔。

在控方阐述尼尔森的作案经过以及处理尸体的细节时，好几位陪审团成员当庭出现了不适感，有的还发起抖来，他们不敢相信这个文质彬彬的瘦削男人居然能做出这种违背人伦的事情。

11月4日，陪审团经过长达两天的商议做出了裁决：丹尼斯·尼尔森的6项谋杀罪名和两项谋杀未遂罪名成立。法官给出了最终判决：判处丹尼斯·尼尔森终身监禁。

当法官问他是否对自己的所作所为感到悔恨时，尼尔森说："我希望我能停下来，但做不到，我控制不住自己。我所做的一切并不能让我感到高兴或者害怕，杀人时我感觉不到快感，只有对死亡的崇拜。"

美国严苛妈妈,培育变态杀手

一个心理扭曲且性格残暴的妈妈,真能毁掉一个孩子吗?

美国有个高智商男孩,在妈妈的"严厉管教"下,心里产生了扭曲。

最终,他用超出人类想象的极端方式,残忍弑母。

一桩离奇大案,让警方都觉得丧心病狂,不可思议。

1. 下一个受害者

美国加州,圣克鲁兹。

探长麦克接到报案,女大学生安妮和玛丽失踪了。

一周之后,她们的尸块在郊外的树林里被发现。

两个妙龄女生惨遭碎尸的消息不胫而走,打破了全城的安宁祥和。

到底是什么人,有什么深仇大恨,不惜把她们残忍杀害?

据老师和同学说,她们俩人缘极好,没有男朋友,更没有仇人。

警方首先排除了情杀和仇杀的可能。

埋尸现场也没有目击者,所以只能从尸块上查找线索。

麦克探长意识到,他遇到大麻烦了。

但他绝想不到,两个女生的惨死只是个开始。

他即将遇到从警生涯中最不可思议的对手。

这个对手不但智商极高,内心极邪恶,人格也极分裂。

四个月之后,一条雪白的人腿跟着几个冲浪者,被冲上了海滩。

据法医分析,这条腿刚刚在海水里浸泡了几个小时,而且是在死后被砍下的。

很快,警方确定了死者的身份,年仅15岁的日裔女孩,爱子。

前一天,爱子在去上芭蕾舞课的途中失踪。

有人隐约记得她上了一辆轿车,但怎么回想,车型和颜色都拿不准,更没记住车牌。

在那个没有监控探头的年代,线索就这么断了。

同样是年轻女孩，外出时失踪，然后被碎尸、抛尸，还有可能都遭遇了性侵。

两起案件的所有特征都指向同一个方向——连环杀手。

圣克鲁兹是一座风景宜人的海滨小城，是冲浪者的圣地。

很多美国人选择在这里养老，周围还有加州大学等名校，所以社会治安一直很好。

现在却接连出现如此恐怖的命案，还都是针对年轻漂亮的女学生。

一时间，女生们人人自危，都害怕自己成为下一个受害者。

最难熬的还是警察。

麦克隐隐觉得，会有更多女生遭遇毒手。

因为连环杀手永远不会主动停止杀人。

傍晚，"陪审团"酒吧里挤满了刚刚下班的警察。

喝点小酒，既能缓解一天的疲劳，还能在轻松愉悦的气氛中探讨案情。

女生碎尸案成了麦克和同事们的主要话题。

有人倾向于嬉皮士作案。

他们多数靠偷车、贩毒、抢劫、卖淫为生，绝大多数沾有毒瘾。

吸毒之后，人会产生幻觉，在极度亢奋的情况下，干出杀人辱尸的事也不是没可能。

比如前几年，邪教团体"曼森家族"连续两晚血洗豪宅，杀了7个人，就是在吸毒之后干的。

麦克表示赞同，盘算着如何在嬉皮士里寻找线索。

可是，却有人提出了不同意见。

"嬉皮士不太可能作案。"

麦克一看，原来是艾德，一个戴着眼镜、西装笔挺、分头梳得一丝不乱的斯文年轻人。

艾德也是这家酒吧的常客，不过他不是警察。

他曾经报考过警校，由于身材过于庞大不符合规定，第一轮就被刷下来了。

麦克私下里为他感到可惜。

如果这个年轻人能穿上警服，一定是个出色的探员。

艾德思维缜密而且超级自信，在正牌警察面前侃侃而谈，直抒自己的观点。

"凶手是个变态，毋庸置疑。

"但我认为他不是嬉皮士，而是个看上去一本正经的人。

"这个人可能有稳定的职业，也许已经结婚，但是他对正常的夫妻生活不满意，或者那方面有缺陷，只能靠变态的性行为满足自己。

"他也许有自己的房子，因为分尸时不能被人看见。

"或许他有个帮手，甚至同谋，妻子、恋人都有可能……"

警察们宛若醍醐灌顶，恨不得放下酒杯就出去抓人。

"艾德，你小子没当警察真是警界的一大损失啊。"

也有人不服气。

"你分析得有道理，但等于没说，因为你也不知道去哪寻找线索。"

这种挖苦在艾德眼里根本就是毛毛雨。

他微微一笑，咽下一大口啤酒。

"很简单，你们可以去红灯区，跟站街女打听变态客人。一个人隐藏得再好，也有露出马脚的时候。"

2. 复仇计划

深夜,一个留着两撇小胡子的男子缓缓走出卧室。

他面无表情,浑身僵直,像个鬼魂一样,停在了妈妈的门前。

里面传出如雷的鼾声。

小胡子双拳紧攥,后槽牙咬得咯咯响,这个恶毒的女人倒是睡得踏实!

谁能想象,妈妈曾每晚都把9岁的亲生儿子锁进漆黑的地下室,任凭儿子整晚哭喊,吓得不敢睡觉。

理由荒谬至极——怕儿子伤害自己的亲妹妹。

只因自己跟抛妻弃子的爸爸长得太像,他打小就成了妈妈的出气筒。

即便是现在,他已经长大成人,可还是逃不过妈妈的语言暴力。

一听到妈妈那咄咄逼人的尖锐叫骂声,他就不由自主地神经紧绷,条件反射般抗拒妈妈的所有言行。

他渴望女人,可又怕她们张嘴说话。从女人嘴里说出来的话,总是夹杂着对他的羞辱与敌意,只是因为他与众不同的身材!

小胡子默默回到房间,他翻出一摞照片,上面全是浑身赤裸的年轻女人,还有残缺的人体器官。

这才是她们该有的样子,安安静静,任凭摆布!

小胡子长舒一口气,紧绷的神经松弛下来。

虽然已经过去了几个月,但他还记得那些女孩的名字:安妮、玛丽,还有后来的小眼睛日本女孩,爱子。

她们那么年轻，皮肤那么有弹性，死后顺从、安静。

要是能一直作为"女友"陪在他身边该有多好！

不用担心，迟早还会有年轻漂亮的女孩坐进他的车里，成为他的玩具。

麦克探长接到了一个临时任务，有人可能在购枪的信息记录表上造假，要求他去核实。

一查，涉嫌造假的人原来是艾德。

"怎么会是他？一定是误会了。"

虽然麦克不太情愿，但还是带了一个同事，到了艾德的家门口。

艾德看到警察找上了门，先是一愣。

听到麦克的来意之后，他表示了理解，愿意配合警察的工作。

"需要我做些什么？"

"按照规定，你需要把枪暂时交给我们保管，等信息核实清楚之后，我们再把枪还给你。"

艾德配合地点了点头，打开后备厢，把那支崭新的步枪交给了麦克。

"你还有其他枪吗？"

"没有，这是我的第一支枪，你们可以去核实。"

麦克点了点头，接过枪，顺便往车里瞟了一眼。

这一眼，勾起了他的好奇心。

除了包裹步枪的一块布，后备厢里什么也没有，就连车里标配的衬垫都没有。

麦克想夸艾德是个利落人，把车里收拾得这么干净，却没说出来。

有那么一丝不对劲，警察的直觉让他选择把嘴闭上。

新年刚过，美丽悠闲的圣克鲁兹再次笼罩在恐怖之下。

刚刚 19 岁，阳光健美的辛迪失踪了。

全城的人不愿意放弃希望，自发搜索她的下落。

而此时，她已经死在了小胡子的枪下，成了这个变态的新玩具。

像以前一样，小胡子先拍下辛迪的裸体照片，再将她放进浴缸里肢解。

3. 向东逃亡

转眼之间，辛迪已经失踪快一个月了。

所有人对她的生还不再抱有希望。

而就在这时，又有两个女生失踪了。

警方督促大学城加强管理，重点检查没有出入证的校外车辆。

看着那些被迫接受检查、与校警吵作一团的人，艾德得意地捋了捋自己的两撇小胡子。

"亲爱的妈妈，你总算做了件好事。要不是你在学校当秘书，我怎么能搞到出入证呢？这些警察，只会用这种笨办法办案。这么查下去，你们永远也抓不住凶手！"

艾德想起了刚刚失踪的两个女生。

几千人像无头苍蝇般四处寻找她们的下落，只有他知道，那两个女生早已葬身大海。

没错，艾德就是凶手。

算下来，已有 6 个女生死在了艾德手里，但他的杀人生涯远没有结束。

这些女孩只不过是他练手的"道具"罢了。

他最终要亲手屠戮的，是亲生妈妈。

一个周五的晚上，52岁的克拉奈尔，醉醺醺地进了家门。

跟往常一样，酗酒后的她放飞自我，大嚷大叫，高唱着《月亮河》。

但一看到艾德，她瞬间变了脸色，狠厉、鄙视、厌恶。

"你又在家里干什么龌龊事儿，我的屠夫儿子……"

这么多年了，她又在翻旧账！

一个邪魅的声音在脑海中鼓动："她又羞辱你了，杀了这个贱女人！"

无数次幻想把妈妈杀死的画面，轮番闪现。

"不，那是我的亲生妈妈，我必须再给她一次机会。"

"妈妈，我想跟你谈谈。"

艾德咬牙控制住攥紧的拳头。

克拉奈尔走进厨房，给自己倒满一杯酒，脸上满是讥讽。

"有什么可谈的？难道你想给我讲讲，当初是怎么把你爷爷奶奶打死的吗？"

"请你不要总提起这件事，我根本没有罪，法官已经……"

"别以为我不知道，他们都被你这个小杂种骗了！

"你这个扫把星，应该烂臭在监狱里！"

艾德想转身离开，但妈妈跟在他身后，继续嘶吼：

"不许走！看着我的眼睛！"

艾德浑身一震，魂魄仿佛离开了这个庞大的身躯，穿越回到了那个9岁男孩的身体。

他慢慢转身，眯着眼听着妈妈的辱骂。

整整一夜，艾德躺在床上喘着粗气。

狂鼓的心跳，要爆炸的血管，各种肮脏的词汇，不断地刺激着他的神经。

抓坏人

他双眼通红地瞪着天花板,牙齿要被生生磨碎。他忍不了了,他要结束这20多年来,原生家庭带来的折磨。

"今晚,不是我死就是你亡!"

妈妈就是一条狂喷毒液的毒蛇,艾德觉得自己遍体鳞伤。

他那方面不行,见到女人不会说话,被嘲讽排斥,因抑郁焦虑导致越发肥胖。

明明智商很高却当不了警察,只能做个发臭发烂的穷鬼。

这一切,都是拜妈妈所赐,是时候做个了断了。

艾德抓起一把铁锤。

多年的怨恨一下子全部爆发,血雾弥漫在四周。

那张只会辱骂、讥讽、喝酒的嘴,终于永远闭上了。

艾德感到了从没有过的轻松。

一切都结束了?

并没有。

他还要再杀一个人。

妈妈每个周末都要见一个闺蜜,如果突然爽约,一定会引起怀疑。

所以,必须把她也解决掉。

第二天,艾德把那个女人骗到了家里。

可怜的女人刚一进门,就稀里糊涂地被掐死了。

艾德把两具尸体连同带血的床单藏进衣柜,又把家里简单打扫干净。

准备离开时,他忽然想到,尸体早晚会被发现。

那些被他蒙蔽了许久的警察,还要来收拾这个烂摊子。

想到这儿,他心里居然萌生出一丝歉意。

他留下了一张字条:对不起,这里太乱了,可我真的没时间了。

随后,他头也不回地走出家门,开着车,一路向东,开始了逃亡。

警察迟早会找到他。

他要竭尽全力,享受这最后一次兜风。

4. 人生交叉口

不眠不休,连开两天两夜,艾德几乎横跨了半个美国。

难道就这样一直跑下去?

尸体一旦被发现,他就是头号嫌疑人,通缉令会贴满大街小巷,电视台会滚动播出。

而以他2.08米的超高臃肿身材,到哪儿都是焦点,他不可能躲得过去。况且,他真的累了。

艾德把车停下,旁边是万丈悬崖。

一脚油门,他就能一了百了。

他看着天边的日出,心中的阴霾一扫而空。

他不再愤怒,头脑清醒多了,不能就这么死了。

他有过精神分裂的病史,也许,这次还能像之前那样脱罪呢?

清早,麦克探员接到了同事的电话:"麦克,出大事了!"

"还记得酒吧里那个大个子艾德吗?他刚才打电话来自首,说他把他妈给杀了!"

当天,麦克前往科罗拉多州,把艾德带回了圣克鲁兹。

他怎么也没想到,这个看上去健谈和善的大个子,众人眼中的"温柔巨人",居然会干出这种有悖人伦的事,更让他震惊的还在后面。

艾德坐在审讯室里,还没等麦克等人提问,便说出了另一个秘密。

"那6个失踪的女学生,也是我干的。"

平静的语气,平静的表情。

可这句话却像一颗炸弹,把在场所有人都震惊了。

艾德看着他们,挺了挺腰杆,他太喜欢这种让人措手不及的感觉了。

麦克感到所有的血液都涌向了脚下。

查了那么久都没个头绪,然后,案子就这么破了?

这个大个子的身上还藏着多少秘密?

他的秘密还真不少。

1948年,艾德出生在美国加州伯班克。

家里除了爸妈,还有一对姐妹。

艾德的爸爸性格随和,妈妈却暴躁又刻薄,在家里定了严格的家规。

孩子稍一犯错就要受罚。

作为唯一的男孩,艾德成了妈妈的重点"关照"对象。

不是辱骂,就是关小黑屋。

妈妈的虐待加上爸爸的争吵与互殴,几乎就是艾德幼年时的全部记忆。

9岁那年,他的爸爸跟妈妈离了婚。

妈妈带着三个孩子离开了加州,去了北方的蒙大拿。自此,艾德算是完全陷入了水深火热。

因为长得越来越像爸爸,妈妈看他越来越不顺眼。

眼见着儿子越长越高大,妈妈认为这个孩子很危险,很有可能会性侵自己的亲姐妹。

每到晚上,艾德就会被锁进阴冷潮湿的地下室。

而妈妈则带着两个姐妹,住在二楼温暖的卧室里。

为了省电，妈妈还掐断了地下室的电源。

唯一的光源就是天然气炉里的火光。

艾德什么也做不了，只能蜷缩在自己的小床上，盯着火光。

如果真的有地狱，恐怕就是这个样子。

小艾德心里充满了恐惧和怨恨，但他不敢冲妈妈发火，只能拿小动物出气。

他先是肢解昆虫，然后是自己家里养的猫狗，还把妹妹的布娃娃拿到地下室切成了碎片。

如果他当时得到矫正，以后也不会走上邪路。

但事实证明，每当他走到人生的交叉口时，都会出现错误的人，把他带向错误的方向，使他一步步靠近深渊。

5. 欲望作祟

15岁那年，艾德独自一人去洛杉矶寻找爸爸。

但爸爸已经再婚，还有了孩子，只能把他送到了诺斯福克的爷爷家。

爷爷家的不远处有一片树林。

一有空，爷爷就带着他去打猎，还送给他一支步枪。

艾德第一次体会到了来自亲人的关爱。

但他的好日子并没有持续多久，因为他的奶奶与他妈妈的性格相似。

不但喜欢骂人，还讨厌打猎，没收了艾德的步枪。

奶奶的举动，点燃了艾德心中的邪火。

他本就是个缺乏正规管教的孩子，再加上正值叛逆期。

像火上浇油，碰一下就炸。

一天，爷爷外出采购时，艾德和奶奶又起了争执。

艾德被气蒙了，他翻出了那支步枪，趁着奶奶看书时，对着她的后脑扣动了扳机。

奶奶死了，爷爷怎么办？

为了不让他老人家承受丧妻之痛，他"贴心"地打死了爷爷。

在法庭上，精神科医生给出结论，艾德是偏执型精神分裂症患者，应该入院治疗。

法官听从了医生的建议，判定艾德谋杀罪名不成立，将他送进一所精神病院接受治疗。

而那家精神病院，同样令人不可思议。

十几名医护人员，管理着1600多名病人，其中有一半是变态性侵犯，还有几十个杀人犯。

人手短缺怎么办？医生自有高招。

一些看上去比较正常，能跟人正常沟通的病人被选中，充当医生的助手。

帮医生打下手，做记录，整理文件等工作。

艾德虽然杀死了自己的亲人，但在医生眼里，他的症状远没有那些变态严重。

而且他年轻，讨人喜欢，重新塑造还是个有用之才，所以没过多久他就成了主治医师的助手。

这时，艾德又遇到了一股坠入深渊的推力。

整理病人档案时，艾德看到了很多性变态的病例，里面详细记录了他们的犯罪过程。

一个青春期的男孩，对性充满了好奇。但没有人告诉他正确的性知识，却让他误入了一个充满暴力和邪恶的世界。

他的性观念就此扭曲。

普通人眼中的变态行为，在他眼里倒成了表达性欲的正常方式。

加上妈妈给他造成的心理阴影，直到被捕，他也没有过正常的性行为。

艾德的智商高达136，在给医生做助手的过程中，他记住了所有测试题。

他知道怎样表现能得到医生的赞赏，如何回答问题能得高分。

5年之后，他终于通过了测试，离开了精神病院，重新回归社会。

为了表达对艾德的鼓励，主治医师特别建议，将艾德的案底全部清除。

彻底洗白之后，艾德不用接受监管，还可以持有枪支。

他马上通过非法途径，买了一把22毫米口径的手枪。

这把枪一直藏在汽车座椅下面，成了艾德最有力的帮凶。

此时的艾德距离深渊越来越近，又有一件事推了他一把。

精神病院对他的情况很了解，所以不建议他和妈妈一起生活。但社区的工作人员图省事，见他妈妈独自生活，就"好心地"把艾德送到了妈妈家里。

妈妈本来就不待见他，如此这般更是把他看作眼中钉、肉中刺，童年时的语言暴力再次袭来。

他已经是个20岁的大小伙子，不会再逆来顺受。

一次争吵之后，艾德冲出家门，开车上了公路。

就在这时，他看到了在路边想搭车的安妮和玛丽。

安妮坐在副驾驶的位置，主动与艾德聊起天来，还夸他长得帅。

她们都是年轻可爱的女孩，衣着清凉。

艾德戴着墨镜，不住地偷看旁边裸露的大腿。

一股冲动在他心里升腾起来。

以前那些女人都怕他、厌恶他、躲着他，而现在，居然有漂亮的女孩夸他帅？

艾德心中浮想联翩，精神病院看到的那些变态行为不断地在他的脑海中浮现。

要是她们能安静下来，任我摆布，可就太完美了。

艾德一转方向盘，车子突然拐进了一片树林。

还没等两个女孩反应过来，那把小手枪已经握在了艾德手里。

"谁也不许动！"

两个女孩吓傻了。

这里没有一个人影，她们只能乖乖听从艾德的摆布。

女孩们的妥协并没有换来艾德的良心发现。

他把安妮关进后备厢，先用刀刺死了玛丽，随后又刺死了瑟瑟发抖的安妮。

当天夜里，他把两具尸体偷偷运回家中，一边听着妈妈的鼾声，一边拍照、分尸、辱尸。

6. 最后归宿

在那个没有监控探头、没有DNA检测的年代，想要依靠尸块寻找凶手，无异于大海捞针。

艾德看着找不到头绪的警察，心情好极了。

被警校拒之门外的屈辱,让他想跟这些正牌警察们好好玩玩。

他走进"陪审团"酒吧,与警察交谈,"帮"他们分析案情。

看着警察们投来佩服的目光,艾德膨胀了。

但他毕竟是个聪明人,膨胀并没有冲昏头脑,反而更谨慎了。

后来,他又以搭便车的名义,掐死了爱子,枪杀了辛迪和最后两名女生。

尸块不是被抛入大海,就是埋在自家后院,就是防止被发现。

艾德的杀人过程都很迅速,这是他与其他变态不同的地方。

按照他自己的解释,"我不喜欢让她们受煎熬。"

这一次,艾德没能侥幸脱罪,但当时加州刚刚废除了死刑。

1973年11月,25岁的艾德·肯珀被判处终身监禁,不得假释。

在狱中,艾德的高智商终于用对了地方。

他自学计算机课程,给盲人录制有声读物,帮助FBI分析罪犯心理,还给别的犯人上课。

他再没有做出任何伤害别人的事情,也没有出现过精神分裂的症状。

对某些人来说,监狱也许是最好的归宿。

素媛案

曾经,一起强奸伤害女童的案件在韩国掀起轩然大波。

一名56岁的中年男子在光天化日之下,强奸了一个年仅8岁的小女孩,并用极其反人类的方式对其施虐,导致小女孩落下终身残疾。

此案的犯罪者不仅手段极其残忍,且十分狡猾。

他利用了韩国法律中的漏洞,最终只被判处12年有期徒刑,这一结果也引发了韩国民众的极大不满。

2013年该案件被改编后搬上大银幕,成为很多人"最不敢看""最催泪"的影片。

因影片中的小女孩名叫素媛,这起案件也被称为"素媛案"。

1. 案件的真相

可能看过影片《素媛》的人都会发出"太可怕了""不敢看"等类似的感慨……

2008年12月11日，上午9时许。

韩国京畿道安山市警察厅。

一阵急促的铃声响起，一通报警电话打破了冬日的沉闷。

报案人称，他在安山市檀园区（音译）的某教堂卫生间内，发现了一名受到严重侵害的女童。

十分钟后，警方到达了案发现场。当看到眼前的一幕时，所有人都震惊了。

只见一个奄奄一息的小女孩正趴在卫生间门口，上身的衣服已经被血水完全浸透，下身的衣物尽被剥去。

她浑身瑟瑟发抖，神志已经不清，头脸肿胀得几乎看不出原来的样子，右侧脸颊上还有一圈深深的牙齿咬痕。

孩子的腹部显然遭受过重创，肠子已流出体外，出现疝气的症状。

在不足两平方米的卫生间内，地面到处都是水和血迹。

据一名当时负责勘查现场的警员李庆民（化名），在事件发生若干年后接受采访时回忆："在我的职业生涯中经常会到危险的地方去，但是那个地方，十年后我仍然记忆犹新。那是一个既长又窄的卫生间，里面有一个马桶，周围都是鲜血，不仅是卫生间内部，连门外都有很多血迹，以至于我们当时很难推断出犯罪的准确地点，以及是如何实施的。"

从这段叙述中，我们完全可以想象，当年案发现场是怎样的触目惊心、惨不忍睹。

孩子被即刻送去医院抢救，医务人员尽全力保住了她的性命。

但由于下体伤情太过严重，医生告知孩子的父母，她可能一生将不得不与人造肛门和排便袋相伴。

随后，警方从苏醒的小女孩口中得知了事件发生的经过。

这个小女孩名叫娜英（化名），时年8岁。

她就是电影《素媛》中素媛的人物原型。

根据娜英的述说，当天上午8点30分左右，她和平时一样梳洗打扮好，走出家门准备去上课。

出门的时候，妈妈曾问她需不需要陪她一起去学校。

懂事的娜英不想让妈妈太操劳，便回答说学校离得不太远，自己走过去就可以。

可是，这个可爱的小天使并不知道，前方等待她的是来自地狱的恶魔，以及令她痛苦一生的劫难。

距娜英学校100多米的地方，坐落着一间小教堂。

在教堂门外，她遇到一个举止行为有些怪异的陌生男人。

男人五十多岁，头发蓬乱，看起来有些站立不稳。

他拦住娜英问："你是要去这间教堂吗？"

看着眼前这个浑身散发酒气、样子有点凶的大叔，娜英心里有些害怕，但善良天真的她还是礼貌地回答"不是"。

娜英稚嫩的声音，似乎刺激到了男人的某根神经。

他那有些迟滞的目光里，突然闪现出一丝邪恶，一股欲望之火从他的心底燃起。

他醉醺醺地盯着娜英，嘴角露出不怀好意的猥琐笑容。

男人将娜英强行拖到位于教堂二楼走廊尽头的卫生间里,并将门反锁起来。

接着,他把马桶盖放下,迫使娜英坐下并试图与她发生关系。

面对男人的粗暴行为,娜英心中充满了恐惧,她奋力地反抗,试图用手抓、用脚踢对方。

见一时无法得逞,男人便用手疯狂抽打娜英的头部和脸部,并用嘴狠狠地去咬她的脸颊。

小娜英在痛苦中不断地哀号和挣扎,但男人并不满足于此。

他掐住娜英的脖子,将她的头一次次按入马桶中浸溺、折磨,然后又对呛水后失去反抗能力的娜英一顿拳打脚踢。

以上就是娜英在彻底丧失意识前最后的记忆。

相信很多人看到这里,都已经是怒火满腔、拳头攥紧了。

但这仅仅是恐怖的开始,之后发生的一切更是灭绝人性、令人发指!

2. 恶魔在人间

就目前的公开资料显示,在实施侵犯后,赵斗淳为了销毁自己在娜英身上留下的证据,使用了极其暴虐的手段。

以下为医生对娜英伤情的描述:

——腹部骨盆骨折。

——大小肠流出体外坏死。

——肛门和性器官 80% 损坏。

——需要随身携带排便袋。

——可能终生不育。

当娜英从昏迷中醒来时,发现卫生间里只有自己一人。

她匍匐着,艰难地向门外爬去,体力的透支裹挟着身体的剧痛,让她感到眼前一阵阵发黑。

在卫生间门口,娜英缓了口气,尝试着喊出一句:"有人吗?救救我……"

她的声音颤抖且细微,还夹杂着恐惧。而回应她的却只有四周的一片沉寂。

水汽在冰寒效应的作用下凝结成的雾霭,氤氲笼罩在空荡荡的楼道里,越发显得阴森恐怖。

娜英感到身上越来越冷,她有些绝望。但是想要活下去的信念,让她重新振作起精神。

她拼尽全身力气提高声音一遍遍地呼喊:"有人吗?请救救我!"

幸运的是,一个经过的路人听到楼里传出的微弱呼救声,走进来发现了血肉模糊、大小便失禁的娜英。

当时她的脸已经肿到认不出来,鼻梁断了,牙齿也在晃,脸上的一块肉都快被咬掉了。

路人迅速报了警,这才将小娜英从死亡的边缘拉了回来。

那么,赵斗淳是如何被确认为犯罪嫌疑人的?

据警方披露,案发现场被破坏得极为严重,为破案带来了重重困难。

一开始他们在现场提取到一些毛发,还收集了血液,检查了水槽,甚至拆开了玻璃门的把手,却没有发现什么直接与凶手相关的证据。

因为经过 DNA 检测,只能证实这些血液及毛发样品都只属于小娜英一人。

同时，警方发现整个卫生间内部和马桶周围都有被拖布拖拭过的痕迹。

种种迹象说明，凶手是一个冷静、狡猾且具有一定反侦查能力的人！

勘查人员意识到了犯罪者的用意，经过6个小时地毯式搜索，他们在卫生间里总共提取到3枚可辨识的可疑指纹。

这3枚指纹被火速送至警察厅进行分析，而它们也成了破解本案的关键。

随后，警方又调取了教堂周边的闭路电视监控，再结合指纹比对的结果，最终，将时年56岁的赵斗淳确定为本案最大的嫌疑人。

然而，他狡猾得很！

赵斗淳的家就在位于距案发现场仅500米的一处公寓里，警察实施抓捕时，他就在家中。

可是，当警方赶到公寓时，却发现赵斗淳家门上贴着一张写有"已外出"的字条。

警察没有就此放弃，在蹲守近两个小时后，听到屋内隐约传出流水的声音。

最终，警方将藏匿在家中的赵斗淳带走，并当场在其家中的壁橱里搜出沾有被害人血迹的衣物鞋袜。

说到这儿，似乎凶手伏法已成定局。

实则不然，赵斗淳装作一脸无辜，拒不认罪。

他说得最多的话就是："我做错了什么？为什么要抓我？真的很荒唐！"

面对警方的审问，赵斗淳完全否认自己性侵过娜英。

他甚至发毒誓说，如果是自己做的就立刻自杀！

下面让我们看几段当时的审问记录：

第一轮审问（2008年12月13日）

警方：孩子在医院接受治疗时，从9人中指认了你。

赵斗淳：非常荒唐。

警方：嫌疑人，你真的觉得非常荒唐吗？

赵斗淳：对，我真的觉得非常荒唐。

第二次审问（2008年12月14日）

警方：在现场发现了你的指纹，难道你不认为这是本案凶手的直接证据吗？

赵斗淳：我要求请律师参与调查，再接受审问。我怎么知道指纹不是造假的呢？

第三次审问（2008年12月17日）

当警方出示指纹比对结果，并指出在他衣服、鞋袜上查到被害人血液时。

赵斗淳：我完全没有任何记忆了！

也就是从第三次审问起，赵斗淳开始改口辩称自己喝了很多酒，处于醉酒状态，对当天发生的一切完全没有印象。

究竟是什么令赵斗淳的口供和态度发生了变化呢？

这就要提到，韩国的现行法律中认为：醉酒所造成辨别能力的丧失，和精神疾病相同。

而赵斗淳之所以知道这一点，是因为这不是他第一次犯罪。

根据警方的档案资料显示，在此之前，赵斗淳已经有过多达17次的犯罪前科。其中就包括了性侵，甚至是伤害致死的案件。

与警方打过多次交道的赵斗淳深谙法律，他正是要利用这个法律上的漏洞来帮助自己脱罪。

在对警方的供述中，他称自己：先是在案发前一天的中午12点喝了一瓶洋酒。接着又在下午 7 点之后的 30 分钟内喝掉了一瓶半的烧酒。之后又去便利店买了一瓶洋酒，并在一家 KTV 里一直喝到晚上 11 点。

同时，赵斗淳还向警方提供了案发前一天中午购买洋酒的小票作为证据。

对此，娜英的申诉律师提出，赵斗淳一直在主张自己喝了非常多的酒，但除了第一次喝酒的地方、喝酒量之外，其余所说无法确认。

至于他所说的醉酒，到了哪种程度，也并没有客观上的证据。

另有法学家也认为：虽然酒精代谢的过程需要 24—48 小时，但饮酒后的 8—12 小时里，酒精在人体内的含量会大大降低。

赵斗淳是在案发前一天中午喝的酒，到案发的时候已经超过了 18 小时。

此时他体内的酒精含量应该已经达不到醉酒的程度了，所以不能作为他醉酒犯罪的理由。

而当检方前来调查时，赵斗淳又改了口，称自己是从案发前一天晚上到第二天早上 6 点为止一直在喝酒，并且把酒的数量说得比之前多了两倍。

这正是赵斗淳的狡诈之处！明眼人可能已经看明白了赵斗淳这样说的目的。

他就是要证明，案件发生时自己处于严重醉酒状态，以此来逃避法律的制裁。

不仅如此，他也堪称是个"好演员"。

在庭审过程中，赵斗淳全程表现得彬彬有礼、礼貌有加。

当被问及所犯罪行时，他只矢口否认说："我什么都不记得了，真的非常冤枉。我平时酒后行动就会过激，并且常常断片。"仿佛自己完全没有做错过什么。

而在等待判决的期间，赵斗淳不仅毫无悔意，还对娜英的家人甚至警方进行了威胁。

他曾对警方负责人说:"我就算吃15年、20年的牢饭,即使出来已经70岁,我也会在里面好好运动,你就等着我出狱吧。"气焰可谓嚣张。

这不是恶魔又是什么!

3. 争议的判决

尽管检方一直在请求将赵斗淳按照强奸伤害罪判处终身监禁,但最终法院还是采信了赵斗淳的说辞。

韩国最高法院认为,当时赵斗淳的年龄偏大,且在犯案时处于醉酒状态,从而导致精神不稳定,辨别事物或决定意识能力变得微弱。

依据《韩国刑法》第10条第2款的规定,如若犯罪者因为精神状态不稳定而失去基本辨别事物的能力,可以获得减刑。

于是,2009年3月,赵斗淳一审被以"强奸伤害罪"从轻判处服刑12年。检方随后也没有继续上诉。

极具讽刺的是,赵斗淳居然对判决结果不满。他提出上诉,认为自己被判刑过重,但被法庭驳回。

其实从第一次庭审开始前,赵斗淳就频繁地向司法机关递交请愿书,前后多达7次,总共300多页。

在这些请愿书里,他不仅全然否认罪行,还信誓旦旦地保证自己绝对不会做那种"不知廉耻、会遭天谴的事情"。他甚至无耻地宣称,警方提供的证据是在意图污蔑自己。

看看这些充满血泪控诉的文字,不明真相的人恐怕真会觉得他是被冤枉的吧？

而在他妻子向法院提交的请愿书中也写着："做饭、洗衣、打扫房间，家里所有事情都是我丈夫做的，他从来没有发过火，大家都称赞他是懂礼貌的人。我丈夫除了喝酒后会彷徨之外，我认为，我们家一直都是很平和的家庭。"

可是，事实真是如此吗？

赵斗淳1952年10月18日出生在一个十分贫困的家庭。小学辍学后，他便经常在社会上游荡。

第一次被抓，是他在1970年偷窃自行车时被人揭发，因当时尚未成年，所以他只受到交由监护人监护的处分。

1977年他因多次偷盗被判处有期徒刑8个月。

1983年，在首尔道峰区弥阿洞（音译，现江北区弥阿洞），赵斗淳因在道路上对一名19岁女性进行殴打，并将对方拖到一家旅馆实施性暴力，被首尔北部地方法院判处了3年有期徒刑。

只不过，这样的处罚并没能使赵斗淳发生什么改变。

1995年，只因为在酒桌上听到有人称赞韩国前总统全斗焕，赵斗淳便对一名60多岁的老人拳脚相加，最终导致那名老人死亡。

他被以"伤害致死"的嫌疑起诉，一审被判处有期徒刑5年。

但其因在二审中被认定为是饮酒后导致的意识不清，改判有期徒刑2年，还被送进精神病院接受治疗。

或许就是这次的改判，让赵斗淳第一次尝到了钻法律空子的甜头，也就为后来他在"素媛案"中的故技重施埋下了伏笔。

之后，他又有过多次因伤害或暴力行为被判缴纳罚金或入狱的记录，这里就不一一细数了。

听完赵斗淳的这些罪行，想必各位心中都有答案了吧。

"素媛案"的判决一出，无数的韩国民众都认为审判结果不公正。

很多人质疑，赵斗淳在施暴时是否真处于意识不清的状态？

——有文章指出，如果赵斗淳在犯罪时真的头脑不清，势必会表现出混乱的言行。但据报道，他在作案后冷静地试图毁灭证据，并在当天回家时还对妻子说自己"闯了祸"。

——曾参与抓捕赵斗淳的一名警员，在事后接受采访时也说："他就像预料到会有人前来一样，事先准备好了'已外出'的贴纸。"

而且，当时的韩国法律中有保护罪犯隐私的要求。

也正是由于这一规定，在很长一段时间里，人们并不知道此案的凶手长什么样子。这也引发了社会性的愤慨！

不少民众纷纷向青瓦台请愿，内容包括要求再审、公开照片、反对出狱、化学阉割等，前后多达 6000 余次。

但是，这些请愿最后都被一一驳回。青瓦台的官员给出的答复是：要重新对犯人进行新的制裁，就必须对他进行重新审理。但这在韩国法律框架下是不可能的。

至于公开照片，其实在 2010 年韩国就更新了《特定暴力犯罪处罚特例法》，规定重罪犯的照片可以公开。

但基于上述官方的答复结果，并没有用到赵斗淳的身上。

直到 2019 年 4 月 24 日，韩国媒体 MBC 的一档栏目《实话探查队》（也译为《真实探索队》），出于对民众安全的考虑，冒着触犯刑法的风险，首次公布了赵斗淳的真容。

有资料显示，在"素媛案"发生之前，赵斗淳从事过建筑工人、保安等工作。

案发时，他正处于失业状态。

另据熟悉赵斗淳的人说，平时很少见他联系朋友。

据知情人说，赵斗淳喜欢喝酒，一顿能喝两三瓶烧酒，甚至有点酒精依赖。

或许法院在量刑的时候，也是参考了这点吧。

判决生效后，赵斗淳被单独关押在清城监狱，也就是如今的庆尚北道北部第一监狱。

2018年，他被移至浦项监狱，并开始接受预防性暴力行为方面的心理治疗。

4. 恶魔出狱

"我认为他不应该出狱。"这是2017年娜英父亲在接受韩国媒体采访时说的话。

而这也不仅仅是娜英父亲一个人的想法。

据说，赵斗淳在狱中曾表示，出去后要回到安山市，还要去看看娜英。

这些话就如同一颗定时炸弹，在人们心中种下了深深的恐惧。

从2017年起，愤怒的韩国民众纷纷到青瓦台的网站上联署请愿，并留言质疑这样罪大恶极的儿童性侵犯为什么还要释放？

这样的恶魔被释放出来后，谁来保护孩子们？

人们希望政府可以采取措施，阻止赵斗淳出狱或者回到安山市。

请愿的人数已超过80万。

《实话探查队》曾以"赵斗淳在你身边"为名，制作了一期关于儿童性犯罪者出狱后状态的特辑。

韩国法律规定，凡涉及性侵的重罪犯，只要出狱就会被要求佩戴电子脚镣、接受监视，并公开真实的住址。

比如，赵斗淳出狱后就必须佩戴电子脚镣7年，并被披露个人信息5年。

同时，按照韩国的《青少年性保护法》第41条的规定：这类人员在出狱后，不允许出现在距离被害儿童、青少年的住宅和学校等少于100米的范围内。

但现实中的情况并非如此！

节目组在"性犯罪者公布栏"上查询到一些性犯罪者登记的住址资料，并对这些地方进行了实地探访。

然而，当节目组到达的时候，却发现这些住所要么是无人居住，要么早已经不复存在。

那些出狱后本该在监控范围内的性犯罪者，早已不知去向。

而节目组在进一步的了解中发现，这些网上登记的住址，大多数在小学校园附近，甚至是同一街区，且距离不超过1千米。

听起来，是不是感到背脊阵阵发凉？

另据节目组调查，这些高度危险的罪犯，不仅在居住地上缺乏严密的管控和追踪，他们甚至还可以很轻易地从事那些对供职人员身份筛查并不严格的工作，例如志愿者和神职教父，而这些职业是很容易就能接近未成年人的！

以上这些，都严重地暴露出韩国执法部门在实际监管中的极大漏洞。

也难怪随着赵斗淳的刑期将满，一股恐慌的情绪在韩国蔓延开来，尤其是在那些有孩子的家庭中。

可能有人会想，既然这样，娜英可以选择搬家呀！

但是，搬家真的能解决问题吗？

根据节目组的调查了解，在"素媛案"发生后的10年间，娜英一家和赵斗淳的妻子都不止一次地搬过家。但诡异的是,无论搬去哪里,两家人住的地方一直都很近。

近到什么程度呢?据了解,最近时两家相隔的距离仅有 500 米!最远也没有超过 1 千米。

这难道真的仅仅是"巧合"吗?

当节目组询问赵斗淳的妻子:"是否知道受害者娜英家就住在附近?"

她表现得非常冷漠,只是说:"我都不知道他们住在哪里,你们快走吧,我不想知道,我也不关心。"

而且,她还对节目组表示:"会去探监,与丈夫也没有离婚。"

她甚至还袒护地说:"他不喝酒的话,在家里挺好的,就是喝了酒才那样的。"

赵斗淳妻子对丈夫如此维护和纵容,实在令人无语。

而她所说的话和表现出的行为,以及她和赵斗淳之间密切联系的背后,是否还隐藏着什么不可告人的秘密?

想想这一切,都不禁让人毛骨悚然!

更恐怖的是,根据韩国法务部对赵斗淳目前状况的最新鉴定结果显示:

虽然赵斗淳已在狱中接受了几百个小时的心理治疗,但其在一项反社会人格调查中的得分仍高达 29 分。

这一分数甚至高过了韩国另两名臭名昭著的连环杀人凶手——勒死 7 名女性并纵火骗保的"丝袜杀手"姜浩顺(音译)和性侵并杀害女儿朋友的"臼齿爸爸"李永鹤(音译)。

权威专家也对赵斗淳的得分结果进行了解读:在这类测试中取得高分,说明他有强烈的自我目的,比如说为了满足性欲而不择手段,为了达到自己的目的哪怕是幼童的性命都可以无视。

这就意味着,赵斗淳在出狱之后"再次犯罪"的可能性很高。

不仅如此，据专家分析，鉴于赵斗淳妻子对其丈夫的包庇态度，赵斗淳出狱后回归家庭的可能性也极高。

这也意味着，他和娜英一家很有可能再度成为邻居，甚至有可能再次出现在娜英身边。

难道真要继续和这样丧心病狂的人成为邻居吗？

就此问题，记者在采访娜英父亲时问道："你们还要继续搬家吗？"

听到记者的提问，娜英父亲愤怒地回应说："为什么被害者要背着行李逃跑呢？！"

他甚至表示，如果可以的话，自己宁愿出钱让赵斗淳离开这座城市。

而当面对自己无力阻止恶魔归来的现实时，娜英父亲不禁发出悲鸣。

"我的女儿在家中仍穿着尿布。当长途旅行时，我会在包中携带最大的卫生护垫。除非您亲身经历，否则您无法想象，作为父母看到这种情形时的感觉。我过着无法保护自己孩子的罪恶生活，因为赵斗淳还在我们身边……"

这种阴霾不仅笼罩在娜英一家人的心头，在随后的街头采访中，节目组发现几乎所有被采访的民众都对自身和家人的安全表示出深深的担忧。

为了消除市民的不安情绪，韩国政府决定在安山市加装3700个摄像头，并将在赵斗淳家附近1千米范围内设置女性安心区域，派机动巡逻队巡视。

另外，会有保护观察人员对赵斗淳进行24小时一对一的监视，以及每周至少4次的面对面管理。

此外，当地有关部门也已向法院申请，禁止赵斗淳饮酒和在晚上10点后出门。

但无论如何，这些做法恐怕都无法彻底消除韩国民众的恐慌情绪，以及对韩国法律和监管部门的质疑吧。

5. 更多的思考

"素媛案"虽然已经过去了十几年,韩国法院也没有再给赵斗淳重新定罪。但此案件的意义深远,它推动了韩国法律的进步。

从2009年起,韩国开始强化《性暴力特例法》,加强了对儿童性侵犯罪的量刑标准。

2010年,韩国更新了《特定暴力犯罪处罚特例法》,宣布将对儿童性侵犯罪的最高刑期从15年提高到30年,之后更是直接提升至50年。

同年,韩国还废除了之前对于未满13岁儿童和青少年的性犯罪者的公诉时效,并将性侵犯罪者佩戴电子脚镣的最长期限从10年延长至30年。

2011年,韩国开始实施《性犯罪者性冲动药物治疗法》,核心内容是允许使用化学药品对性犯罪者进行"化学阉割"。

2012年,韩国国会正式通过了《性侵儿童惯犯化学阉割》法案,韩国也成了亚洲首个推行化学阉割的国家。

2013年,针对儿童和青少年的强奸犯罪,韩国进一步将最高刑期修正为不得假释的终身监禁。

2019年4月16日,一条俗称《赵斗淳法》的法案在韩国正式实施,其全称为《针对特定犯罪人员的保护观察暨佩戴电子脚镣相关的法律》。

该法规定,刑满释放的特定人员除必须佩戴电子脚镣外,还将接受专员的24小时严加监管,以防他们出狱后再犯。

12年前的那场噩梦，为娜英带来的不仅仅是身体上的摧残，更是精神和心灵上的重创。

时至今日，娜英已经是一名20岁的大学生。坚强的她读书非常努力，曾经的梦想是当一名医生。

据悉，娜英已经通过手术成功摘除了排便袋，开始像正常人一样生活。

只是在这12年间，她时常会陷入失眠、焦虑和不断被噩梦侵扰的困境之中。特别是在得知赵斗淳即将出狱后，症状更加严重。

最新得到的消息是，娜英一家已于2020年11月12日搬离了安山市，我们衷心希望娜英能在新的地方重新开始新的生活。

今天再次提起这个案件，并不是想重新揭开被害者的伤疤，影响她的生活，而是希望能通过这种方式来警醒世人，避免让更多像小娜英一样的无辜少儿重蹈覆辙。

随着电影《素媛》的传播，越来越多的中国网友也了解到了此案，大家在愤慨之余也会联想到：如果此类案件发生在我国，法律会如何判？醉酒的人犯罪是否会从轻或减轻处罚呢？

为此，浙江工业大学法学院副教授、法律职业资格考试刑法辅导名师杨艳霞老师为大家作了解答。

根据我国《刑法》第236条的规定：强奸致人重伤、死亡的，法定刑为十年以上有期徒刑、无期徒刑、死刑。奸淫幼女的，从重处罚。

赵斗淳如果在我国，估计至少会被判处无期徒刑或者死刑缓期执行，如果民愤极大，判处死刑立即执行也是有可能的。

韩国法院从轻判处赵斗淳的原因是他当时处于醉酒状态。我国刑法无此规定。

我国《刑法》第18条将精神病患者和醉酒者的刑事责任分开规定为

两款。

第18条第3款规定：尚未完全丧失辨认或者控制自己行为能力的精神病人犯罪的，应当负刑事责任，但是可以从轻或者减轻处罚。

第4款规定：醉酒的人犯罪，应当负刑事责任。

因此，我国《刑法》没有规定"醉酒的人犯罪可以从轻或者减轻处罚"。

这是因为，醉酒的人是自愿陷入没有责任能力或者只有部分责任能力的状态的。这种行为在理论上被称为"原因自由行为"。由于行为人是自愿陷入此种状态的，所以他必须为自己陷入此种状态后的行为负责。法官认定他的责任能力时是按照他醉酒前的行为能力认定的。

这一规定是十分正确和必要的。

假如无此规定，对于醉酒者的犯罪行为只能按照其犯罪时的责任能力认定，则他们可能被轻判甚至不判。

这样，即使醉驾撞死了人也不必负刑事责任。这样的法律就成了"恶法"了。

不是每起案件的结局都伴随着受害人的死亡，有时候，活着比死去更需要勇气；也不是每起案件的判决都能及时地惩恶扬善，但只要前行的车轮不止，正义终将碾压一切罪恶！

北九州连续监禁杀人事件

　　一个女孩，杀死了自己的父母、妹妹、妹夫以及妹妹妹夫的两个年幼的孩子。

　　只为了获得一句"表扬"。

1. 狩猎对象

1992年，32岁的绪方纯子，跟随她的情人——被警方以涉嫌犯有胁迫罪和欺诈罪而全国通缉的松永太，在日本境内四处逃亡、躲避。

绪方纯子和松永太是不同班的高中同学，在毕业前仅仅算是打过几次照面。

松永太没有考上大学，不得不回家继承家里的被褥公司。说是公司，实际上就是个小作坊。因此，脑筋活泛的松永太不甘于此，他想要的，是成为财阀那样大集团的掌权者。

松永太相信，自己有这个能力。

不过，站上巅峰显然不是一蹴而就的事情，得一步步攀登。

松永太仔细回想了自己可以利用的资源，单纯善良、家教良好的绪方纯子就此进入了他的狩猎名单。

绪方纯子所在的绪方家，在当地颇有名望，并拥有大量的土地。

纯子的祖父当过村议会的议员，父亲是农协关联机构的副理事。

最关键的是，纯子所在的绪方家本家并无男丁，只有乖巧的长女纯子和叛逆的次女理惠子。

绪方家的家产需要继承，必然要招个入赘女婿，而招赘的人选便是长女纯子。

松永太的进攻，举重若轻又欲擒故纵。

1980年，纯子正在福冈的一所短期大学读书。

松永太谎称高中时借了她 50 日元没还，约她到附近的咖啡厅见面。

纯子虽然对借钱一事毫无印象，跟松永太也不熟悉，但生性温和的她终究没架住松永太的热情，或者说，单纯的她在松永太精巧的话术中沉溺了。总之，纯子答应了这次相约。

此时的松永太，已经初步继承了自家的被褥公司，他一副成功青年实干家的样子，开着豪华轿车出现在了咖啡馆。

"我翻同学册看到了你的照片，我一时间控制不了自己，拨打了电话。"

"你不是美女，但我喜欢你身上透出的那种质朴。"

简单聊了聊 50 日元的事后，松永太开始了花言巧语的攻势。

然而，他这般温情脉脉的样子，反而引起了纯子的怀疑，她不想久留并且明确表示了自己的态度。

松永太太懂人性了，他知道自己或许着急了。

很快，这次会面便平静地结束了。并且，在此后的约一年时间里，他都没有再纠缠过纯子。

松永太的不纠缠，一方面是以退为进，一方面是有了新的猎物。

在这一年间，松永太交往了一个女孩，几乎到了结婚的程度。

可是，无论从家世还是易于掌控的程度，这个女孩显然都远远不及纯子。

于是，时隔一年，松永太再次约纯子到咖啡店见面。

"现在，我和一个女孩在认真交往，也在考虑婚姻大事。"松永太看似轻描淡写地说着自己的人生大事，实则希望以此动摇纯子的心神。

对这个奇怪的高中同学的婚恋之事，纯子没什么兴趣，只是用客套而礼貌的语气淡淡回应他："真的吗？恭喜你。"

松永太只好说："其实我内心真正喜欢的是你，我一点都不想跟她结婚。"

纯子再次听到松永太如此直截了当的表白，心中警铃大作，一边安慰松永太不该辜负那个女孩，一边提出自己家有门禁，该回家了。

松永太有些扫兴，但为了维持自己青年实干家的形象，不得不不情愿地送纯子回家。

在路上，松永太越想越不甘心，尽管纯子从未表现出对他的喜欢，但松永太觉得到手的鸭子就要飞了。

松永太心念一转，计上心头，他将车子停在黑暗之处，猛地扑向副驾驶座，就要强吻纯子。

"你干吗？"纯子条件反射般地给了松永太一巴掌。

松永太挨了这一巴掌后，好像突然从痴迷状态中醒来一般，拘谨又正式地道起歉来，然后很快将纯子送回了家。

此后，松永太似乎认识到了自己的冒昧和无理，老老实实结了婚，也彻底和纯子断了联系。

不知道是这次强吻给纯子的心留下了非同一般的印象，还是松永太又在此后的修炼中练出了更惊心动魄的手段，纯子20岁那年，真正影响她命运的，让她此后的人生与松永太这个恶魔纠缠不清的事情，还是发生了。

如同前两次一般，松永太打电话约纯子见面。

不同的是，这次的相约内容是兜风。

在送纯子回家的路上，车辆一拐，停在了一家情人旅店的门口。

或许是强迫，或许是哄骗，总之，纯子跟着松永太进去了。

在此之前，完全没有男女关系经历的纯子，就这样失去了她的第一次。

拿到了纯子初夜的松永太知道，这条鱼已经彻底到手了。

他对纯子的态度经历了短暂的甜蜜期后，进入了索取和控制的阶段。

第一次发生关系的大约两个月后，松永太邀请纯子参加异常圣诞音乐会。

纯子满怀期待地到达时，却发现观众席上不止有自己，还有松永太大着肚子的妻子。

一时间，难以言说的歉疚和羞耻涌上了纯子的心头，她突然发觉，这份她以为的爱恋背后，似乎种着黑暗的罪恶。

可是，她似乎已经沉沦在这罪恶中，难以脱身了。

就如同一个人深陷于沥青之中，凭自己的力量，无论如何，也不可能挣脱那细密缠绕的黏稠流体。

松永太为何要邀请纯子参加有妻子出席的音乐会呢？

他是不知情吗？

不，他就是要纯子歉疚，他就是要纯子感受到自己的罪责，他就是要让纯子觉得自己是个破坏别人家庭的坏女人。

松永太想要击破纯子温和良善、秩序井然的内心。

他成功了。

2. 掉落陷阱

纯子怀着歉疚之心继续着和松永太的约会。

注定要牺牲自己的爱情来保全家业的她，无比眷恋与松永太的这份真挚情感。

但松永太似乎变了。

他经常临时取消和纯子的约会，即便约会了，也都是在情人旅馆。

"当然只能在情人旅馆了,如果被人看见我们约会的话,我就不好提出离婚了……"

"她肚子里的才不是我的孩子呢?谁知道是哪来的野种……"

松永太以一种理所当然的荒谬回答着纯子对两人关系的所有疑问。

而纯子则以自己挚诚的爱恋之心,承受着他的忽视、欺瞒和越发反复无常的性情。

纯子的诚挚似乎打动了松永太。

渐渐地,松永太不再爽约了。

虽然地点仍然是情人旅馆,但两人约会的频次从每月一次变成了每周一次。

每逢见面,松永太都会为纯子准备昂贵的礼物,并开始提及两人的婚事。

"离婚之后,我要你嫁给我。"

"即使牺牲掉自己的人生,我也要跟你结婚。"

"当然可以,我会入赘绪方家的。"

纯子对松永太的承诺信以为真,1984年的暑假,纯子第一次对亲近的叔母说出了这段不登大雅之堂的恋情。

消息几乎是立刻传到了纯子父母耳中,两人大为震惊,并愤怒地要求纯子立刻和松永太断绝关系。

同时,纯子的叔叔发现,松永太正在调查绪方家和纯子母亲娘家的资产状况。

毫无疑问,松永太这个小伙子,来者不善,是觊觎绪方家的财产!

绪方家的人中,最担心纯子的,是她的母亲静美。

静美对让纯子深陷爱河的这个男人又恨又怕,干脆雇了私家侦探调查他。

不知道是私家侦探水平不佳，还是松永太太过警觉，或者是哪里走漏了风声，总之，静美请人调查的事，被松永太知道了。

松永太对纯子破口大骂，并要求她安排一场自己和她母亲的会面。

纯子不安而又怯懦地安排了两人相见，她很怕两人会恶语相加，彻底断绝了她和松永太结婚的可能。

但松永太的段位，岂会如此简单？

在这次会面中，松永太表现得彬彬有礼，一举征服了静美的心，并且干脆当场约下了第二天继续见面。

在母亲静美的支持下，大约三个月后，纯子和松永太拟定了一份写着"松永太会与妻子离婚，并与纯子结婚"的确认书。

对此，纯子的父亲不置可否，但母亲静美表现出了非凡的热情，似乎迫不及待想让这个女婿进入绪方家。

此时的纯子还不知道，母亲的支持并不是被松永太的巧舌如簧打动了，而是母亲与松永太之间也建立起了与肉体有关的特殊关系。

而静美也不知道，这个冒昧的举动，为后来的一家人招来了长久的痛苦和杀身之祸。

得到了绪方家认可的松永太，知道大局已定。

此时，纯子已经不是那个他需要捧着的小公主了，不过是一个他掠夺财产的工具。

对工具，自然要有使用工具的态度。

最重要的是，要让工具彻彻底底失去自己的思想。

于是，松永太开始了对纯子的暴力。

首先，是语言暴力。

"东京有音乐事务所想邀请我加入，你知道的，我在音乐上很有天赋，但为了入赘到你家，我不得不放弃。"

"让我看看你的日记！这里面写的都是谁？你写这种话是什么意思？"

"你肯定是脚踏两条船了！你是不是根本不是处女！你第一次跟我睡的时候，是不是都是演出来的！"

接着，是行为暴力。

松永太开始因为一点小事就殴打纯子。甚至会在纯子开车时，疯狂地用拳头击打她的手臂，甚至用皮鞋打她的头。

而可怜的纯子呢，只能紧紧地握住方向盘。

最严重的时候，松永太甚至会从晚上一直殴打纯子到第二天早上。

当自己所做的一些小事被一遍遍反复质问，被追问细节，并配合上愈加严重的暴力惩罚后，纯子开始觉得：是不是我真的有问题？松永太之所以这样对我，都是因为我不好。

松永太又一次用自己精巧的话术完成了自己肮脏的计划，纯子这朵小白花，彻底失去了本来的面貌。

实际上，松永太的这一套手法，并不仅仅用在女人身上。

他在继承父亲的被褥公司后，遣散了老员工，转而招了一批初中或者高中辍学、当时年纪大约20岁的年轻人，并为他们制定了严格的守则。

比如，任何人不能违背社长（松永太）的指示，任何人辞职都需要全体员工的同意，外出销售必须三人一组并在返回后汇报各自的言行，工作期间必须住在公司，在公司不能拨打私人电话，等等。

一旦这些年轻人触犯了守则，轻则罚做俯卧撑、不许吃饭、站着睡觉，重则被电线缠绕在手腕上，进行电击惩罚。

而举报他们的人呢？会得到夸奖和数量不等的奖金。

最可怕的是，即便这些年轻人没有触犯守则，松永太依旧会根据他们的业绩表现或者自己的喜好，在心里为他们排列次序，一旦谁的次序处于末尾，便可能会因为类似"左脚先踏入公司"这种离谱的原因受到电击等惩罚。

　　因为公司的制度实在过于残酷，很多员工偷偷逃跑，松永太也根本不慌，他干脆让员工把一些欠公司钱的客户绑到公司地下仓库，让他们向家人要钱，或者干脆入伙。

　　至于这些客户是怎么欠公司钱的，那就更为可笑了。

　　松永太公司的床垫卖100万日元一张，没什么人愿意买，一些员工为了高达50%的个人提成，就想出了一种馊主意：给客户"试用"。

　　他们会半强迫地把床垫送到客户家里，说是请客户试用，并在一个月后上门回收。

　　如果客户真的在一个月内拆开了床垫，员工便会向客户索要每天1万日元的折旧费。

　　如果客户乖乖付了折旧费，员工就拿床垫走人；如果客户不付，那就到了松永太发挥的空间了。

　　松永太会在客户家严厉地训斥员工，甚至让他们下跪道歉，充分表达自己的诚意，并在客户以为事情就这样过去了的时候，哭诉自己的苦衷，诸如公司连工资都发不出来了之类的。

　　等到客户似乎动摇的时候，他便会拿出一个号称只有1%利息的分期协议，很多人觉得利息不高，也就签了。

　　这时，他们便彻彻底底掉入了松永太公司的陷阱里。

　　因为，这份分期协议的1%利息，是日息。

　　只需短短七十来天，客户所欠的100万日元便会变成200万日元。

　　而如果欠上一年，这笔欠款将高达3000多万日元。

3. 弥天大网

很快,仅仅是对纯子的殴打,已经不能满足松永太变态的心理了。

他提出如果纯子爱他,就应该在身上留下他的名字,并由此在纯子胸口用烟蒂烫出了一个"太"字。几天后,松永太又在情人旅馆里,在将纯子暴打一顿后,在她大腿上刺下了一个"太"字。

不仅如此,为了使纯子完全独属于自己,松永太要求她在自己的监视下,给家人、朋友打电话,对他们说出种种不堪入耳的话,让他们对纯子产生厌恶。

精神和肉体的双重折磨,让纯子对人世失去了眷恋。

1985年2月的一天,纯子在家里的浴缸里,割腕自杀了。

母亲静美发现后,将她送到了医院,总算是救回了性命。

松永太急急忙忙地赶到后,一脸真挚地跟纯子父母说:"纯子是最听我话的,我很怕如果让她继续像原来那样生活,她还会自杀,不如将她托付给我,我会为此负责的。"

不知道出于什么样的考虑,或许是家族的荣誉吧,毕竟在送纯子来医院时,他们甚至要请求救护车不要鸣笛。总之,纯子的父母同意了松永太的请求。

就这样,出院时纯子被松永太接到了他公司的宿舍居住。

在松永太公司的日子里,纯子的境遇更加糟糕。

一方面,她要作为职员,违背自己的良心进行诈骗。

一方面，她又要承受松永太对情人和职员的双重暴力，甚至有的时候，这种殴打或是电击就发生在松永太的太太和孩子眼前。

在日复一日看不到尽头的折磨下，纯子学会了逃避，她将自己的一切感知封闭，如同行尸走肉般任由松永太支配。

这样做的好处是，她不必承受内心煎熬到再次自杀；坏处则是，她真正失去了自我。

不久之后，在松永太的要求下，纯子回家要求和父母断绝关系，并威胁他们如果不同意，自己就去当小姐。纯子的父母再次为了家族的荣誉向女儿屈服了。

至此，纯子从精神到肉体，彻底达到了成为松永太"奴隶"的条件。

表面上，纯子和家里断绝关系后，松永太失去了获取绪方家财产的机会。

但这一切，本就在松永太的计划之中。

他看透了绪方家对名誉的在意，并为他们准备了一张弥天大网。

第一步，就是将纯子与自己完全绑定。

1992年7月，松永太陪同纯子前往银行办理业务。

因为银行不愿意延长定期票据的兑付时间，松永太当场撒泼并砸坏了物品。

银行职员对此提起了控告。

警方以涉嫌威胁和破坏财产罪，发出了对松永太和纯子的逮捕令。

此外，警方在调查中进一步发现了松永太公司的一系列诈骗行为，尤其是他们对一位老年妇女高达350万日元的敲诈，警方对此追加了涉嫌诈骗罪的逮捕令。

但是，这一切并没有超出松永太的控制，他早在警方真正找上门去前，便申请了公司破产，留下了一地鸡毛和高达9000万日元的债务，而他自己,则带着纯子开始了逃亡。

松永太的目标很简单,只需要在1999年7月诉讼时效到期之前不被警方抓到,他就能逃脱牢狱之灾,并凭借自己过人的头脑,再次成为在商场运筹帷幄的实干家。

松永太最终选择了他的出生地,北九州市的小仓作为逃亡阶段的主要生活地。

在这里,他决定继续以威胁、欺骗、语言和暴力控制他人,并使他人从亲友处榨取钱财,来保证自己的逃亡生活过得足够惬意。

松永太选择的第一个目标,是前公司的一位职员。

这位可怜的职员,本以为听松永太的话,赚钱的机会多的是,却未成想过,松永太何时做过好人?

松永太只要心情略有不畅快,便会对他进行辱骂和暴打。同时,他必须保证自己的家人一直寄钱,一旦钱少了,就会被打得更凶。

大约被松永太如此对待三个月后,这位职员择机逃跑了,他终于意识到,自己这样下去,只会落得个客死他乡的下场。

第二个被松永太盯上的人,是一位多年前曾与松永太交往过的女同学。

当松永太拨打电话给她时,似乎唤醒了这位当时已经有三个孩子的母亲内心中的粉色记忆,她毫不犹豫地分批次借给松永太高达200多万日元的巨款。

或许是松永太的话术太过高超,也或许是女同学的生活太过苦闷,一段时间的联系后,女同学听信了松永太说愿意和她结婚的谎言,带着三个孩子离家出走,搬进了松永太的公寓。

就如同对待纯子一般,女同学也很快成了松永太的施暴对象,不得不向亲友乃至于被她狠心抛弃的前夫索要钱财。

最终,在给松永太贡献了1000多万日元的血色钞票后,这位女同学跳海自杀了。

第三个被松永太盯上的人，是一位非常热心肠的房地产中介。

松永太让纯子向中介提供了一个虚假的投资计划，便顺利地骗到了30万日元，这使松永太觉得，这位中介是一位绝佳的"提款机"人选。

于是，松永太亲自出马，抛出了一个赛马的投资计划。

中介完全深陷其中，甚至为此和女友分手，带着和前妻的女儿恭子搬进了公司宿舍。

很快，在松永太的计划下，中介将女儿恭子送到松永太身边抚养，并为此支付了等于自己全部薪酬的养育费。

后来，松永太干脆把中介也骗进了自己的公寓居住，松永太以恭子为人质，威胁中介承认了很多自己未曾犯过的罪行，并以要让中介改过自新为由，不给他正常的饭吃，让他每日用冷水洗澡，每天只允许开着门裸体排泄一次，把他关在窄小的牢笼里让他以体育坐（臀部着地，双腿并拢屈膝，两腿弓起向上呈三角形，两手抱膝）的姿势睡觉，几乎每天都对他殴打、电击……

最终，中介在通过向亲友索要和向银行借贷的方式，给松永太贡献了约1000万日元的资金后，因为严重的营养不良和长期电击导致的身体损伤死亡。

然而人死在了公寓里，这对于逃亡中的松永太和纯子，是致命的。

当务之急，是如何让这件事不被警方发现。

好消息是，由于中介长期向亲友索要钱财，所以他的社会关系基本已经断绝了。

坏消息是，想让一具尸体消失，并不是件容易的事。

此时，松永太所在的小家，有三个成员：松永太、纯子和中介的女儿恭子。

纯子自不用多说，肯定会站在松永太这边。

在1993年1月，她生下松永太的孩子后，就彻底被绑住了。因为一旦他们被警方发现，孩子就会变成"犯罪分子的孩子"。

而且，当时纯子肚子里正怀着松永太的第二个孩子，已经临近预产期了。

至于恭子，松永太有的是办法对付这个尚且年幼的女孩。

松永太先是将中介死亡的原因，归结为恭子打扫时碰到了中介的头，又威胁一旦被警察发现，将会使她入狱。

他要求纯子及恭子和自己一起喝酒。

酒后，松永太提出："只能把他弄成碎块扔掉了，你们来处理吧。"

纯子别无选择，她是个合格的听令工具，而恭子呢，被警方抓住入狱的恐惧感和松永太在这个小家中长久的威望，让她也只得听令行事。

1996年3月21日，历时一个月左右，三人将中介的尸体完全分解并处理干净了。

值得一提的是，这一天，也是纯子第二个孩子的诞辰。

4. 自救失败

松永太选择的第四个目标，是中介的一位朋友的前妻贵子。

在中介死亡之前，松永太曾要求他为自己介绍了一些朋友，并在其中寻找新的狩猎对象。在中介死亡的前一个月，松永太曾向贵子求婚。

中介死亡大约三个月后，松永太或许觉得中介之死已无后顾之忧，开始对贵子进行欺诈和索取。

贵子有三个孩子，松永太想用孩子控制贵子，又不想负担太大的开销，所以让贵子把大女儿交给前夫，把儿子交给贵子父母，只带着小女儿住到自己身边。

贵子住进松永太的小家时，松永太也为她介绍了纯子和恭子，称她们为自己的姐姐和姐姐的孩子。

很快，贵子也开始遭受殴打和电击，除了疼痛，电流随着插座的快速插拔，会刺激着心脏"咚咚"地痉挛，或者大脑一片空白而昏厥。

为了防止贵子和丧父不久的恭子逃跑，松永太甚至时常将两人一起锁在衣柜里。

1997年3月，贵子和松永太同居约5个月时，贵子抓住了纯子开窗通风的时机，从二楼跳下，在付出了腰椎骨骨折和慢性复杂型创伤后应激障碍的代价后，逃出了魔窟。

贵子出逃后，松永太为防警察找上门来，在第二天匆匆逃离了囚禁贵子的公寓。

十来天后，松永太把贵子的小女儿扔在了贵子前夫家的门口。这个可怜的孩子，在过去的几天里，没少受折磨。

贵子的出逃，将纯子封闭已久的内心撕开了一条缝隙。

原来，是可以逃走的啊！

原来，逃走以后孩子也是能活下来的啊！

1997年4月，在贵子出逃后暂时没能找到新"提款机"的松永太，将主意打在了纯子身上。

然而，纯子的社会关系早就被松永太完全摧毁，根本要不到钱。

最终，纯子决定逃！

在松永太把大儿子带在身边去了别处时，纯子带着二儿子出逃了。

她先是去了妈妈的老家，骗姨妈说，自己的妈妈很快会来接走孩子，把二儿子留在了那里。

接着，她坐电车前往了大分县汤布院。

其实，纯子本来是想去大阪附近的，她觉得在那里会更容易找个谋生的活计。但是，松永太严格控制着她的资金情况，她身上的零钱，只够去汤布院的。

因为长期的被虐待和精神压力，纯子看起来并不健康，配上不修边幅的打扮，颇有些阴郁的气质，这使得她接连问了十几家商户是否在招工，都被拒绝了。

不过，在一家烤肉店里，一位老太太客人怜惜她，为她提供了免费的住宿饮食，并在6天后，介绍她到一家汤布院做服务员。

如果事件的发展就到这里的话，命运的转盘还有着转圜的余地。

但是，纯子即将到来的平静生活，被一通电话打乱了。

"松永太跳海身亡了！"妹妹理惠子告诉纯子。

"松永太真的自杀了，你赶快回来吧！"父亲绪方誉证实了这一消息。

纯子即将正式工作的当天，她留下了一封辞别信，离开了汤布院。

第二天早上，纯子抵达了小仓的M公寓。

在公寓等待的绪方誉为纯子支付了车费。

公寓三楼和室的桌子上，放着松永太的遗像和他留下的遗书。

纯子读着遗书中所写的他们相遇后的种种，泪如雨下。她开始自责，是不是因为自己去了汤布院，让松永太觉得孤独，才最终选择了自杀。

然而，就在纯子最悲伤之时，却突然听到身后壁橱打开的声音和松永太得声音："可真遗憾啊。"

松永太从壁橱中冲了出来，扯烂了纯子的衣服，在纯子父亲面前殴打起纯子。

"一起打!"

随着松永太的下令,纯子的妹妹理惠子和纯子的大儿子,也加入了殴打纯子的阵营。

后来的很多个日子里,松永太不厌其烦地反复盘问纯子的这次出逃,在盘问中,他会随着性子,对纯子的脸部进行电击。

不论回不回答问题,不论说的是真话还是假话,都会被电击。

被电击这件事如同吃喝拉撒一般,融入了纯子的日常生活。

在纯子成为最低一级的"奴隶"时,恭子的地位提升了。

此前,她一直被关押在一间破旧的低档公寓,在纯子逃跑后,恭子被解除了监禁,可以在和室里盖着被子睡觉,和松永太的孩子们一起吃饭,甚至被允许上学。

这次等级的变化,在纯子回到小仓市后依旧被保持着。并且,恭子开始承担监视纯子的任务。

地位的提升,似乎让恭子觉得在松永太掌控的这个家里生活并没有那么痛苦了,她开始为了保持地位,更加尽心尽力地执行松永太的命令。比如,纯子在外出时试图逃跑,恭子死命地追赶并抓住了她。

以往,在松永太的"帝国"里,地位最低的往往都是"提款机"。

当纯子的地位降到最低时,她的命运似乎也注定了。

不过,与往常不同的是,松永太这次盯上的是整个绪方家。

5. 囚笼难逃

在纯子逃走后，松永太找上了绪方家众人，告诉他们纯子过去所犯的诈骗罪行以及对中介的分尸行为。

这一系列骇人听闻的消息，直把良善守序的绪方家众人吓得胆战心惊。

为了防止纯子在外犯下更多恶行，更加败坏绪方家的名誉，他们按照松永太的计划，办了那场假葬礼。

然而，松永太就如同狗皮膏药，一旦粘上了，想撕掉就得忍受切肤之痛。

绪方家众人不了解松永太，也就没有这个觉悟。

纯子回到小仓后，父亲绪方誉、母亲静美、妹妹理惠子依旧频繁来往于小仓的M公寓。

在松永太的话术下，他们决定将纯子交给他照顾，并且为此支付巨额的照顾费。不过，松永太并不满意，他的宗旨向来是要把人榨干啊！

首先是当着绪方一家对纯子进行电击。

绪方一家对松永太如此对待纯子感到异常震惊，无论纯子是否玷污了家族的名誉，他们始终是血脉相连的亲人。

绪方家向松永太提出两人分手，并愿意支付一大笔分手费。

然而，在协议订立之后，松永太又以孩子为筹码，使纯子撤销了分手协议。

"如果要失去孩子才能获得自由的话，不如就不分开了吧，哪怕趴在地上爬行，哪怕自己毁灭，也跟着松永太吧。"纯子这样想着。

纯子依旧被松永太控制着，而松永太从绪方家拿钱的名目也多了起来，比如照顾费、不举报纯子罪行的封口费、纯子不逃跑的保证金等。

从1997年4月绪方誉被松永太联系上开始，短短3个月内，松永太从绪方家榨出了1350万日元。

第二年8月，绪方家又将屋宅和田地抵押，借出了3000万日元给松永太。

绪方家为何对松永太如此言听计从？这还得从一个看似常规的要求说起。

一天，松永太提出，之前纯子对中介进行分尸后，并未对管道进行彻底的清理，或许管道中会有残留的肢解痕迹，他希望由绪方誉来代替女儿为M公寓更换管道。

表面上，这个要求与松永太其他离谱的条件比起来非常普通，但实际上，正是这个事件彻底断绝了绪方誉告发女儿，抽身而出的可能。

绪方誉不忍心让女儿进入监狱，也不希望女儿的罪行暴露影响家族的声誉和自己的前程，于是，61岁的他只得拖着睡眠不足的虚弱身体，往返于久留市的家和小仓的M公寓，违背自己的良心与道德，彻彻底底地成为"参与了犯罪"的一员。

征服了绪方誉对松永太来说，并不足够，因为绪方家有个更难对付的人。

那便是纯子的妹夫，理惠子的丈夫主也。

纯子和父母断绝关系之后，理惠子不得不承担了原属于纯子的任务，继承家业，并和一个家世清白的入赘男人成婚。

主也是久留市一户农家的次子，在入赘之前，是一位警察，正义感十足。

所以，威胁绪方家其他人的方法，很难用在主也身上。

但是，没关系，还有离间这招啊。

为了保护纯子，在得知纯子分尸的事后，主也就被排除在了绪方家的决策之外，直到绪方誉被勒索到几乎再无钱财的时候，他才被委以重任。

绪方誉希望靠当过警察的强壮女婿主也，来对付让他心力交瘁的松永太。

不过，考虑到主也的积极性，绪方誉隐瞒了家里已经没有钱的事实。

而这，就被松永太钻到了空子。

松永太和主也一见面，便拿出了绪方誉抵押家中房产和田地的文件复印件，并告诉他，绪方家已经没有家产给他继承了。

接着，松永太约主也喝酒，并告诉主也理惠子的异性关系非常混乱，不但婚后仍然出轨，而且年轻时还堕过胎。

伴随着松永太揭露绪方家的"真实面目"，主也开始渐渐地站在了松永太一边。

同时，为了进一步瓦解主也的正义感，松永太也为他安排了一个特别的任务，更换浴室的瓷砖，让他也成了犯罪的共谋者。

感受了离间的无穷妙用后，松永太再进一步，告诉绪方誉，他的妻子曾经勾引自己和她上床。

尽管静美再三申诉自己的清白，但被种种压力压得喘不过气来的绪方誉，根本不相信静美的说辞。

眼看绪方家已经彻底分崩离析，松永太知道，致命一击的机会来了。

他以绪方家还未支付完成5000万日元封口费为由，要求他们贷款，并在他们无力偿还贷款被找上门后，"好心"提出，可以请他们一起到小仓居住。

在绪方家众人到达小仓M公寓居住后，小小的公寓一下子有了11个人。

除了松永太、纯子、恭子外，分别是绪方誉、静美、主也、理惠子、理惠子和主也的两个年幼的孩子（小彩和优贵）、松永太和纯子的两个孩子。

为了更好地管理这些人，松永太制定了严苛的规则。

在这些明确的规则之外，还有一条潜规则，那便是，处于最低地位的人，将会受到最严厉的惩罚。

为了避免自己成为食物链底端的可怜人，随时随地被毫无理由地叫去电击，公寓内的众人不得不互相举报揭发，以提高自己的地位。

尤其是，每天最被松永太赏识的人，将会获得第二天不被电击并且可以电击别人的特权。

就这样，在监禁和等级排序的双重心理压力下，绪方家众人彻彻底底失去了自我判断，变成了绝对服从松永太的"奴隶"。

值得一提的是，非绪方家的成员恭子，由于替代了纯子的地位，扮演了类似孩子母亲的角色，往往受到的惩罚是最少的，也是相对自由的。

6. 迈入深渊

1997年12月，纯子出逃汤布院的8个月左右，绪方家中出现了第一个死者。

12月20日晚，绪方家众人被松永太叫到和室，跪坐在松永太身边，讨论如何赚取他们欠松永太的钱。

在讨论期间，绪方誉被作为主要的电击对象，遭受惩罚。

第二天一早，松永太先是派出绪方家除纯子外的四个成年人出去取东西，又很快以小彩态度不好为由把他们叫了回来。

在批评了一通小彩后，松永太决定要惩罚身为一家之主的绪方誉。

松永太觉得有些累了，把通电的活交给了纯子。

然而，意外发生了，本来跪坐着的绪方誉，在通电后，身体突然向着侧后方缓缓倒下，头也磕在了榻榻米上。

纯子以为父亲是为了逃避通电的痛苦而假装难以承受，继而更加愤怒地呵斥他并再次接通电源。

"住手！"就在电流再次连通的时候，松永太突然出声制止了纯子。

松永太第一个意识到，绪方誉不是个会伪装痛苦的人。

他上前扶着绪方誉躺平，安排纯子和主也给绪方誉做心脏按压术，静美和理惠子揉脚，而自己，则是给绪方誉做起了人工呼吸。

可是，已经来不及了。

绪方誉的体温越来越低，脸色也越发苍白，他死了。

松永太仔细地检查了绪方誉的身体。

"他的金牙不见了！"松永太环顾了一圈，他有一丝丝的害怕，这些绪方家的人眼看着大家长死去，会不会不再被他操控，甚至藏起一些东西作为报警时的证据。

"金牙肯定是在他体内，他的死因一定是纯子的电击导致的金牙脱落，所以他窒息了！"松永太毫不犹豫地将自己择出了这场死亡，并将矛头对准了纯子。

看到绪方家众人面露悲色，松永太又提出："我们不能举行葬礼，如果警察来询问绪方誉的死因，那么纯子的罪行一定会暴露的，整个绪方家都会完蛋。"

看到众人似乎神色闪烁、心神动摇，松永太不着痕迹地提出："像处理中介那样，或许是一个办法。"

这话一出，屋子内陷入了诡异的沉默。

随后，在松永太的指示下，纯子、静美、主也、理惠子以及10岁的小彩，承担了分尸的工作。

值得一提的是，在分尸的过程中，他们真的在绪方誉的肺里找到了金牙。

分尸工作结束后，一切似乎又恢复了常态。

如果要说与之前有什么不同，那恐怕就是绪方家除了非常年幼的优贵，每个人手上都沾满了鲜血。

绪方誉去世之后，等级最低的人，往往是静美。

被持续虐待了半个月后，静美开始总是发出"啊呜"的声音，并且对外界已经丧失了大部分反应，甚至不再主动进食或者喝水了。

松永太害怕屋外的人听到这奇怪的声音，厌烦地把她赶进了浴室里。

但很快，松永太意识到这并不保险。

1998年1月20日，松永太召开了一场会议，内容是讨论如何处置静美。

绪方家的众人提出的种种建议，都被松永太拒绝了。

最后，松永太干脆说，给你们一个小时，必须拿出一个解决方案，然后扭头就走。

在这让绪方家众人备感煎熬的一小时中，松永太多次探头提醒他们剩余的时间，等到一小时结束，看着还没拿出主意的众人，松永太说："我可以借钱给你们。"

绪方家众人凝固了一瞬，他们明白了松永太的意思。

在分尸绪方誉的时候，他们所用的分尸工具，便是问松永太借钱采买的，还写了一张购买相关工具的欠条。

　　大概两个小时后，纯子做出了决定，她找到松永太试探性地说道："我想，只能把妈妈杀了……"

　　松永太对这个答案非常满意，赞许地说道："既然你们是这样想的，那就去做吧！"

　　仅仅几分钟，静美就在两个女儿和一个女婿的手下，停止了呼吸。

　　或许是觉得公寓的臭味始终难以散去，或许是担心在如此高压下众人会起了逃跑的心思，需要把众人按照关系的亲疏远近拆开，松永太安排了一次搬家。

　　至今还存活着的9人，被分成了两组。

　　主也、优贵和恭子被留在了M公寓。

　　松永太、纯子、理惠子、小彩和松永太的两个儿子，搬到了离M公寓大约步行15分钟距离的V公寓。

7. 最终审判

　　在之后的一段时间里，松永太以几乎相同的方式令理惠子、主也及他们二人的两个孩子优贵和小彩。

　　如今，松永太控制下的这个小家，只剩下5个成员：他本人、纯子、恭子以及他的两个孩子。

　　而这些人里，没有谁可以作为松永太的"提款机"，也没有任何人是纯粹的累赘。

因而，松永太将更多的注意力放在了外部。

在这种情况下，恭子两度逃出了松永太的魔窟。

第一次是 2002 年 1 月 30 日，没有经验的恭子逃到祖父祖母家后，因为自己所参与的恶行，并没有报警也没有向祖父祖母透露，最终被松永太找上门去，并顺利接走。

第二次是大约 20 天后，恭子和祖父祖母都有了经验，不但成功逃脱，还配合警方开始了对松永太和纯子的抓捕。

2002 年 3 月 7 日，警方以涉嫌监禁伤害罪逮捕了松永太与绪方纯子。

面对警方的讯问，两人非常一致地保持了沉默。

幸而，恭子提供了三个最终仍在使用的公寓地址，警方在其中发现了大量线索和罪证。

比如，用来虐待和分尸的工具、大量受害者被迫写下的自白书、松永太骚扰及正在欺诈中的 200 余名女性的联系方式、四名营养不良的儿童（松永太与纯子的两个孩子，以及松永太正在交往女性的双胞胎儿子）。

在其中一处公寓的墙上，还发现了用血写下的"再也不逃跑"字样的白纸。

2002 年 6 月，法庭开始了对监禁少女案的第一次审理。

之所以是监禁少女案而不是连环杀人案，是因为松永太和纯子始终保持沉默，而警方在 M 公寓中，也并未提取到能检测出被杀害者血液的证据，只能按照恭子所陈述的两人对她的行为进行控告。

随着庭审中松永太的律师提出恭子撒谎成瘾的说法，这次庭审算是不了了之了。

可是，难道松永太和纯子不开口，就没有办法了吗？

2002 年 10 月，或许是长期没有与松永太接触，纯子似乎逐渐摆脱了他的精神控制，也或许是警方以涉嫌杀害绪方誉的罪名对她进行二次逮捕使她心神动摇，她提出，自己愿意一五一十地说出事件的真相。

"是的，我在松永太的指示下，杀害并肢解了我的家人。"纯子为此做好了死刑的准备。

随着纯子的松口，松永太也开始回答警方的问题，不同的是，他完全不承认自己的罪行，只说："我承认有这些死亡，但跟我完全没关系，尤其是绪方家众人的死，都是纯子自己做的。"

对于其他控诉，他也基本全盘否认。

"我从未控制过他们的饮食、睡眠和排泄。"

"通电是有的，但那只是一种管教，是为了守规矩，根本不是虐待，而且他们自己也非常愿意那样做。"

甚至，松永太还说出了诸如"他们死在我住的地方，我也觉得很麻烦"这样毫无人性的话。

2003年5月21日，新的庭审中，松永太和纯子首次以连环监禁杀人案被告的身份出庭。

2005年3月2日，检方在庭审中提出，松永太和绪方纯子对7名受害者（绪方家6人及恭子的父亲）怀有杀人意图，并有计划地合伙杀害了他们，并请求判处二人死刑。值得一提的是，检方对于本案的陈词长达四个半小时。

9月28日，北九州小仓市法庭宣布了庭审结果，审判长认定六项杀害罪和一项伤害致人死亡罪（绪方誉）成立，松永太和绪方纯子均被判处死刑。

当天，松永太向福冈高等法院提出了二审请求。

2007年9月26日，二审判决宣布，考虑松永太对纯子的长期暴力和纯子存在被心理控制的情况，认定其判断能力下降，最终判处松永太死刑，绪方纯子无期徒刑。

莫斯科棋盘连环杀手：巧妙伪装，杀害63人

这是一个初入社会的娃娃脸女记者，追击莫斯科变态杀人犯的故事。

法官问他："你被指控谋杀49人，是否认罪？"

"法官，我认为你们无视其他十几个死者，不把他们算在里面是不公平的。我确实杀了他们，只是你们没找到尸体。"

"对于你的罪行，你忏悔吗？"

男人抬头，依次环视法庭上的所有人，最后盯住了现场的摄像头，露出一个凶狠而诡异的微笑。

"不，绝不！"

1. 森林杀手

时间拉回 2005 年底。

莫斯科西南部的比茨维斯基公园,连续出现了 6 具残破又令人毛骨悚然的尸体。

死者全部被钝器打爆头部而死。

诡异的是,他们碎裂的头盖骨里,都被人暴力插入了一个伏特加酒瓶。

场面极度血腥。

比茨维斯基公园是莫斯科西南部一个巨大的森林公园,占地 22 平方千米。

面积广袤,地形复杂,公园里遍布河流、洼地、巨树、下水井道。

这就给警察的侦查工作带来了极大的困难。

这个公园,也是瘾君子、穷人、社会边缘人聚集的基地。

20 岁出头的女记者亚娜,此时还是个新闻学院的学生,为一家国际通讯社工作。她稚嫩、聪明、野心勃勃,一心想要追踪报道这个案子。

此刻她守在警察局门口,企图拿到凶杀案的第一手资料。

但根本没人搭理她。

门卫甚至像赶苍蝇那样轰她走。

突然,全体警察蜂拥而出。

亚娜敏锐地抓住了关键信息:森林里又发现尸体了!

第 7 具尸体出现在圣诞节当天。

让人震惊的是，这名63岁的死者以前居然还当过警察！

同样，他也被人敲碎了头盖骨，豁口捅进去一个伏特加酒瓶。

这让在场的警察非常愤怒。

现场没有任何信息。

究竟发生了什么？

让我们根据凶手受审时的供述，来还原一下死者遇害现场。

当时，老人跟在一个年轻人的身后，踉踉跄跄地走在森林中。

年轻人刚请他喝了一杯伏特加，说要带他去看看自己埋在森林里的狗，祭奠一下。

"然后我们再喝一杯。"

老人答应了。

酒精让他的大脑混沌，他不知道眼前这个平平无奇、相貌温和的年轻人，手里已经有很多条人命。

"如果你能实现一个愿望，你会许什么愿？"年轻人突然问道。

"愿望啊……戒酒吧……大概。"老人说。

"我向你保证，"年轻人转过身道，"今天你就能成功戒酒！"

年轻人指着老人侧后方的位置说，自己的狗埋在那儿。

就在老人转身背对着他的一瞬间，年轻人从包里掏出了一把锤子，对着老人的脑袋狠狠地砸了下去！

咚！

老人一下子被打趴下了，但他还活着。

年轻人一大步跨过来，照着他的后脑勺一锤接一锤砸了下去！

老人来不及反应，几瞬之间，一命呜呼。

年轻人从包里掏出了伏特加酒瓶。

一口喝干了剩下的酒，狠狠地把酒瓶子捅进了老人头上的伤口。

"感谢我吧,杂碎,我给你打开了另一个世界的大门。"

年轻人在杀人现场站了一会儿,并不着急离开。

他闭上眼睛,感受着傍晚刺骨的寒风和浓郁的血腥味。

太阳在急速降落,阴影已经盖住了老人的尸体。

偶尔一两声鸟叫回荡在白桦树梢,风摇晃着树枝,发出"咯吱咯吱"的声音。

这一切,都不如老人热乎乎的血溅在新雪上的声音美妙。

擦干净锤子上的脑浆和血,抹掉酒瓶上的指纹,年轻人扬长而去。

他已经很有经验,这一次的杀人角度堪称完美!衣服上一滴血也没溅上。

他究竟是谁,能如此轻松地杀死前警察,还能不留任何痕迹?

2. 重大进展

亚娜从警察嘴里问不出任何信息。

没人把这个小姑娘当回事。

聪明的亚娜总结了死者的特征之后,开始走访附近的居民。

如果凶手是连环杀人犯,那肯定不是现在才开始犯案。

一切一定早有踪迹!

那个公园附近,密密麻麻全是老旧的居民楼,最近的楼距离公园步行只需要6分钟。

皇天不负有心人,终于让亚娜问到了一个疑似幸存者!

这是一个头部被砸穿过,严重脑损伤的老人。

老人在2003年底出的事。他自己摸索着爬出了下水道，满脸是血，被路人送进了医院。

没人知道他发生了什么。

他的头皮凹陷了一块，那是缺失的头盖骨。

亚娜很失望。

他只是活着，但已经提供不了任何信息。

老人呆滞地坐着，甚至连眼珠都不会转动一下。

如果不是邻居时不时接济，他早就饿死了。

正当亚娜要离开时，一个小伙子来了。

他是老人的邻居，偶尔来看看，送点吃的。

亚娜表明身份，小伙子忍不住开始嘲讽："我看新闻了，之前死了那么多人都不见你们来，那个前警察出事了之后才有人来采访。真是好笑，警察的命是命，普通人的命就不是命吗？"

亚娜毕竟还年轻，这话她没法接。

隔了好一会儿，才涨红了脸轻声问道："您说死了那么多人，是什么意思？"

小伙子发出了讽刺的笑声："尸体远远不止公开的7具！去下水道里找一找吧！"

亚娜走的时候，小伙子还在愤愤不平地演说："承认吧记者！在我们这个国家，只有一小部分人是重要的，穷人根本没人在意！你只是想要噱头，不是真的关心我们！没人关心我们！"

小伙子关于下水道的那句话在亚娜的脑子里挥之不去，她开始悄悄调查公园的下水道系统。

比茨维斯基公园的下水道系统十分发达，与整个莫斯科的下水道系统相连。

一个下水道维修工告诉亚娜,其实在2001年到2005年间,他们就陆续发现了29具尸体!每次都报警了,但警察都不当回事。

谁知道这些醉鬼和社会边缘人,是不是自己喝多了,失足掉进了下水道,还把脑袋撞破了一个洞呢?

警察才不会浪费精力在瘾君子和酒鬼身上!

就在亚娜调查的同一时间,案件有了重大进展。

莫斯科警方一举抓获凶手!

人是在公园里逮住的。

前警察的尸体被发现之后,警方终于重视起来。他们派出了200名警力埋伏在公园,甚至扮成流浪汉在公园游荡,只为引出凶手。

我们来算一下啊,200个警察分布在22平方千米的地方,等于每个警察负责约11万平方米的面积,里面还全是复杂地形。

一个高级调查员被派来负责这个案子。

高级调查员一看就知道他们抓错人了。

当时巡逻的警察发现一个鬼鬼祟祟的男人,就喝令对方站住接受检查。

结果男人撒腿就跑。

警察追不上,便开枪把那个人的腿打折了,结果证明是场乌龙。

但也许是察觉到了警察的重视,真正的凶手突然停手了。

连续几个月,一具尸体也没有出现。

正在此时,案件峰回路转,出现了一条重要线索:

在此前发现过尸体的地方,都发现了一个红衣女人!

这个女人十分高大,头巾把脸包得严严实实,随身携带一个大包。

心理专家分析说,目前发现的受害者都是男人,凶手极有可能是个女人!

这次由高级调查员牵头,终于逮住了红衣女人!

女人被警察按在地上尖声乱叫的时候,高级调查员打开她的大包,里面赫然正是一把大铁锤!

所有警察士气大振,这次不会错!凶手就是红衣女人!

3. 引蛇出洞

可是最终证实,警察又抓错人了。

红衣女人只是个异装癖。

"她"去公园,只是为了找志同道合的人约会。

至于随身携带锤子,谁都知道公园出了个疯狂杀人的疯子啊,拿锤子是为了防身。

就在警察闹乌龙的时候,亚娜进展神速。

她有了一个重要猜想:假如下水道的尸体真的是同一个人所为,那他为什么要改变手法?

原先他把尸体扔进下水管道,现在为什么直接留在地面上了?好像恨不得让别人发现一样。

亚娜找到了一位著名的精神病专家。

这位精神病专家曾经分析过俄罗斯最臭名昭著的连环杀手——血色屠夫安德烈·齐卡提洛。

精神病专家告诉亚娜,不能用正常人的心态来理解连环杀手。

他们杀人往往是因为在正常的社会生活中感受到挫败。

换言之,他们大多是人类社会的失败者。

而杀人,能让他们感受到自信。

他们杀得越多,对自己未来的罪行就越有信心。

当他们犯罪时,往往能从被害人身上获得心理满足。

"那他们有什么破绽吗?"亚娜问。

梳着大背头的精神病专家笑了。

这小姑娘真的是直指核心。

"通常来讲,连环杀手大多自负,一旦他们觉得自己的风头被别人抢走,就很可能会犯错。"

亚娜眼睛一亮,有了一个大胆的想法。

一个重要的国际通讯社发布消息:《比茨维斯基公园系列命案重大进展,"连环杀手"落网》。

署名记者:亚娜。

高级调查员震怒,红衣女人不是凶手!亚娜在报假新闻!

一旦公众以为案子告破,最后发现又是乌龙,那压力肯定就全给到了警察这边。

其实他仔细读一读报道就会发现,亚娜在报道中没有把话说死,只是字里行间在暗示,凶手极有可能是被捕的红衣异装癖。

嗡——

手机突然响起,是亚娜打来的电话。

这次,高级调查员终于接了她的电话。

但是没等调查员破口大骂,机智的女记者就先堵住了他的嘴:"调查员先生,请您相信我,这一次,凶手就要露出马脚了!"

同一时间,在一栋拥挤的居民楼内。

一家三口正挤在一张沙发上看新闻。

电视上正在播比茨维斯基公园凶手落网的新闻。

妹妹惊叹道:"这个疯子,他到底是谁?"

沙发另一端,她的哥哥双手握紧又张开。

憋到几乎要崩溃了,才克制住没爆粗口。

是我!是我!是我干的!不是电视里这个装成女人的家伙!

哥哥内心在疯狂尖叫。

"噌"的一声,哥哥突然从沙发上站了起来。

"你干吗去?"坐在沙发正中间的妈妈问他。

"去公园里散散步。"

"不要去!你不怕那个疯子吗!谁知道现在抓住的这个人是不是真的疯子呢?"妈妈喊道。

"我才不怕任何疯子!"说完这句话,哥哥甩上门走了。

因为我就是那个疯子。他在心里说。

4. 关键纸条

果然,沉寂了几个月的凶手又开始行凶了!

又一具尸体出现!这次尸体居然出现在人来人往的大路旁边!

凶手杀疯了。

命运的齿轮转动到了 2006 年 4 月,此时警方已经发现了 13 具尸体。

36 岁的超市女员工即将成为最后一个被害人。

此时,她正和一个男人走在森林中,两人有说有笑。

男人是她的同事,也是她的好感对象。

她幻想过自己的头枕在对方强健的手臂上的场景。

两人在谈论亲密关系。

"一个人和你越亲近,你越了解他们,杀死他们就越令人愉快。"男人说。

他的脸上浮现出了一个诡异的微笑。

女人终于意识到了什么。

此时他们已经走进森林深处,原本可以听到的人声已经远去了,没有路,甚至听不见一声鸟叫。

"你要杀了我吗?"女人颤声问。

她还抱有一丝希望,不肯相信这个和自己朝夕相处的同事,居然就是那个嗜血的杀人屠夫。

他明明就是一个普通的超市搬运工而已啊!

男人脸上再次浮现出那个诡异的微笑。

他回答:"是的。"

女人彻底绝望了,她抱住身旁的大树,号啕大哭。

细嫩的脸颊在树上蹭破了皮,脖子也被划出了血痕。

这些都出现在了警方的尸检报告中。

咚!

沉重的敲击声在森林深处响起。

惊起几只飞鸟。

雪还没开始化,鲜血溅在了残雪和泥地里。

"我出门之前给我儿子留了纸条,说了我要和你一起……你……"

女人死不瞑目。

男人静静地看着她的尸体,探身从她口袋里掏出了一张车票:女人是乘坐地铁来的,和他一起。

不知怎么回事，男人又把车票塞回了女人的口袋。

擦了擦锤子，转身离开。

而这张车票，也成了他落网的关键。

嗡——

电话铃声响起，是超市女员工的儿子打来的。

男人接起来。

"萨沙，我妈妈和你在一起吗？她给我留了纸条，说今天和你一起出去野餐了，还留了你的名字和电话，但到现在她还没回家……"电话那头的少年说。

"没有，我已经两个月没见过她了。"男人说完就挂断了电话。

此时，电视新闻正在播出：比茨维斯基公园又发现了一具女尸！

男人在静静地等待。

等待警察到底什么时候上门。

警方在超市女员工的口袋里发现了那张车票，确定了她的上车地点。他们开始调取车站监控录像。

找到凶手只是时间问题。

女员工的儿子，15岁的小伙越想越不对劲，于是他又给自己的爸爸打了一个电话。他爸妈已经离婚了，他跟着妈妈过。

最终，小伙的爸爸选择了报警，给了警察那张纸条。

同一时间，警察终于发现了关键画面：超市女员工出现在车站最后的监控画面中，身边有一个身材健硕的男人，拎着一个手提袋。

那个男人，就是女员工儿子口中的"萨沙"，超市搬运工，亚历山大·皮丘希金。

他住在公园附近的公寓中，步行到公园只需要6分钟。

他就是在痴呆老人家，和亚娜对话的那个小伙子！

痴呆老人其实是他手下的幸存者！2003年就是他把老人推进了下水井！

皮丘希金不定期去看望老人，目的其实是确认老人是不是真的痴呆了，他需要确保对方不会指认他。

一旦老人有清醒的迹象，他肯定会毫不犹豫地灭口。

5. 凶手其人

至此，真相全部大白。

超市搬运工人，32岁的亚历山大·皮丘希金，就是比茨维斯基公园连环杀人案的凶手！

面对警察的询问，他几乎立马承认了全部谋杀罪行。

令警察震撼的是，他承认的谋杀案不是14起，而是63起！

他拿出了一个棋盘，棋盘上是他记录的全部杀戮对象。

足足63个。

当他确认有2人幸存时，他把编号从63个减少到了61个（注：警方确认幸存的一共3人）。

警察带他去指认现场，皮丘希金几乎毫不费力就找到了全部的杀戮地点。

他的记忆力和方向感让见多识广的警探都大为震惊。

在其中的一个地点，皮丘希金坚称自己在这里杀了人，但警察怎么找都找不到尸体。

最终掘地三尺，只找到了一个下巴骨。

警方在公园最终只找到了48具尸体，因为皮丘希金一开始杀人的时候，会把尸体扔进下水道。

这些尸体会随着污水漂流，最终不知道出现在哪一个涵洞口。

为什么最后选择把尸体暴露出来？

因为皮丘希金再也忍受不了当一个隐形的幽灵。

他希望被人看到，被人讨论，被人崇拜。

他才是全俄罗斯杀人最多的连环杀手！

天才棋手、爱护小动物的男人、普通的超市搬运工……这是身边人眼中的他。

这样一个人，同时也是一个杀人不眨眼的恶魔。

到底哪里出了问题？

皮丘希金的妈妈认为，问题出在他4岁那年。

1974年4月9日，亚历山大·皮丘希金出生在他今后一直居住的公寓楼内。

他还不到1岁的时候，父亲就不管他了。

母亲很快就改嫁了，给他生了同母异父的妹妹。

4岁那年，皮丘希金从秋千上掉了下来，荡回来的秋千狠狠地砸在了他的额头上。

从那时候起，原本温和的小男孩变得暴躁易怒，学习也总是学不明白。

妈妈把他送进了特殊学校。

但皮丘希金的祖父觉得，自己的孙子是个很聪明的小男孩，特殊学校会阻碍小男孩的发展。

于是，他把小男孩接到了自己身边，亲自培养。

正是祖父教会了小男孩下国际象棋，还经常带他去公园里和其他老人下棋。

小时候的皮丘希金就展现了极高的天赋,他下棋很少输。

但紧接着,皮丘希金遭遇了人生中的第一次背叛。

在他 14 岁那年,祖父坠入爱河,把皮丘希金送回了他母亲身边。

在皮丘希金眼里,祖父是他唯一的朋友,是全世界唯一对他好的人,可正是这样的祖父,不要他了。

敏感的青少年皮丘希金进入一所职业学校,学习成为一名木工。

他的兴趣是写诗,正是这个爱好,让他在同龄人中遭遇了嘲笑。

"你就是个干苦力的,装什么知识分子?"

他没有朋友,只好和猫猫狗狗做朋友。

紧接着,皮丘希金遭遇了人生的第二次背叛。

祖父去世之后,给他留下一只狗,可是不久之后,狗也死掉了。

皮丘希金把狗埋葬在他与祖父去得最多的比茨维斯基公园森林深处。

这里,也成了他杀人的首选地点。

"选择比茨维斯基公园是带着爱在杀人。"皮丘希金如是说。

皮丘希金遭遇的第三次背叛来自他的好朋友。

18 岁那年,他和一个朋友约好一起去杀人,但朋友爽约了。

只有皮丘希金当真了,朋友其实只是说说而已。

在亲情和生活中屡屡受挫的他,内心更加扭曲。

"第一次谋杀就像初恋。"皮丘希金深情回忆他第一次杀人的感觉。

他把好朋友从楼上推了下去。最终案子以自杀结案。

皮丘希金的大规模杀戮始于 2001 年。

他会去比茨维斯基公园找老年人下棋,乘机物色谋杀对象。

无家可归者、老人、酒鬼、边缘人是他主要的猎物。

他会等上好几个小时,就为了等猎物落单。

然后他会邀请对方进树林里"喝一杯"。在对方毫无防备的时候，把对方推进下水道。

公园的下水道非常深，污水汹涌，掉进去几乎没有生还的可能。

随着他杀的人越来越多，只是把人推进下水道已经满足不了他了。

他想要被关注，被讨论，被重视。

于是他用上了锤子，并且把尸体留在了地面上。

他说："对我来说，没有杀戮就像你们没有食物。"

6. 后记

皮丘希金被指控犯下49桩谋杀案，3桩谋杀未遂案，法庭判处他无期徒刑。

是的，俄罗斯当时已经取消了死刑。

他被关进了监狱，狱友是一个恐怖分子。

可是过了不久，恐怖分子就痛哭流涕地请求换牢房。

因为皮丘希金总是在他耳边窃窃私语，整晚整晚不睡觉，说着各种杀死他的方法。

恐怖分子崩溃了。

监狱给皮丘希金安排了一间单独牢房，他将单独被关押15年，然后再和其他人关在一起。

对于亚娜来说，对案件的追踪并未止步。

她后来的调查发现，皮丘希金谋杀未遂的3桩案件中，有2桩的幸存者都曾经指认过皮丘希金。

其中一个是孕妇,是个非法移民。

另一个是从福利院里逃出来的 13 岁孤儿。

他们都是因为衣服挂在了下水道的金属上,才没被活活淹死。而是顺着管道爬了出来才活命。

只不过,警察根本不重视他们。

因为孕妇是非法移民,被警察威胁闭嘴。

孤儿当着警察的面疯狂尖叫皮丘希金是杀人凶手,但警察却什么都没做,只是让他别嚷嚷。

就这样,皮丘希金在他们之后,又杀了几十个人,最终他自己决定暴露,屠戮才停止。

极端跟踪狂的囚禁案

你被暗恋、被跟踪过吗？如果对方有"恋母情结"和"钟情妄想症"，又是个偏执狂，会发生什么事情？

一件发生在40年前的美国大案，告诉你被不正常人"爱恋"究竟有多可怕。

1. 绑架

1980年5月16日,美国明尼苏达州罗斯维尔。

周五,下午3点45分,阳光明媚。

36岁的少妇玛丽开车带着8岁的女儿贝丝,到经常光顾的美发店剪头发。

玛丽把车停到了停车场,下车后愉快地与女儿挽手前行,却不知有双饥渴的眼睛早已盯上了她们。

一个亚洲面孔的男子正蹲在停车场的灌木丛后,目睹玛丽母女步入美发店。

阳光下,玛丽油亮的棕色卷发散发出迷人的光晕,显得皮肤更加白皙透亮,看起来神采奕奕,成熟中带有清雅脱俗的美。

男子看到这一幕,感到兴奋无比,鼻翼耸动,呼吸加快。

"老师,这次我一定要得到你!我再也不会让你离开了!"男子喃喃自语,全身因激动而略微颤抖。

此人一头黑色碎发,戴墨镜,身着厚重的黑色皮夹克。

他因兴奋与闷热而出了一身薄汗。

这一天,他盼了整整15年!

15年里,玛丽无数次出现在他的梦里,是他的"梦中情人"。

他幻想过各种把玛丽绑到自己身边的方式,为此,他曾无数次跟踪,甚至在玛丽家门口的丛林里一待就是几个小时,不惧蚊虫叮咬。

为了得到玛丽,他甚至在人家卧室的地板下面挖过一个通道,妄图

"破土而出"把玛丽劫走。

但所有计划和行动都落空了,而这一天,是"最佳时机"。

思念之人近在咫尺,他要不惜一切代价把玛丽带走!

半小时后,玛丽带着女儿走出了美发店。

两人正热烈地讨论着贝丝的新发型,男子随即而起。

正当玛丽拉开车门之时,一把手枪顶在了贝丝的脑门上。

"别动,我只是想搭个便车。"男子低吼道。

玛丽慌了,刚要尖叫,男子用力顶了一下手枪,贝丝吓哭了。

玛丽不知道这个男人是什么目的,更不敢赌,下意识地求饶:"求求你不要伤害她,你想要什么我都配合。"

"闭嘴,上车!"男子威胁道。

他一边用枪指着贝丝,一边命令玛丽向北行驶。

玛丽心中急急祷告,迫使自己冷静下来,小心翼翼地对男子说:"我们都是基督徒,上帝会帮助有困难的人的。我可以帮助你……"

然而男人根本无暇顾及,他的计划刚刚开始,回馈给玛丽的只有咆哮:"闭嘴!闭嘴!"

玛丽不敢激怒男人,只能一边开车一边思考对策。

就在车子行驶至一个红绿灯前时,一辆警车竟然出现在后方。

男人注意到了警车,挥动手枪威胁道:"好好开车,否则我就一枪崩了你女儿!"

玛丽知道,这次机会错过了。

在男人的指挥下,车子开进了一片荒凉的松树林,玛丽被命令熄火。

随即,男人从夹克口袋里掏出早已准备好的绳子和胶带,把母女俩的双手捆绑,封上嘴,戴上眼罩,塞进了后备厢。

男人发动汽车,按照计划,刻意绕远路开了两个小时,来到了一个公园外的停车场。

那里有辆早就准备好的货车,男人要把玛丽母女转移进去。

殊不知,这一幕恰好被一个小男孩看到了。

6岁的小男孩杰森正在骑着小自行车玩耍,亲眼看见男人从后备厢里拽出两个被蒙着眼睛的人,顿时发出惊呼:"喂,你在干吗呢!"

男人吓了一跳,瞬间松手,转身一看,竟然是一个小男孩。

他两步上前,一只手捂住杰森的嘴,另一只手拎起他的腰,扔进了后备厢里。

车子快速启动,逃也似的离开,急转的轮胎使得地上的泥土和鹅卵石飞溅了起来。

一颗石子正好砸在刚骑车赶来的另一个男孩的脸上。

男孩惊恐地看着好朋友被绑架,吓得从自行车上摔了下来,尖叫着狂奔回家:"妈妈!妈妈!杰森被一个人带走了!"

两个孩子的母亲和邻居们迅速赶到公园,但是毫无线索。

男孩描述,带走杰森的车是一辆老式的绿色福特汽车,并准确地说出了绑架男子的外貌特征:黑头发,皮肤黝黑,戴着墨镜,身穿棕色夹克,个子并不高。

可是,他并没发现后备厢里还有被捆绑的母女二人。

就在警方投入大量警力搜索之时,男人正在紧张地开车。

他心神不宁,唯恐再次出现意外,而后备厢里杰森的哭声让他更加烦躁不安。

他一边拍打着方向盘,一边大汗淋漓地咒骂着:"该死的小男孩,坏了老子的大计!"

他要想办法把这个孩子解决掉,毕竟多一个人,就多一份麻烦。

当经过一个野生动物管理区时,男人把车子停了下来。

后备厢打开,小杰森和玛丽母女露出了惊恐的神情。他们一路颠簸,被撞击得浑身疼痛,口渴、尿急,泪水鼻涕混在一起,花了一脸。

男人一把拎起杰森,又摸出一根铁棍,拖着孩子向森林深处走去。

天已全黑,男孩凄惨的哭喊声在偌大的森林中回荡。

几声闷响过后,小杰森被活活打死。

男人独自走了回来,继续开车。

玛丽知道,小男孩凶多吉少!

然而她怎么都想不到,这只是开始。

当晚 9 时 45 分,车子再次停下。

玛丽并不知道,他们又绕回了掳走杰森的公园附近。

不到 800 米外的公园里,警察和居民正在全力搜寻杰森。

而男人独自下车,将自己早已停放好的货车开了过来。

漆黑的夜里,母女俩被塞进了车座底部。

成堆的纸箱子压在她们身上,倘若有人拦住车子检查,也不会发现被隐藏的母女俩。

就在母女俩快要窒息到晕厥时,车子停了下来。

接下来,母女俩要面对的是惨无人道的侵害与侮辱。

2. 噩梦

晚上 11 时 55 分。

哈姆莱大街上的一栋老宅。

男人押着母女俩走进一间卧室,摘下她们的眼罩,解开绳子。

还没等两人看清眼前，男人就把铁链系到她们的腰上，把她们推进壁橱里，锁上了门。

壁橱极其狭窄，宽1.22米，深0.53米。挂衣杆已经被拆除，上方有一个灯泡，里面有一条毯子、两个小抱枕、一个塑料桶和一卷卫生纸。

很明显，这个壁橱被改造过，是男人早就准备好的"囚牢"。

这是一场有计划的绑架，玛丽越想越害怕，期望丈夫赶紧找到她们。

贝丝被折腾得筋疲力尽，倒在母亲怀里睡着了。可怜的孩子又惊又怕，尿了裤子。玛丽在充满尿液和恐惧味道的壁橱里惶恐不安，男人则在客厅里忙碌着，准备着。

他要对玛丽做"最后的审判"。

没错，"审判"。

男人在地板上铺了张毯子，架好一台摄像机。他将玛丽带出壁橱，推倒在地，双手捆绑在沙发腿上。

摄像机开始录制，镜头对准了玛丽。

男人张口了："玛丽，你知道我是谁吗？"

玛丽惊呆了，她根本不认识这个男人，这个人怎么会知道自己的名字？

男人透着汗臭的躯体凑近玛丽，嘴中酸臭之气喷在了玛丽脸上。

他缓缓摘下了墨镜，咬牙切齿地说道："老师，是我啊。你的学生，薛明升！"

幽暗的灯光下，玛丽终于看清了男人的五官。

一张狰狞的脸上布满痘印，猩红的双眼似在向外喷火。

"薛明升"？脑海里一点印象都没有，玛丽根本想不起来这个人。

"你是谁？我不记得哪个学生叫这个名字，你想要干什么？"

玛丽越发惊慌失措，她感觉到了男人蠢蠢欲动的躯体另有图谋。

"你竟然不记得我了？15年啊，你害了我整整15年！现在，是你偿还的时候了。"

"我要偿还什么？！"玛丽感到巨大的危险正在逼近，失声尖叫起来。

男人将玛丽的衬衫拉过头顶，恶狠狠地说道："老师，我想你应该能猜到我要做什么。我不希望你的身上留下伤疤，我只希望你的心灵和情感受到创伤，让你觉得自己是个肮脏、堕落、低贱的女人！"

随着录像带的转动，这个名叫薛明升的男人开始了一场持续3个小时的"审判"。

他一边残忍地折磨玛丽，一边给玛丽讲了一个"荒诞"的故事。

薛明升告诉玛丽，15年前，自己跟随父母移民到美国。

玛丽是他九年级（美国高一，相当于国内的初三）的代数老师，因为玛丽的恶毒行为，导致他一生被毁。

当年他文化课、体育课成绩都很好，最喜欢上数学课，可是玛丽不但歧视他，还不待见他。

当他给玛丽展示自己开发的数学公式时，玛丽不屑一顾，并在一次重要考试中，给了他一个"B"的成绩，让他无法获得奖学金，因而没能上成大学。

于是，他被迫征召入伍，参加了越南战争。

可是在战争期间，他被抓进了战俘营，饱受折磨。

此后，他人生凄苦，成为一个失败者。

而这一切，都是拜玛丽所赐……

玛丽忍受着人生中最大的屈辱和酷刑，却不知道，这个学生讲的一切都是胡编乱造的谎言，是侵犯她的借口。

噩梦会持续升级，薛明升要的不仅仅是"报复"。

3小时的凌辱过程全被拍了下来，第二天，薛明升取出录像带，把租来的摄像机归还。

但是,他对玛丽的囚禁和折磨并没有停止。

与此同时,玛丽的丈夫正心急如焚地寻找爱妻。

按照约定,玛丽母女会在晚上6点之前回到家,但是玛丽的丈夫欧文牧师等到了7点半,还是不见母女二人回家。

欧文给美发店打电话,发型师说玛丽下午4点多就离开了。

欧文觉得不对劲,夫妻俩约好当晚要和姐姐家聚餐,但是人不回来怎么连个电话都没有?

等到晚上10点半,欧文坐不住了,报了警。然而当地警察正在忙于调查小男孩杰森被绑架事件,对欧文的报警没当回事。

直到欧文第三次打电话报警,警方才发现玛丽开的福特汽车与带走杰森的车高度一致。

警方上门了解情况,并询问欧文是否认识小杰森一家。

欧文摇头,表示并没听说过。

直到晚上他打开电视发现搜寻杰森的新闻时,才明白警方怀疑妻女的失踪和杰森被绑架有关。

欧文怎么都想不到,妻女正被关在离他家只有4.8千米的壁橱里!

薛明升每天把玛丽从壁橱里拉出来凌辱,在折磨的过程中,不断施加精神打压。

玛丽不堪屈辱,在被折磨的过程中一直反抗不肯配合,这让薛明升怒火中烧。

他把塑料袋套在了贝丝的头上,威胁道:"你知道窒息的滋味吗?你会眼睁睁地看着塑料袋里的氧气被吸光。不出几分钟,你的女儿就会被活活憋死!"

玛丽只能哭着妥协配合。

薛明升变着花样威胁玛丽，次次得逞。他不断摆弄玛丽，让玛丽用"带着温暖和情感"的方式来回应他的兽行。

这个结果，正是他幻想了15年的"美好画面"。

他要把玛丽牢牢地绑在身边，让玛丽臣服，做自己的妻子，跟自己生活一辈子！

没错，薛明升绑架玛丽的真正原因，是出于他对玛丽的畸形爱恋。

那个"被老师欺凌"的故事，完全是为了吓住玛丽，让玛丽有负罪感而编造出来的谎言。

自打薛明升15岁那年第一次见到玛丽，便爱上了她。

他把这个数学老师当作自己的梦中情人，一次次幻想和老师生活在一起，并深信玛丽也爱他。

每天能见到玛丽老师，成了薛明升去学校上课最大的期待。

但玛丽教了他两年后，便离开学校跟着丈夫去菲律宾传教了。

从那时开始，薛明升便觉得玛丽"背叛"了自己，不爱自己了。

他疯狂地搜寻跟玛丽有关的一切信息，甚至在8年前持枪闯入玛丽公婆的家。他误以为那是玛丽和丈夫的住所。

他还曾三次偷偷进入玛丽的住所，幻想把她绑架，但均未成功。

3. 机会

直到得知这一切后，玛丽才明白这个人根本不是什么被自己欺压过的受害者，而是个狂热的"暗恋"分子，一个心理变态的人。

薛明升绑架自己的主要目的不是为了凌辱，而是让自己成为其生活中的一部分。如今，玛丽近在咫尺，被牢牢地禁锢在股掌之间，薛明升终于"如愿以偿"。

他深情地对玛丽说："我的弟弟查尔斯有一个非常幸福的家庭，和他漂亮的妻子过着美好的生活。我也想有那样的生活，老师，嫁给我吧！"

但他每次的"求婚"都被玛丽拒绝。

于是，凌辱便会如暴风雨般袭来，一遍一遍地重复。

玛丽质问为什么要拍摄录像，却得到了意想不到的回答。

"你是基督教徒，你丈夫是个牧师，就算我被抓了，你也不敢把这件事情公之于众。否则，这些录像会在社会上流传。"

每当薛明升发泄完，便会把玛丽关回壁橱。

母女俩吃喝拉撒都在那个闭塞的空间里，胳膊腿都伸不直，连躺着睡觉的资格都没有。

强压之下，贝丝的心理出现了问题。这个只有8岁的女孩不明白遭遇了什么事情，也不明白为什么妈妈总会被带走，再回来时满身伤痛。

她想回家，但她连呼吸新鲜空气的机会都没有。她开始不断地拔掉自己的头发，一根又一根，以此宣泄内心的苦闷。

绑架玛丽的第三天，薛明升发现了报纸上关于绑架案的报道。

心思缜密的他决定设计一个计划，以逃脱警方的追捕。

他让玛丽给丈夫写了一封信，内容是：我带着女儿离开你了，不要找我们。

然后，他戴上手套把信纸塞入信封贴上邮票寄走，确保信笺上不会留下自己的指纹。

两天后，欧文收到了这封信，交给了FBI。

没人相信信中所说，里面的内容太过牵强。

而且，收到信的第二天是5月21日，全家人要一起飞往菲律宾传教，行程行李早就准备好了，玛丽没有任何离家出走的征兆与理由。

因此，警方认定玛丽母女与杰森一样是遭遇了绑架。

与所有配偶失踪案一样，警方把欧文也列入了被怀疑对象。

因为欧文曾经给妻子买过一份价值1000美元的保险，这在当时来说是一笔不小的金额。

警方怀疑有"杀妻骗保"的可能性，但欧文通过了一系列测谎和调查，作为一名虔诚的牧师，亲朋好友均能证明他和玛丽的婚姻美满。

调查陷入僵局，玛丽人美心善，与所有亲朋好友均相处和睦，绑匪也没要赎金，仇家究竟是哪来的？写这封信的目的是什么？

唯一能令人欣慰的是，信上的字迹就是出自玛丽本人的，这说明她还活着。

玛丽早就盼着这个21日的到来，因为薛明升承诺，只要她乖乖配合，21日就能放她回家，让她赶上航班。

这一天的清晨，玛丽看到壁橱缝隙里透出光亮。她知道，天亮了。

她祈祷着薛明升会信守诺言，放她们回家。

然而，期望落空。

薛明升一早便开车上班去了，房子里死寂一片。

玛丽绝望了，她想用力捶打柜门，想尖叫，但是感觉到孩子依偎在身边，她立刻冷静了下来。

她不能失控，否则不但不能逃脱，还会让贝丝受到更大的刺激。她怕孩子行为继续失常。

无助笼罩着母女俩，她们如同身处人间炼狱，不知何时才能被解救。

接下来的日子里，薛明升在他的"恶魔之屋"里，跟玛丽母女过起了"小日子"。

他会把母女俩锁在拉下窗帘的厨房里，三人如同一家人般一起做饭、吃饭。

只是，薛明升枪不离身，随时预防玛丽打破窗户逃跑。

薛明升谎话频出，给玛丽各种洗脑，还曾许诺，只要玛丽再乖一点，他可以放走贝丝。

然而一切都是诡计。

警方的搜索还在持续，但一直没有查到薛明升的头上。

薛明升的这栋房子里，其实还住了一个人。

地下室里，住着薛明升的弟弟——薛罗恩。

地下室有专门的通道和门，兄弟俩各住各的碰不着面。

薛罗恩不是没有听到过奇怪的声音，很多次他隐约听到大哥跟女人的对话，以为是大哥找到了女朋友。

但薛罗恩不敢打扰更不敢过问，他从小就饱受大哥的虐待，兄弟俩长期关系不和。

就这样，薛明升的恶行得以持续。

但很快，他又感到了危机。

当地媒体对三人的失踪持续关注，社会舆论逐渐升温。

薛明升又坐不住了，他逼迫玛丽给丈夫写了第二封信。

内容是：让警方、媒体停止参与，否则我将永远不会再出现！

这封信又被FBI拿去研究，但也没有结果。

时间一天天过去，薛明升的"小日子"过上了瘾。

他允许玛丽和贝丝每隔十天洗一次澡，还允许贝丝偶尔看电视、玩游戏，像一个父亲般称呼贝丝的昵称——贝茜。

贝丝每次被喊，都会深深地觉得恶心，但她不敢反抗，每晚还是和妈妈住在壁橱里。

时间到了6月9日，也就是玛丽母女被囚禁的第24天。

薛明升告诉她们："我受邀参加下周在芝加哥举行的贸易会议。你们要跟着我一起去，就像一家人一样出行。"

天黑后，薛明升租来一辆房车准备出发。

为了不被路人察觉，他把房车停在家门口，让玛丽和贝丝用夹克盖住头，冲进房车。

跟之前一样，他在母女二人身上盖上了大纸箱子。用枪威胁两人不要有任何逃跑的打算，如果敢在加油站向任何人大声喊叫，他会立即开枪。

薛明升的胆子越来越大，为了让玛丽和贝丝看起来更像自己的家人，他带着玛丽去购物中心采购衣服。

玛丽和贝丝自从被绑架后，就没换过衣服，浑身上下脏兮兮的。

购物过程中，薛明升不断提醒："贝丝还在车里，如果你敢惹是生非，我马上就把贝丝杀了！"

玛丽想给店员发暗号，可是被薛明升紧紧盯着无从开口。

为了防止母女二人在晚上睡觉时逃走，薛明升总会把房车停在偏僻的地方，把车厢门内侧的把手拆了，将电缆缠绕在与煤气管相连的炉子下面。

他警告玛丽，不许乱动，否则煤气管线会破裂，煤气就会泄漏。

在公路旅行的过程中，贝丝曾遇到过一次求救的机会。

那天薛明升带着玛丽短暂离开，把她的手脚捆住，留在车里。

恰好一群十几岁的男孩经过，贝丝蠕动着挪到窗边，用尽全力向他们高喊："你们能帮助我们吗？我们被绑架了！"

不曾想，男孩们爆发出一阵恶毒的嘲笑："骗谁呢！别再编故事了。"

然后头也不回地走了。

被囚禁的日子里，玛丽无数次地找机会求助，但一一失败。

薛明升的胆子越发大了，甚至敢让贝丝在父亲节当天给欧文打电话，祝爸爸节日快乐。

在那个没有移动通信网络、刑侦技术不发达的年代，警方对这种赤裸裸的挑衅束手无策。

时间到了7月4日，也就是美国国庆节这天，薛明升竟然带着玛丽和贝丝去了公园散步，然后像一家人一样去餐厅吃晚饭，看焰火。

一路上有三辆警车经过，薛明升的手枪一直举着，玛丽不敢轻举妄动。

两天后，薛明升的弟弟薛罗恩到外地参加学习班，这让薛明升更加自由轻松。

此时他已经囚禁玛丽母女超过7个星期了，三人同吃同住的假象，让他认为母女二人已经被"驯化"得服服帖帖，他们是一家人了。

于是，他把母女二人从壁橱里放了出来，换上了长锁链，一端固定在壁橱里，一端系在玛丽和贝丝的腰上，允许她们在卧室里"自由活动"。

而正是薛明升的此举，让玛丽有了真正逃脱的机会。

4. 入狱

7月7日，薛明升出门上班。

下午3点，贝丝在看动画片，玛丽掏出了早就偷藏好的一根金属发卡。

小时候父亲曾经教过她，如何用发卡拧下螺丝。

玛丽颤抖着手，把发卡伸向了锁链与壁橱的衔接处。

那儿有一块金属板，只要拧下上面的螺丝，锁链就会松开！

玛丽对准了螺丝的凹槽处，与发卡正好匹配！

她轻轻地拧着，唯恐发卡被用力拧断。

发卡吃上劲儿了，螺丝松动，成功了！

两颗螺丝被拧开，锁链掉了下来。

玛丽用同样的方法把贝丝的锁链也拧了下来。

她拖着锁链，跑到厨房打电话报警。

她曾在卧室的一张干洗店标签上发现了房屋的地址，可以准确地提供给警方。

但是她的行为被贝丝阻止了。

"不，妈妈，不！"贝丝尖叫着，把妈妈往卧室拉。

"我们必须回到壁橱里，否则他会杀死我们的！"

任凭玛丽如何劝说，贝丝一直歇斯底里地喊叫。

不得已，玛丽扇了女儿一个耳光，随即跪下来拥抱贝丝："对不起，贝丝，这对你来说太可怕了。但请相信妈妈，上帝给了我们这次逃脱的机会，让我们回到爸爸和弟弟身边。一旦我们逃脱了，我们就安全了，薛明升就再不能伤害我们了。"

贝丝因恐惧而麻木，看着妈妈拨通了报警电话。

被绑架的第53天，玛丽母女自救成功。然而，杰森在哪里，所有人都不知道。

直到薛明升在自己经营的电器店里落网，才说出孩子已死的真相。然而，这场罪行并没有结束。

薛明升被关押受审期间，竟然出5万美元，指使一名即将出狱的犯人帮他越狱。

然而狱友拿了定金后反悔了，把他出卖了。

薛明升有很强的电子技术，很快又策划了第二次越狱。他从食堂椅子底部拆下几颗螺丝，企图撬动监狱的窗户，还囤积了一堆包裹食物的锡纸,妄图关闭电子警报器。

然而一切都是徒劳。

既然越狱失败,他就把所有精力放在了如何杀死玛丽上面。

只要玛丽一死,就死无对证了。

而且,他不能接受玛丽再次离开他。

"既然我得不到你,就毁了你!"

就在薛明升第一次受审时,玛丽出庭作证。

薛明升突然从椅子上跳起来,冲向证人席,怒吼道:"你为什么要离开我?你为什么要跑?!"

随即,用一把尖刀狠狠割伤了玛丽的脸。

所有人面对这突发的一幕都懵了,刀子从哪儿来的?

但来不及细想,玛丽被紧急送往医院抢救。还好没伤到动脉,但伤口一共缝了62针,留下了永久的伤害。

为了能脱罪,薛明升的母亲聘请了当地顶级的刑辩律师,以精神失常为他辩护,但心理评估的结果是否定的。

薛明升处心积虑,始终不肯说出小杰森的尸体在哪儿。

直到杰森家长同意,检方和薛明升达成了认罪协定,检方同意不以一级谋杀罪起诉他,以此换回杰森的尸体。

这个可怜的小男孩,在死亡166天后,才被找到尸体。

最终,薛明升数罪并罚,被判处70年有期徒刑。

然而他毫无悔意,在法庭上叫嚣,有生之年能够假释出狱,第一件事就是杀死玛丽。

如果玛丽死了,就杀死她的孩子!

一场邪恶的荒诞剧,终于落下帷幕。

5. 案件分析

这个案子至今已过去了40多年，被列为美国犯罪史上有代表性的案例。

此案之所以特殊，源于薛明升有特殊的"恋母情结"、"钟情妄想症"和极端的"反社会型人格障碍"。

这三个特质单拎出哪一个都会对社会造成影响，而叠加到一起后，就成为酝酿大案的基因了。

我们先来简单了解下此人。

1950年，薛明升出生于一个文化精英家庭。

母亲是一位杰出学者，曾在大学任教；父亲是林业统计学专家，被誉有"公立常春藤"之称的明尼苏达大学聘为教授。

在其8岁那年，母亲带着他和弟弟，追随父亲移民到美国，随后又生下二弟。

这是典型的高知移民家庭，往往二代也会发愤图强，长大后从事高尚职业。

薛明升也是如此，他遗传了父母的学习能力，在学校里表现优异，平均分数A-。

可惜好景不长，父亲癌症去世，家里的顶梁柱没了，母亲独自抚养三个孩子长大。

作为家里的长子，薛明升担负起了"父亲"的责任，可也就是在这个时期，他的性格显示出异于常人的偏差。

他开始了以自我为中心的极端行为。每天放学回家，弟弟们必须在门口迎接他，把他的书包送到他的卧室，给他脱袜子和鞋子，换上拖鞋。

然后，弟弟们要"献"上数量精准的饼干，把热牛奶端到电视机前给他享用。

电视机里播放的只能是薛明升喜欢的节目，弟弟们对他的一切指令必须执行，否则就是拳打脚踢。

不论两个弟弟做了什么，只要他想打骂，纵使弟弟们没有犯错，他也能编出理由。

弟弟们成了他发泄情绪的工具，薛明升对他们的"管教"从毒打逐渐升级到虐待。每当母亲出面制止时，他便会更加狂躁。

此时的他，成了偏执的"一家之主"，在家说一不二。

与此同时，他学会了撒谎，并萌生出反社会倾向，开始向车辆投掷石块，在陌生人的公寓里纵火。

14岁那年，他还因参与纵火而被勒令参加心理治疗。

薛明升的一系列恶行，母亲不敢制止也没有办法管教，她对这个大儿子感到惧怕，形容他"没有感情，更像是一条狗"。

如果说这是青春期的叛逆表现，不足为奇。那么他在深夜里打着手电筒窥视母亲的行为，可以说是太可怕了。

咱们不去分析他的这种"恋母情结"是如何产生的，单就说他接下来的行为，跟"恋母"脱不了关系。

15岁那年，玛丽走进了他的视野。

在薛明升看来，这个女老师与自己的妈妈有着很多相似之处。

同样都是身材娇小纤细，同样都是温柔和蔼，与人为善。

两个都是做教师的女人，如清风拂过般对每个人都温柔以待。

薛明升曾在被捕后亲口对母亲说过："妈妈，她让我想起了你。"

其实很多人在成长期有过恋母情绪，但会随着年龄的增长逐步消解，转而变成对于异性健康的恋爱心理。

但薛明升没有，他产生了自大、自负的错觉，沉迷于权力、美貌和理想爱情的幻想中。他把不能用在母亲身上的妄想和试探，放在了玛丽老师身上。

这时候，"钟情妄想症"在他体内出现了。

"我爱你，你就得爱我"，是这种病态心理的典型特征。

薛明升爱上了玛丽，也觉得玛丽喜欢他。这也是他最终要杀死玛丽的理由之一。

你为什么要跑？为什么要离开我？！

这种妄想症如果不治疗，将会坚信不疑，无法劝服，也不能通过亲身体验和经历加以纠正。

他将对母亲不可能实现的迷恋与狂热，转移到他自认为可接受这件事的玛丽身上。

多重因素的叠加，玛丽不幸成了他的目标，成了他的"恋人"，成了他穷尽一生也要得到的人。

他写下了成堆的故事，每个故事的女主角都是对他臣服的玛丽，就连看电影时，也会把玛丽代入女一号身上。

然而两年后，玛丽离开学校跟随丈夫去国外传教了，薛明升的"眼前人"不见了，他便失控了。

他决定不惜一切代价，也要得到所爱之人。

在缺乏正向管教的环境里，他的偏执逐渐增强，生活中一切女性都不能"入"他的眼。

自此，直到绑架玛丽之前，他都没有真正谈过一次正常的恋爱，也没有跟女性正常相处过。

如果是普通人，可能会在找不到玛丽之后产生挫败感，放弃追逐。

然而薛明升不是普通人，他心理不正常但智商超群，且心思缜密。

他以优异的成绩从高中毕业，在503名学生中排名第一，并被同学投票选为最有可能成功的学生。

顺利进入大学后，他的科学项目还获得了明尼苏达州科学奖，研发的电子项目在国际科学博览会获奖。

毕业后，他开设了一家有规模的电器店，至他被捕时，公司估值高达25万美元。

如果他能正常继续人生道路，他将同父母一样，成为一名备受尊重的成功人士，然而他的心思却用到了犯罪上。

首先，是对玛丽长达15年的监视。

他在玛丽毫无察觉的情况下，把玛丽的所有情况摸得一清二楚，并选择了玛丽一家再次出国前的几天，实施了绑架。

因为这次玛丽出国，要在菲律宾度过4年时间，所以薛明升认为不能再错过这个机会了。

绑架的整个过程中，尽管遇到了突发情况，但他很快冷静下来将其处理，甚至敢在警察眼皮子底下将自己的车开走。

得到玛丽后，他懂得运用"心理战术"，编造谎言，把自己塑造成一个受害者，让玛丽感到愧疚。把自己压抑了十几年的畸形情感，转化成被玛丽"伤害"后的心理创伤，然后对玛丽进行"审判"。

莫须有的罪名，砸在了玛丽身上，这让薛明升给自己的情绪宣泄找到了"合理"出口。

在囚禁母女俩的过程中，他几乎做到滴水不漏，利用各种手法控制玛丽母女就范。除了武力威逼，还有精神控制，把母女俩拿捏得死死的。

从前面讲述的犯罪过程中，我们能够发现一点：薛明升有强大的自信。

这种自信，来源是他对家人的成功控制，对学业事业上的奋斗所取得的优秀结果。这些"成就感"，让他忘乎所以，自认为做什么事情都能够成功。

就算是绑架别人的妻子和孩子，也能跟自己组建完美家庭。

一个高智商的人去实施犯罪，其产生的恶果一定比普通人犯罪带来的影响更加巨大。

他把他畸形的"爱"，当作正常的情感需求，在以自我为中心的条件下，不顾及他人的感受。

法律在他眼前，等同于不存在。

这也是他被抓捕归案后，还敢多次越狱，并企图在法庭上杀人的原因。

像薛明升这种具有"反社会型人格障碍"的人，是潜伏在社会里的定时炸弹。

也许他们最终不会以犯罪的形式来侵害他人，但他们的行为，还是会给正常人带来极大的困扰。

比如，之前媒体曝光过的"火车占座""随意毁坏公共或私人财物"等事件的主角，都有这种人格体现。

根据美国精神医学学会发布的《精神疾病诊断与统计手册》的统计：平均每25人当中就有1个带有反社会人格倾向。

所以生活中，首先，一定要明确并接受"反社会型人格"的人就在身边，而且任何人都会接触到这一事实。

其次，面对这些人的时候，保护自己最好的办法就是远离、避开，并不与他们进行沟通或接触。

不与他们进行过多的纠缠，不要被道德或情感绑架，而要从自己的本心出发，去判断事情的真相是什么。

不要出于同情，去帮助反社会型人格的人隐瞒真相。

更不要把自己的仁爱用在这种人身上，牢记"农夫和蛇"的故事。

薛明升在服刑后的几十年中，不断尝试假释，甚至在众人面前摆出一副坐轮椅的无害老人的形象。

但玛丽的女儿贝丝勇敢地站出来，一次次在法庭上陈述薛明升的罪恶，以确保他能一辈子待在监狱中，不再给善良之人带去伤害。

日本绫濑水泥案

一名17岁的女高中生放学后去打工。

41天后,她被水泥浇筑,塞在了一个铁桶里。

而伤害她的人,却在若干年后开启了新的人生篇章,继续作恶人间……

1. 失踪

1988年11月27日，日本埼玉县三乡市。

这是一个只有10万人口的小乡镇，距离东京约20千米。

当晚，老实巴交的古田夫妇拨通了报警电话，他们17岁的独生女古田顺子消失48小时了。

古田家经济条件一般，可以说有些拮据。

乖巧懂事的顺子利用课余时间在一个家电大卖场兼职做销售，补贴家用，而且准备毕业后正式入职。

往常顺子不到9点就会到家，可是两天过去了，还不见踪影。

古田夫妇联系了一圈人，没人知道顺子的下落。

就在报警后的第二天，古田家的电话响了，是一串隐藏部分数字的座机号码。

"爸爸妈妈，我是顺子啊，抱歉才打来电话。我在朋友家呢，她家里出了点事儿，我来陪陪她。"

"她家啊，她家住三乡……不，是新宿。最近我就不回家了，你们别找我。"

古田夫妻虽然觉得有些奇怪，但转念一想孩子也大了，自然有自己的独立生活，也就没有过多追问。

可他们不知道，就在电话那一端，顺子颤抖着双手挂了电话，掩面痛哭。

她正不着一物，浑身是伤，被6名不怀好意的少年围住，在逼迫之下打了这个电话!

　　两天前,11月25日晚上8点30分。

　　顺子收工后独自骑着自行车回家,一辆摩托车悄悄跟在她后面。

　　18岁的宫野裕史,正骑着车带着16岁的小弟凑伸治在街上晃悠,寻找"下手"的目标。

　　这两人都是流氓团伙"极青会"的成员。

　　宫野是团伙里的老大,倚仗着当地的黑帮势力,经常在光天化日之下逞凶肆虐,无恶不作。

　　当天,两人计划趁"发薪日"上街抢钱,却看到了身姿婀娜的顺子。

　　宫野邪念遂起,转头对凑说:"看见没,前面那女的。等会儿我把车骑过去,你就直接踹她一脚,其他的事情我来搞定。"

　　于是,摩托车加速。

　　凑坐在后座,挥着胳膊吹着口哨,放肆地发出怪叫。

　　顺子听到声音,察觉自己可能遇上事儿了。最近听说有很多飞车党专门抢劫,赶紧猛蹬自行车。

　　不料,车身一震,后背传来一阵剧痛,连人带车倒在路边的水沟里。

　　顺子摔蒙了,根本不知道刚刚发生了什么。

　　宫野在路边拐角处迅速刹车,让凑先回家等信。

　　说罢,又骑车返回顺子身边。

　　他收敛起凶狠和贪婪,瞬间换上单纯无辜的模样,温柔地将顺子扶起来,充满歉意地说道:"小姐,你没事儿吧?有没有受伤?刚刚那人是个疯子,他拿着刀威胁我,实在是抱歉,我不是故意的。这里太危险了,快走,不然他折回来就走不掉了!"

　　说罢就要拉着顺子往车边走。

　　顺子听闻,惊惶失措,以为遇到了变态。

人在惊恐之下很容易失去判断能力,再加上宫野炉火纯青的演技,单纯的顺子没有多想,自行车都不要了,赶紧上了宫野的摩托车。

然而,她踏上的不是逃生之路,而是地狱黄泉。

宫野并没有把顺子送回家,而是把车子开到了一个无人仓库区。

车子停在了一个隐蔽的角落,这是宫野打工时常来的地方,熟悉无比。

夜深人静,罪孽滋生。

宫野撕下伪装,露出狰狞的面目,"实话告诉你,我们是黑社会的,刚刚那人是我的小弟。怎么样?害怕了吧美人儿?既然你都来了,就别想跑,你要是乖乖听话,等我舒服完就放了你。如果你敢发出声音,我就杀了你!"

还没等顺子反应过来,宫野就扑了上去。

娇小的顺子哪里是宫野的对手,这个从小练柔道的男子力大无比,还有多年的街头斗殴经验,三两下就把顺子扑倒在地。

深夜里,顺子撕心裂肺的呼喊声没人听到,任凭宫野如野兽般疯狂侵害。而这,只是人间悲剧的开始。

宫野发泄完后,并没有放顺子走,而是将她胁迫至一家汽车旅馆,继续奸淫。

从晚上9点50分至11点,顺子又被宫野折磨了一个多小时!

就当她以为宫野精疲力竭会放她走时,宫野拿起了电话。

"喂,我是宫野,我这有个女人,超漂亮,要来吗?"

几个男生兴奋的喊叫声传来:"你在哪儿?兄弟们马上赶来!"

12点30分,凑带着17岁的小仓和16岁的渡边赶到旅馆。

一看见长相甜美、娇小可人的顺子,几人就把持不住了。

这种事之前又不是没干过,但以前侮辱过的女孩没有顺子甜美,在现实生活中也不可能有这么貌美的女孩愿意跟他们交往。

于是，四人跃跃欲试。

可是，同时在旅馆里"办事"不太可能，不但容易被发现，而且也支付不起费用。

毕竟他们都是高中辍学，长期没有正经工作，靠打零工为生。

想要把顺子当"性奴"长期拘禁，就要把她带到一个无人管束又自由自在的免费地方。

四人同时想到了一个好去处——"极青会"的老窝，凑的家。

为了能把顺子乖乖地骗到凑家里，几人合伙编造了一个谎言。

"你被黑道大哥盯上了，他们就在你家门口徘徊，要拉你去做AV女主角，我们要把你藏起来。"

于是从11月26日凌晨起，顺子便被强制拘禁了起来，受到了各种人间酷刑。

而一个震惊日本40年的残暴大案，才刚刚开始。

凑的房间在家中二楼，是一个只有9.9平方米的小屋。

当天，凑的父亲去外地出差了，但家中母亲和哥哥还在。

将顺子带回时，一群人发出了喧哗声。

凑的母亲听到动静，准备看看什么情况，却被凑给骂了回去。

"看什么看，再看戳瞎你的眼。警告你，别多管闲事！"

凑的母亲赶紧关上房门，面对这么一个脾气火暴的儿子，她压根儿不敢多嘴。

以前还有父亲能"制裁"他，可凑升了初中后就变得凶狠暴虐，再加上当了学校里的"年级老大"，有了"极青会"做靠山，父亲再也不敢插手。

于是一家人装聋作哑，任凭凑带"好兄弟"回家胡作非为。

就这样，狭窄闭塞的小屋里，四个男生轮番侮辱了顺子。

顺子被整整折磨了3天！

3天里，顺子不断哭喊、号叫、挣扎。

但一切都是徒劳。

在这些男生的眼里，她不过是个发泄工具。

而这还不算完，28号的晚上6点，宫野又打电话叫来了两个小弟，6人玩起了"凌辱派对"。

毒打，成了新游戏的主题。

而顺子是这场游戏中唯一的玩物。

尖锐的叫声，惨痛的表情，求饶的话语，让少年们癫狂了。

就在顺子悲愤欲绝之时，男生们想起来一件重要的事。

顺子的父母报警怎么办？

就在20天前，宫野带着小仓和凑侮辱了一名女生。

事后对方报警了，但是由于事发地点没有监控，警察并没有找到他们头上。

虽然逃过一劫，但也增加了他们的警惕心。

宫野不傻，为了避免被警察找上门，他逼迫顺子给父母打电话，也就出现了文章开头的那一幕。

但顺子的表现并不能让他们满意。

宫野知道，顺子很明显想和父母透露她还在三乡市。

为了惩罚顺子的"自作主张"，宫野拿出了一个打火机。

"你说这打火机能点烟，能不能烧肉呢？"

说完对准顺子的脚开始烧起来。

顺子因剧烈的疼痛发出惨叫，可这叫声瞬间被淹没，一床被子压在了她的脸上。

然而这声高喊，还是引来了一个人。

2. 求救

凑的妈妈上楼查看，可就在她要抬手敲门询问时，听到了男生们的哄堂大笑。

想到之前凑的"警告"，她害怕了，又默默退了下去。

其实，这并不是凑的家人第一次发现异常。

家里只有一个厕所，在一楼。

因为顺子要经常下楼上厕所，一家人早就察觉到了她的存在。

而且楼上还经常传出奇怪的声音，傻子都知道这事儿没那么简单。

但因害怕惹上儿子的朋友们，不愿意招惹事端，一家人全都做了缩头乌龟。

见家里人不敢多嘴，凑也越来越胆大妄为。

之前吃饭，都是凑和同伙们轮流给顺子端去房间。

12月初，他们觉得送饭麻烦，干脆直接将顺子带下楼一起吃。

饭桌上，凑的父母小心翼翼地试探着问顺子："你在我们家这么久，父母应该很担心吧？"

听到有人提爸爸妈妈，顺子的委屈一下子涌上心头，眼泪默默地流了出来。

她多想飞奔回家，扑进父母怀里大哭一场，诉说这几天非人的遭遇。

但她不敢，她知道只要一张口，这些男生就会弄死她。

果不其然，宫野和凑正恶狠狠地盯着她。

顺子头皮发麻，动也不敢动，更不敢回应凑的父母。

眼看着这个女孩木讷迟钝，凑的母亲有些担心这件事情会闹大了牵连到家庭，便在晚饭过后，趁少年们不在场的机会，拉着顺子到玄关处，将她推出去。

"赶紧回家！"

大门"砰"的一下关上。

顺子一时愣在当场。

将近一周的折磨和与世隔绝，使她的精神遭受重创，神志不清。

"这是哪里？我能跑吗？"顺子迷茫了。

与此同时，凑发现顺子不在，马上开门追了出去。

正在原地打转的顺子被轻轻松松地拎了回去。

这次的意外让宫野等人洋洋得意，顺子有机会逃跑却没跑，明显是被"奴化"了。

"自豪感"油然而生。

为了不引起顺子父母的怀疑，宫野让顺子隔三岔五就给家里打电话报平安。

只要顺子表现出丝毫不顺从，他们就施以雷霆手段。

害怕被暴打，顺子只能听从。

每次打完电话，听着电话那边父母的殷殷嘱托，顺子就会陷入崩溃。

宫野很乐意看到顺子因精神折磨而痛苦惨叫的样子，这令他异常兴奋。

12月5日，东京的中野车站内发生了电车追撞事件。

宫野看着新闻上的消息，一个邪恶的念头冒了出来。

"如果告诉顺子，她爹死在电车里，她会怎样呢？"

宫野期待看到顺子走入人生绝境的反应。

果然，顺子听到"噩耗"后，瞬间破防，祈求宫野让自己跟家里联系。

料想的一幕出现了。

宫野话头一转,放声大笑:"哈哈,骗你的而已!"

尝到"甜头"的几人不断戏耍顺子,把她当成马戏团的杂耍动物一般玩弄,只为看到顺子肝肠寸断的绝望模样。

在这种精神和肉体的双重折磨下,顺子甚至产生了幻觉。

她独自坐在冰冷的房间,听着外面电视机的声音,想起自己还没追完电视剧《蜻蜓》的大结局。

恍惚中,她似乎回到了自己那个温馨的小家,母亲给她端来一杯热茶,让她暖暖身子。

可是下一秒,一杯尿液便浇在了她的头上。

原来那一幕的温馨,不过是臆想。

终于有一天,顺子逃跑的机会来了。

12月8日,下午4点。

前一天晚上玩得太嗨,日夜颠倒的少年们还没醒来。

顺子看准时机走出房间,偷偷跑到一楼的客厅,拿起电话拨通了"110"。

过于紧张的她,根本没注意到身后一双大手伸了过来。

"喂?"电话那头传来警员的声音。

就在电光石火之间,有人将她的嘴捂住,挂断了电话。

宫野龇牙咧嘴,咬着顺子的耳朵低吼道:"干什么呢?想打电话给谁?"

顺子浑身颤抖,不敢说话。

突然,电话铃响了起来。

顺子的眼中现出一丝光亮。

但下一秒她的膝盖就被宫野狠狠踢了一脚,直接跪在了地上。

宫野从桌上抓起抹布塞进顺子嘴里,薅着她的头发向上拉扯。

"再给我惹麻烦,就把你打残!"

电话接通,是警察,他们通过逆侦测查打了回来。

宫野没有丝毫紧张,敷衍着说打错了,随即挂掉。

顺子的希望再次被掐灭,或许这次,谁都救不了她。她被推搡着上楼,不经意间,一张陌生的面孔闯入她的视野。

是凑的哥哥,他们迎面而过,看见顺子后露出惊讶的表情。

救救我!

顺子像抓住救命稻草一般,露出哀求的眼神。

然而,这个冷漠的男人马上扭过头就走了,假装没看见。

顺子的心瞬间跌至谷底。

此后,这群邪恶少年给顺子的手脚戴上了锁链,让她再也没有擅自下楼的机会。

吃饭就轮流送,上厕所怎么办?就让凑的那个窝囊哥哥负责看守。

道德在这个家中沦丧到谷底,少年们开启了新一轮的癫狂。

寒冷的夜里,他们不顾顺子的哀求,命令顺子脱下衣服,半裸着站在阳台上,一站就是半个多小时。

顺子身为人的尊严在一次次羞辱中被击成碎片。

12月10日,顺子实在承受不了折磨了,跪地哀求。

"求求你们,放我回去吧。求求你们了,只要能让我回去,让我做什么都可以。"

"放你回去?也不是不行,但你回家后要怎么和你爸妈说关于这几天的事情呢?"

宫野的回答给了顺子一丝渺茫的希望。

"我会和我妈说,我这段时间都在新宿玩。"

"在新宿玩?穿着学校制服能在新宿玩这么久吗?"

宫野对顺子的理由十分不满，还没等顺子作答就抬起腿，来了个回旋踢。

顺子瞬间被踢翻在地，她下意识地抱住头部，身子也蜷缩起来。

她被踢失禁了。

那次之后，殴打成了家常便饭。

对顺子的"处理"方式也从侮辱、折磨，变成想要间接将她置她于死地。

酷刑持续到了 12 月底，顺子已被折磨得不成人形。

形容枯槁的顺子，与一个月之前那个阳光甜美的少女判若两人。

杀了她！

少年们恶念生起，便灼灼燃烧。

他们最终决定：水泥封尸。

3. 死亡

1989 年，新年伊始。

17 岁的顺子在充满排泄物的房间里，瑟瑟发抖。

终于等来了她的"解脱"。

1 月 4 日这天的凌晨，百无聊赖的宫野和凑、小仓，在麻将打输和游戏玩腻后，沮丧无比。

为了缓解心情，他们决定来一场刺激的"新年游戏"。

他们拿出连着大铁球的铁棒当武器，反复敲打顺子的身体。

骨损肉烂的顺子最终支持不住，倒在地上再也没有起来。

这场人间暴行持续了整整两个小时，畜生们越发兴奋，甚至唱起了高昂的歌曲。

激扬的歌声中，顺子睁开了眼睛，努力要把这群置她于死地的恶人狠狠记住。

被囚禁、折磨了41天的顺子，就这么被活活打死了！

杀人的禽兽们却不以为意，只当顺子是昏了过去。

几人一合计，"忙"了这么久，得去蒸个桑拿，好好休息休息。

临走前害怕顺子逃跑，还专门找了胶带将顺子的腿绑得死死的，顺便叮嘱凑那个窝囊废哥哥看着顺子。

1月5日下午，在洗浴中心快活了一晚的几人，接到了凑的哥哥打来的电话。

"你们回来看看吧，这女孩有些不对劲。"

4人急忙赶回，确认顺子的死活。

他们不是害怕顺子死了，而是担心这件事情被发现。

6点，4人着手处理顺子的尸体。

宫野从之前工作的瓷砖厂借来卡车和水泥，又在附近的建材店偷运出沙子和废弃的石头、木块。

他们先用毛毯将尸体包裹严实，连带顺子的个人物品一起装进一个大旅行袋中。

在进行这一步时，宫野有些犹豫。

他拿来一盘磁带，一并放进了旅行袋中。

那是电视剧《蜻蜓》大结局的录像带，是顺子生前一直念叨的。

顺子被他们绑走的当晚，正好是电视剧的大结局。

可惜，她在死前都没能了却这个普通的心愿。

事后，宫野和警方说，当时他害怕顺子死后会变成厉鬼来找他报仇，算是帮她了结一个愿望,希望她死后不要缠着自己。

多么可笑,一个丧心病狂、暴虐无道的杀人凶手,竟然会害怕鬼神之说。

如果他在折磨顺子的时候就有了畏惧心理,会不会有不一样的结局?

而他们,甚至不给这个可怜的女孩留下一具全尸。

趁天黑人少,他们将顺子的尸体搬到凑家门口,用从附近捡来的垃圾桶装水泥搅拌。

再将装着尸体的旅行袋和水泥一起灌入事先找好的铁皮桶,用木块和石头塞满缝隙。

最后用黑色塑料袋和胶带层层密封。

8点左右,4人合力将重达610斤的藏尸桶用手推车运进卡车内。

由宫野、小仓和凑开着卡车,沿着公路行驶,最终在东京都江东区若洲停下。

这是一个废弃的建筑工地,周边被铁丝网围住。

里面杂草茂盛,堆放着很多非法倾倒的大型垃圾,是一个抛尸的绝佳地点。

顺子就这样被随意丢弃在一堆大型垃圾中。

做完这一切,宫野带着小弟们转头便又开启了花天酒地的"新生活",没有丝毫收敛。

但他们没想到,做过的事情总会留下痕迹,报应很快就来了。

4. 真相

1989年1月23日,足利区绫濑署警方找上门来,说宫野和小仓在12月曾对一名坐台小姐施暴。

将两人以妇女施暴罪逮捕,送去少年收容所。

随后,警方搜索了宫野和小仓的住所,发现了女性的内衣。

办案经验丰富的警方嗅到了犯罪的气息,再次到少年收容所,讯问二人。

这一见面,就"诈"出一个惊天的惨案。

办案的警官只是随口说了句"你还杀过人吧",接着准备仔细问问关于女性内衣的事情,没想到宫野自己接过话头,招认了。

"对不起,我杀了她。"

在场的警官都傻眼了!

宫野也蒙了,他以为警方已经知道了他们对顺子所做的一切,还以为其他同伙都招了,所以才主动承认。

没想到啊,这是将他一军,空手套白狼。

第二天,警方就以谋杀和遗弃尸体的嫌疑逮捕了宫野和小仓。

第三天,在两人的供述下,凑和渡边也落入了法网。

顺子的遗体随后被找到。

尸体已经严重腐烂,面目全非。

顺子的父母惊闻这一噩耗泣不成声,一度崩溃。

"她和我们说她在朋友家玩的,怎么就突然没了?"

一桩大案就此被揭开，对犯罪者的审判开始。

1989年7月31日，宫野、小仓、凑、渡边4人以妨碍性自主、非法监禁、杀人、尸体遗弃等罪名被起诉。

庄严的法庭上，4人均承认了对顺子所做的恶行，但没有一个人承认是自己杀了顺子。

无耻之徒们认为顺子的死亡是一个意外，他们根本没有谋杀顺子的主观意图。

他们不过是"过失杀人"或者"伤害致死"，不是故意杀人，"谋杀"不成立。

日本舆论一片哗然，检方、辩方和法院也展开了长期的拉锯战。

检方认为犯罪行为恶劣，不应该轻判，主张应该和成人犯罪受同样的刑罚。

但法官却认为4名嫌犯还是未成年人，应该以少年犯的身份受审判。

1990年7月20日，案件审理接近1年之后，东京地方法庭对此案做出了宣判：

宫野裕史、小仓让、凑伸治、渡边恭史，故意伤害致死罪和抛弃尸体罪名成立，分别判17年、5—10年不定期、4—6年不定期、3—4年不定期徒刑。

此判决做出后不到一个月的时间，东京地检就向东京高等法院以4名被告"量刑过轻"为由提出上诉。

最终，在1991年7月12日，东京高等法院表明了态度：此犯罪情形恶劣，并不能因为是少年犯罪就一味减轻量刑。

对原判决进行改判。

主犯宫野判最高20年有期徒刑，小仓让判5—10年不定期徒刑，凑伸治判5—9年不定期徒刑，渡边恭史判5—7年不定期徒刑。

其他参与者被移交至收容所。

此案件在当时引发了强烈的社会关注,被称为"绫濑水泥案"。

国民们怒了!

他们强烈谴责主犯们,认为宫野等人罪大恶极,理应按照故意杀人罪判处死刑。

如此暴戾恣睢的行为根本不是人类所能做出来的!

不少新闻媒体对案件也进行了持续的追踪报道,还因此引发了关于保护未成年犯罪者的相关讨论。

当时的《未成年人保护法》规定,新闻媒体在报道时,应隐藏犯罪者的身份。

因此,宫野等人长什么样,公众都不知道,他们出狱后上街谁都认不出来!

但是,一个刚强的媒体站了出来——《周刊文春》。

他们在关于案件的第2版报道中,将这些犯罪少年的真实名字和照片刊登在报纸上,直接公开曝光。

让大众牢记这群国民渣滓!

有人提出反对,认为不应该实名报道,即便是犯罪者也应该享有基本的人权。

当然,这些声音只是少数。

绫濑水泥案的残忍程度超出人类的想象,看完此案的人无一不感到震惊和愤怒。

当时的社会舆论对于犯罪者骂声一片,见有媒体如此"敢为",纷纷写信前来表扬,称赞他们做得好。

那之后,每当发生极端凶恶的少年犯罪事件,各大媒体也开始以实名报道犯罪者。

久而久之，引发了《日本少年法》的修改。

5. 后记

原本有着大好前途的顺子，生命永远停留在1989年的冬天。

毕业典礼上，学校照常颁发了顺子的高中毕业证书，交给了她的父母。

顺子未来的雇主也将她入职后要穿的制服放入了她的棺材，陪着她一起下葬。

或许在另一条时间线里，顺子已经顺利毕业并工作，拥有了光明的未来。

而不是在那个狭小的房间悲惨地死去。

死者已逝，生者最为痛苦。

顺子的父母一直活在女儿被杀的阴影之中，他们无法原谅这些凶残的杀人犯，甚至想杀了他们！

在社会舆论压力下，4名少年的父母也为儿子所犯的错误付出了沉重的代价。

但再深的歉意和再多的金钱也无法挽回一条鲜活的生命。

令人心寒的是，暴虐的杀人者并未付出应有的代价。

他们甚至在出狱之后便能轻易按下人生重启键。

法律对青少年的"宽容"，是考虑到青少年大多心智不成熟，受周围环境影响较深，尚未形成正确的是非观，因此给予机会进行教育，希望他们能改过自新，并不是让他们继续逍遥法外！

除了渡边在出狱后陷入悔恨和自责，其他3人并没有丝毫悔改之意。

他们依然崇尚暴力，依然继续伤害着无辜之人。

几人各自因诈骗、谋杀未遂、故意伤害等罪名再次入狱。

一切都是咎由自取。

6. 这场人间恶行是怎么产生的？

A. 社会风气的影响

20世纪60年代，日本经济进入一个增长时期，城市化的进程加快。但随之而来的是社会矛盾的激化，导致社会动荡。

社会面的诸多不良问题逐渐暴露，犯罪激增。

在一个变化过快的时代，一切都是崭新和未知的。

青少年群体被裹挟其中，找不到自己的定位，缺乏身份认同感，于是逐渐演变为对现实的不满。

再加上家庭教育的缺位，出现了大批叛逆少年。

到20世纪90年代，日本的犯罪率达到了高峰。

青少年为主体的盗窃抢劫案件更是频发。

飞车抢劫、入店盗窃等，往往都和青少年有关。

越来越多误入歧途的青少年还未读完高中就进入社会。因为受教育程度低，没有良好的引导，为了生存，他们只能在工厂打工或者从事一些体力劳动。

这给了他们接触混混甚至黑帮成员的机会。

说起黑帮，这是日本的一个社会特色。

日本是世界上唯一承认黑帮合法的国家，也为青少年犯罪提供了"温床"。

可以说，那时候的黑帮就是不良少年心中的"圣地"。

很多人为了加入黑帮，甘愿受黑帮成员的剥削、压榨，帮他们跑腿做事，只为有一天能成为真正的黑帮成员。

在外面，他们常常狐假虎威。

宫野等人就是这种少年最典型的代表。

他们4个都是在学校整天打架混日子的人，时不时干点偷鸡摸狗、抢劫盗窃的事情。

后来要么就是被学校辞退，要么就是自己辍学。

离开学校后宫野彻底放飞自我，经过几年的摸爬滚打，和当地有黑帮背景的小混混攀上了关系。

哪怕不是黑帮成员，至少可以有个噱头。

就这样，宫野拉拢了小仓、凑和渡边等人，成立了一个组织——"极青会"，自己当上了老大。

所以当时宫野和顺子说的什么黑社会，都是吹牛的。

那年头，可不是什么混子都能进黑社会的，他们顶多算个黑社会的备选成员。

其实说白了，这个"极青会"就是个不良少年的小团体，在外借着"黑帮背景"唬人。

B. 冷漠的帮凶

看文章的时候可能大家心里都有疑问，为什么这些少年能在凑的家中堂而皇之地做出无比残忍的事情？

为什么凑的家人不向顺子伸出援手，反而纵容他们的犯罪？

这就不得不着重说一下凑这"奇葩"的一家四口。

凑的父亲和母亲在一家医院工作,父亲是行政主任,母亲是护士,家庭收入不错。

但良好的经济基础并没有给凑带来温馨的家庭环境。

凑的父亲脾气不好,还有暴力倾向,经常对家人又打又骂。

年幼的凑和哥哥没少挨打。

耳濡目染之下,凑也变得崇尚暴力,认为以暴制暴才是真理。

这就叫上梁不正下梁歪。

上初中后,凑喜欢往不良少年群体里扎,结识了宫野等人,天天在外面打架,在家里连亲妈都打,借此来树立威信。

凑的父亲一看,儿子的个头和力量都超过他了,他打不过了,就再也没有打过凑,连管都不敢管了。

越是没人管,凑就越嚣张,常在家出言不逊,甚至以暴力相威胁,俨然就是他爹的翻版。

在这种无形的"暴力"压迫之下,面对顺子的境遇,凑的家人只能假装睁眼瞎。

最多给个提醒,让顺子自己主动离开,别给这个家惹麻烦。再多的帮助和干预,就不行了。

至于凑的哥哥,面对弟弟的要求他压根儿不敢拒绝。

他深知这群同龄少年折磨人的手段,只能沦为帮凶。

凑的妈妈一看,不行呀,乖巧的大儿子都被拖下水了,那就更不能报警了。

这一家人心里各自打着如意算盘,都是沉默的凶手。

哪怕有一个人在当时愿意对顺子伸出援手,帮她逃离监禁,或许便会有不一样的结局。

从凑身上，足以见得家庭教育和家庭氛围多么重要。

为人父母应该为孩子树立良好的榜样，不应该用暴力去解决生活中遇到的问题，否则只会培养出同样暴力的孩子。

要给予孩子正常的关心和呵护，在他们犯错的时候及时制止，予以纠正和教育，而不是一味地责骂和逃避，更不是选择当沉默的帮凶。

曼森家族：豪宅里的惊天血案

美国的一座豪宅里发生了一桩世纪血案，竟然牵扯出一个邪教。

一群无知少女追随着一个流浪汉，隐居山里，过起了原始的群居生活。

她们崇拜这个男人，听从他的一切指令，并甘愿献出一切……

1. 两起凶杀案

1969年8月9日，洛杉矶。

早上8点刚过，查普曼太太就出现在了希耶罗大道上，她是一所豪华别墅的女管家。

前一晚，这所别墅的女主人邀请了几位朋友来家里开派对，想必今天有很多事情要做。

查普曼太太来到别墅附近，抬头一看，只见外墙上垂着一截断了的电线。她觉得有点儿奇怪，但也没多想，径直来到后门。

她捡起扔在门口的报纸，打开门锁走进院子，随手关掉了门外的灯。

既然灯还亮着，应该是电话线断了。

她边想着边走进厨房，拿起电话想听听电话里面有没有动静。就在这时，前面客厅的地上有个东西吸引了她。

那是一件衣服，一件浸满鲜血的衣服。

不，那是一个倒在地上浑身是血的人！

查普曼太太尖叫着冲出房门。

很快，房外面就响起了警笛声……

查普曼太太只看到了一具尸体。实际上，一共有5个人死在了这座房子里。

前门外的门廊上蜷缩着一具男尸，后院草坪上俯卧着一具女尸，两人身上都遍布刀伤。

门口车道上的一辆汽车里有一具年轻的男尸，死于枪杀。

最惨的就是在起居室里的两人了，那是一男一女，一根绳子从屋顶的房梁穿过，两头分别缠在两个人的脖子上。

男的倒在通往厨房的过道上，身上也是遍布刀伤，他就是查普曼太太看到的那个人。

那女尸的样子，让到过现场的警察即使在几十年后回忆起来也忍不住落泪。

她倒在一张长沙发前，身上只穿了内衣裤，也是满身刀伤。

她的肚皮被剖开，内脏流到了地上，一个已经快足月的胎儿露了出来。

最令人发指的是，胎儿的脖子上居然也有刀痕。

后来根据法医的记录，五位受害人的身上一共有102处刀伤。

屋子里到处是血，一片混乱，但没有什么有价值的线索。那根勒着受害者脖子的绳子，据查普曼太太辨认，不是这个家里的，应该是凶手从外面带进来的。

除此以外，最引人注目的就是房屋正门外面用鲜血写了一个"PIG"，就是英文里的"猪"。

五位受害者的身份很快得到确认：汽车里的男青年名叫帕伦特，是这座房子看管员的朋友；草坪上的男女分别是电影编剧福里科斯基，福尔杰咖啡的女继承人阿比盖尔；起居室里的男人是造型师杰伊；那个女人，则是著名电影导演罗曼·波兰斯基的妻子，著名演员莎朗·塔特，她当时已经有了八个半月的身孕。波兰斯基本人正好在欧洲拍电影，躲过了一劫。

什么人竟然对孕妇下手？究竟是怎样的深仇大恨才能让人下此狠手？

惨案还没有结束。

6月10日傍晚，警察又接到报案，在洛杉矶的另一边，一位日用品批发商和他的妻子——拉比安卡夫妇被人杀死在维弗利大道的家中。

拉比安卡先生死在了起居室里,他被人用电线捆着,头上套着枕套,身上多处刀伤,肚子和喉咙还各插着一把餐刀。

他的妻子死在了卧室里,头上也套着枕套,手被电线捆着。她也是被人用刀捅死的。

夫妻二人一共身中 67 刀。

和前一晚发生的惨案类似,房间里也到处是鲜血,一个房间的墙上用鲜血写着"RISE",就是"崛起"的意思。另一个房间的墙上写着"DEATH TO PIGS",意思是"猪猡去死"。厨房的冰箱门上用鲜血写着"HELTER SKELTER"。

这是什么意思呢?

熟悉欧美流行音乐的朋友一定对甲壳虫乐队很熟悉,他们在 20 世纪 60 年代风头正劲,HELTER SKELTER 正是他们最新一首歌曲的名字。

看来,凶手有可能是甲壳虫乐队的歌迷。但是,甲壳虫的歌迷遍布欧美各地,这样的线索简直可以忽略不计。

连续两晚,两起惨案,死者还都是名人,洛杉矶的富人们恐慌了。

贝弗利山的一家枪械店在两天之内就卖出了 200 把手枪。人们争先恐后地给家门换锁,锁匠们的预约都排到两周之后了。

关于这两起凶案的疑问有很多。

死者都是身中多刀,现场还都有用被害者鲜血写下的单词。会是同一伙人所为吗?

但是经过调查,警察发现两所房子里的财物几乎原封未动,所以凶手不是为了劫财。尸检结果显示,女性也没有被侵犯的痕迹。

既然不是为了劫财劫色,那是为了报仇?拉比安卡夫妇虽然是商人,有竞争对手,但也没人想要他们的命。

倒是塔特的丈夫,导演波兰斯基身上有些疑点。

他年轻时拍的电影都很阴暗，比如《魔鬼圣婴》《水中刀》等。

会不会有人被他的电影教坏，来他的家里实践杀人了？

或者，会不会是波兰斯基雇凶杀妻？因为有人说前一天午餐时塔特在电话里和丈夫有过争吵。

对怀孕八个多月的妻子和三位好朋友下毒手，正常人干得出这种事儿吗？

如果说是同一伙人干的，那么有一个问题就很难解释，受害的两家人没有任何交集，什么人能同时对他们恨之入骨呢？

不过有人提出了一个猜想，那就是凶手只跟其中一家人有仇，杀另一家人只是为了扰乱警察的办案思路。

一切可能都是假设，没有半点儿证据。为了不受干扰，警察把两起凶杀案分开调查。

秋去冬来，案件的调查突然迎来了转机。

1969年11月，在加州女子监狱里，一个漂亮的年轻女人引起了警察的注意。这个女人名叫苏珊，是个不折不扣的嬉皮士，正因为一起谋杀案被调查。

别看苏珊涉嫌的是重罪，可她一点儿精神压力也没有。整天神采奕奕，举止高调，不像是来坐牢的，倒像是来参加选美的。

苏珊在监狱里结识了两个狱友，一有机会就向她们炫耀自己的"光辉历史"。

很快，她就跟两个狱友抖出了一个天大的秘密。

她和她的"家人们"居然就是塔特和拉比安卡谋杀案的制造者！

不仅如此，她还声称莎朗·塔特就是被她本人刺死的。

连塔特如何向她求饶、刀刺到了什么部位都说出来了。

两个狱友刚开始还不相信,但是苏珊越说越详细、越说越真实,这两个人直听得后背冒凉气。

这些内容可不是一个精神病能编出来的,有这种编故事的能力,干吗不去好莱坞当编剧,还要干杀人的勾当呢?

于是她们赶紧向狱警告发了苏珊。

消息层层上报,没出半天,负责塔特和拉比安卡案的警察们就来到了监狱,当即提审苏珊。

结果,苏珊将两起命案的经过一点儿不落,全都告诉了警察,每一个细节都与案发现场极其相符。这就证明,苏珊即使不是行凶者,也是现场目击者。

警察们这下坐不住了,这简直就是中了头彩啊!整个洛杉矶,甚至加州,乃至全美国非得炸锅不可!

就这样,这起让全世界的八卦新闻从业者们兴奋了半个多世纪的大案终于露出了真相,也让一群居无定所的嬉皮士成了众人谈论的焦点。

2. 野心外露

1934年11月12日,俄亥俄州的辛辛那提市,一个名叫凯瑟琳·麦多克斯的16岁问题少女生下了一个男孩,并给他取名查尔斯·麦多克斯。

查尔斯的父亲就是一个"渣男",在他出生之前就不知去向。

凯瑟琳酗酒、抢劫,经常被警察抓走,所以查尔斯从小就被寄养在不同人家。

查尔斯5岁那年,母亲和舅舅由于持枪抢劫被判了5年监禁,他被另一个舅舅接走生活。

查尔斯的这个舅舅是典型的反社会型人格。

在他9岁时,有一天,舅舅对他说:"孩子,我们就是石头一样的糙人,只不过是跟这世道妥协了。我们才不上那些文明人的学校呢!千万别去上学!"

于是,查尔斯在学校里放了一把火。

学校的损失不大,但是他因此在少年管教所度过了一段时光。

凯瑟琳出狱后,和一个情人带着查尔斯搬到美国中部生活了一阵,后来她把儿子寄养在一个男校。

由于他长得瘦小,经常被高大的男孩子们欺负,那些成人管理员对这种事总是睁一只眼闭一只眼。

在他们眼里,生活在这里的男孩都是街头混混,毫无前途可言。

所以这种地方根本无法教人学好,不过是黑色的大染缸。

10个月后,查尔斯逃了出来,他想回到母亲身边,可母亲拒绝接纳他。

可以说,这是查尔斯人生的一个转折点。据他老年时回忆,被母亲赶出来后他就明白了,他的母亲能教给他的唯一东西就是,她说的一切都是谎话,永远不要相信任何人说的任何事。

就这样,查尔斯小小年纪就流落街头,以偷窃杂货店和自行车为生,开启了在犯罪、被抓、管教、逃跑之间的循环模式。

他13岁就已经开始持枪抢劫,可谓犯罪经验丰富,但由于还是青少年,而且都没有造成严重后果,所以只是进少管所一类的管教机构。

但是他不想学好只想逃跑,最高纪录是在一个少管所逃跑了18次,因为在那里他经常遭到侵犯和殴打。

其实他也不是没想过避免的办法,每次有人靠近他,他就一边做出夸张的表情一边手舞足蹈,想让人觉得他是个疯子,但是没用,他照旧被人侵犯。

不过这种装疯卖傻的本事他保留了下来,一路带到了法庭上、监狱里,并且在20年后让美国群众过足了眼瘾。

19岁那年,他第一次从管教机构正式获得假释,辗转回到了他小时候生活过的地方。

一年后,20岁的查尔斯与一个17岁的姑娘罗莎莉结了婚。

婚后不久,罗莎莉怀孕了,查尔斯决定带着妻子去加州碰碰运气。

他偷了一辆车,和妻子一路向西而去。

他走一路偷一路,到了洛杉矶没多久,警察就循着踪迹找到了他,这次他进了真正的监狱。很快,他的妻子离开了他。

1958年,查尔斯假释出狱,在后来的9年里,又开启了犯罪、被捕、判刑、假释、再犯罪的循环模式。

这时他犯的罪除了以前的偷盗、抢劫,又加上了拉皮条、伪造支票等。

他边给16岁的女孩拉皮条,边得到富家女的供养,被警察抓起来时还有妓女来给他求情。

但后来,他因为伪造支票被判7年监禁,这下谁也救不了他了。

查尔斯的人生有大半时间是被监禁起来的,他已经习惯了,况且现在他已经是个成年人,应该开始思考一些严肃的问题了。

他拒绝参加监狱里开展的丰富多彩的文体活动,只对两件事感兴趣,一是学习正面思考,二是向一个黑帮成员学弹吉他。

这两项技能都为他日后的犯罪活动提供了有力的支持。

正面思考属于哲学范畴,本来没毛病,但是如果被坏分子套用在歪理邪说上就很容易引人"入坑"。

会弹吉他的好处就不用说了,如果一个男人会弹吉他,再长得帅气些，基本走到哪儿都会吸引一票女粉丝，尤其是在那个特殊的时代。

那正是嬉皮士崛起的时代。

1967年，查尔斯假释出狱时，正是嬉皮士运动的鼎盛时期。

他所在的监狱就在旧金山，那里是全美国嬉皮士的朝圣之地。

查尔斯在监狱里学会了弹吉他，唱歌也不错，多年混迹街头的经验让他很快找到了毒品，身边自然不缺年轻的女嬉皮士。

帕蒂便是其中之一。

帕蒂来自加州的一个中产家庭，她和查尔斯在海边的一个聚会上认识，当天晚上就住在了一起。

第二天，帕蒂辞去了秘书的工作，成了查尔斯的一名追随者。

在监狱宣扬自己罪行的苏珊，也是个加州姑娘，长相很有六七十年代邵氏女明星的味道，大眼睛、瓜子脸。

18岁那年，苏珊由于父亲酗酒离家出走，没多久便遇到了查尔斯，并被纳入麾下。

追随者越来越多，查尔斯便以家族首领自居。

家族也有其他男成员，这些男成员是怎样聚集到查尔斯周围的呢？

靠女孩。

查尔斯利用拉皮条的工作经验，主动给年轻男人介绍身边的女孩。

年轻男人自然不会拒绝。完事儿后有一部分会心甘情愿地留下，其中就包括沃森。

沃森来自得克萨斯，家境也很好，上高中时还参加了橄榄球队，身体素质相当过硬。

1967秋，家族离开了旧金山。

他们沿着加州海岸线兜兜转转，漫无目的地游荡，打一枪换一个地方。

1968年8月，家族意外找到了一个废弃的电影拍摄场地——斯潘牧场。这里依山傍水，所有者是一位80岁的半盲老人乔治·斯潘。

牧场里有一大片木头房子，都是以前拍电影用的，住20多个人完全没问题。最重要的是，这里与世隔绝。

乔治很愿意有年轻人来照顾他的生活，大家在这里度过了一段相对安定的时光。

但是查尔斯并不满足。

看着这些姑娘，他还有更大的野心，姑娘们还有更大的"用处"。

一个"宏大的计划"在他心里逐渐形成了。

3. 亡命之徒

慢慢地，家族里的气氛变得诡异起来。而此时，单纯的女孩们还没有察觉。

她们不知道，人生即将转入无尽的黑暗。

木头房子里有很多过去拍电影留下的道具和置景，女孩们为了打发时间，把这些东西利用起来，每天都像过万圣节一样变换游戏主题，牛仔、海盗、吉卜赛人……天气好时还会去山里远足，在池塘里游泳。

她们忘掉了自己的家人和过去，忘掉了曾经的梦想，忘掉时间和真实存在的世界，直至完全忘掉了自我。

此时的她们已经失去了人的特质，正常的社会秩序在这里完全不存在。

这实际上就是查尔斯导演的一场大戏，他让女孩们忘掉了一切所学所爱，就像把写满字的黑板擦干净，然后写上他自己的哲学，这样，他就成了毋庸置疑的领袖。

查尔斯的母亲早已将他的姓氏随了后一任丈夫：曼森。因此，这个乌托邦一般的小团体就有了一个让后人熟知的名字：曼森家族。

查尔斯每周至少向女孩们提供一次毒品，女孩们吸食毒品后会产生幻觉，这时候查尔斯就开始演戏了。

他声称自己是上帝的化身，从天上顺着一根金子做的绳子爬下来，来到人间拯救白人。很快就要发生种族战争，黑人会获胜，只有一小部分白人在他的带领下躲进庇护所才能活下来。而战争过后，黑人不会治理这个世界，只能寻找幸存的白人来帮忙，这个时候他和追随者们会从庇护所里出来，掌管这个世界。

他口中的庇护所叫"HELTER SKELTER"，正是写在拉比安卡家冰箱门上的字，用这个词是因为对甲壳虫乐队的疯狂热爱。

查尔斯还会趁女孩们神志不清时表演耶稣被钉上十字架，边假装痛苦边问女孩们："我愿为你们而死，你们愿意为我而死吗？"

女孩们晕晕乎乎，真以为看见上帝了，大喊："我愿意为你而死！"

在他的理论里，死亡是美好的，是通向一个更美好世界的必经之路。

渐渐地，女孩们就变成了愿意为他卖命的亡命之徒。她们不怕死，更不怕让别人死，这就为不久以后的大开杀戒打下了基础。

光有理论还不够，查尔斯还训练女孩们，教给她们如何用刀刺人，刺进去之后如何往上挑。

光想想就让人不寒而栗。

挣脱了文明束缚的人经过这样的训练，战斗力"爆表"，难怪塔特家里的两男一女（孕妇除外）敌不过曼森家族的一男两女。

不久，又有一些女孩加入进来。其中就包括莱斯利，拉比安卡案的凶手之一。

莱斯利出生于中产家庭，长得也很漂亮，在少年选美比赛上得过冠军。

查尔斯并不会把投奔他的女孩全留下，他会挑选迷茫、缺乏关爱的女孩，并在第一个晚上就与她发生关系，当着所有家族成员的面，大家都要加入进来。

这件事给人的第一感觉就是乱，但最终的目的是摧毁她们心中的自我，让每个人的自我存在感消失，心中只有他一人。

这种做法很有效，女孩们从没有过争风吃醋，愿意分享一切。

转眼到了冬天，查尔斯结识了音乐人梅切尔。

查尔斯一直有一个搞音乐的梦想，想发行专辑，想名利双收，因此他想让梅切尔助他一臂之力，但没有成功。

不仅如此，查尔斯还怀疑梅切尔剽窃了他的作品，由此开始变得多疑、喜怒无常，对女孩们的控制也越来越强了。

稍有不顺心，他就会找一个女孩来撒气，当着大家的面抽打她。

这实际是杀鸡给猴看，警告其他女孩，不要做背叛他的事。

1969年初，查尔斯越发焦躁不安。

发生在多个城市的黑人运动让他对黑人更加仇视，在与黑人帮派的一次火并之后，他因为害怕那些黑人来报仇，每天越发紧张。

可以这样说，1969年的前半段，查尔斯是在紧张、妄想和愤怒中度过的，他想出唱片、想成名、想财富自由，却一样也达不到。

7月底，另一位音乐人，也是一名瘾君子辛曼进入了他的视线。

查尔斯听说辛曼继承了一笔2万美元的遗产，就带了一个做过爱情动作片演员的小弟波比和两个女孩去打探，其中一个女孩就是苏珊。

辛曼与查尔斯争执起来，查尔斯抽出随身带的武士刀就朝他劈了过去，削掉了辛曼的一只耳朵和一大块脸皮。

但是他们并没有把辛曼送进医院，只是把两个女孩留下来照顾他，让波比看着他。

查尔斯自己回到了牧场。

两天后，查尔斯打来电话，要波比杀人灭口。

波比向辛曼的胸口刺了两刀，带着一身血迹开车逃走。

两个女孩逃回了牧场。

几天之后，波比带着一身血迹，在车里被警察抓获。

这起凶杀案算是开启了查尔斯指挥杀人的模式。

接下来，他将犯下更加残暴的罪行。

4. 恶魔的使命

8月初，查尔斯对家族成员们说，预期的种族战争迟迟不来，天上的主已经等不及了，托梦要他去挑起一些事端，让战争赶紧爆发。

8月8日晚，帕蒂正在哄孩子们睡觉，查尔斯突然走进来，对她说："起来，跟我去个地方。"

帕蒂走出房门，上了车。车里面坐着沃森、苏珊、查尔斯，开车的是琳达，她是家族里唯一有驾照的成员。

在车里，查尔斯对他们说："做所有沃森让你们做的事。"然后就不再说话。

汽车行驶了几个小时，到了好莱坞附近的希耶罗大道，这里是富人区。

汽车行驶到一所豪华别墅附近时，查尔斯示意琳达把车停下。

他独自下车，走到大门附近，爬上旁边的电线杆剪断了电话线。然后他回到车里,让琳达把车朝着来时的方向开。

当车行驶到一个不显眼的拐角处时,查尔斯再次让琳达停车,对其他人说:"你们带上家伙,把那座房子里面所有的人都灭了。记住,越吓人越好,别忘了留下记号。"

三个女孩在沃森的带领下往别墅走,刚走到附近,突然有汽车大灯照了过来,女孩们赶紧躲进了灌木丛后面,沃森则站在路当中,拦住了那辆车。

开车的是一个年轻的男孩,看上去只有十七八岁。他看见沃森,便停下了车。沃森快步上前举起了手里的枪,男孩赶忙举起双手说:"别杀我!我不会说出去!"但沃森一声没吭,直接冲着男孩胸脯开了四枪。

确认男孩已经死亡后,沃森示意女孩们出来,一起把车推到了别墅门口的车道上,然后命令琳达在外面望风,自己带着帕蒂和苏珊从大门旁边的院墙跳了进去。

他们鬼鬼祟祟地穿过前草坪,来到一扇半开的窗户前。沃森轻轻打开窗户跳了进去,很快,房门从里面打开,两个女孩鱼贯而入。

进门之后就是起居室,这时,睡在沙发上的一个男人被他们吵醒了,沃森冲过去一脚踢在了他头上。那个男人喊道:"你们要干什么?"

沃森这时说出了那句经典的开场白:"我们是恶魔,来行使恶魔的使命!"

接下来,沃森边捆这个男人边命令两个女孩去找其他房间里的人。很快,楼上卧室里的两个女人和一个男人就被赶到了楼下,其中一个女人还怀有身孕。

沃森来时就带着绳子,他把绳子一头从房顶横梁上抛过去,把两头分别缠在了孕妇和男人的脖子上。

男人大声喊道:"你们不能这样对待孕妇!"

冷酷的沃森抬手就是一枪，那个男人倒在了地上。绳子另一头的女人发出了尖叫。

这时，沙发上的男人挣脱了捆着他双手的毛巾，和苏珊扭打起来。苏珊拿刀刺中了他的大腿。他挣扎着起来向前门冲去，刚跑到门廊就被沃森追上，沃森用枪托猛击他的脑袋，又拔出刀疯狂地向他连刺。

与此同时，从楼上下来的另一个女人从帕蒂手里逃跑了，她冲出后门，向泳池的方向跑去，但很快被帕蒂追上。

帕蒂把她扑倒在草坪上，举刀又是一通乱刺，直到这个女人不再动弹。

屋子里那个怀孕的女人吓坏了，她不停向苏珊求饶，求她放过她和未出世的孩子。

苏珊到底是精神不正常，她似乎忘了自己也刚刚做母亲，对眼前这个女人没有一丝怜悯之心，只是冷冷地说了一句"我一点儿也不可怜你"，就举刀刺了下去，一共刺了16刀。

杀戮结束后，三个杀手还觉得不解气，又继续在死者身上补刀，还把孕妇肚子里的胎儿取出来刺了一刀。其实在母亲停止呼吸后，胎儿也很快就窒息死亡了。

临走时，他们不忘留下一些邪恶的记号，蘸着鲜血在前门写上了"PIG"。

第二天晚上，杀手们再次出发，这次除了前一天晚上的人，又加入了莱斯利和一个男成员，一共7人。

这次的目标是维弗利大道上的一处豪宅。

车停到豪宅的大门口时已经是后半夜。

查尔斯先独自下了车，翻墙进入院子，没一会儿就出来，叫上了沃森。他俩偷偷来到一扇窗户前，一个中年男人正在沙发上睡觉。

他们绕到后门，发现没有锁，便直接走了进去。

来到那个男人跟前，查尔斯掏出枪先把他捅醒，那男人刚一睁开眼就被沃森捆了起来，头上还罩上了枕套。紧接着他们上楼去找其他人，在一间卧室里找到了女主人，同样也把她捆了起来，脑袋也罩上了枕套。

完事之后，他们走出房子来到车里。查尔斯对帕蒂和莱斯利说："你们俩跟沃森进去，照他说的做。"

两个女孩来到房子里，先找到厨房，拿出了几把刀，然后来到了男主人身边。沃森的第一刀就刺到了男主人的喉咙里，紧接着又是一通乱刺。接着他们就去了楼上卧室。

帕蒂先对女主人动了手，刺了几刀之后，沃森示意该莱斯利了。莱斯利很害怕，跑到了卧室外面，沃森追出来一把抓住她，说："这是查尔斯的命令，他说我们每个人都得有份儿！"

莱斯利回到卧室，握住刀，向床上那个已经不动弹了的女人后背刺去，十几刀后才住手。

离开前，他们同样留下了记号，蘸着受害者的鲜血在墙上写下了"DEATH TO PIGS""RISE"，又在冰箱门上写下了"HELTER SKELTER"，然后又去厨房找来了两把餐刀，一把插在了男主人的喉咙上，另一把插在了他的肚子上。

也许有细心的读者会问，那天晚上不是一共出动7个人吗？有3个进了拉比安卡家，剩下的4人干吗去了？

是这样，剩下的人在查尔斯的带领下准备去杀一个男演员，到了目的地，查尔斯告诉他们那个男演员公寓的门牌号，就自己开车回牧场了，也就是说，两拨杀手杀完人之后都要在路边等着搭便车回家。

苏珊、琳达和那个男成员一进公寓楼就晕了，敲错了房门。他们临时决定放弃杀人计划。

接下来的几天里,家族没有什么大动作,但没过几天警察就找上门了。

8月16日,斯潘牧场被警察包围。也许你会惊讶,警察这么快就破案了?

并没有。

警察来这儿是为了别的事,偷车。我们已经知道,曼森家族有那么多张嘴要吃饭,还有孩子要养活,每个人都没有正经工作,只能靠偷车、贩毒、出卖身体来挣钱。这次警察就是以偷车的罪名逮捕了查尔斯和其他25名家族成员,也算是个大型偷车团伙了。

但是不巧,逮捕令上面的日期签错了,他们很快被释放。

斯潘牧场是待不下去了,查尔斯决定搬到加州沙漠死亡谷里面的巴克牧场。

姑娘们不愿意离开斯潘牧场,查尔斯摆出救世主的架势,神秘兮兮地告诉她们:"我所说的庇护所就在沙漠里,只要找到洞口,我们就能下到沙漠的最底部,安全地躲过黑人的进攻。"

5. 一个选择

不出两天,整个家族就收拾好行李,向死亡谷进发。

负责偷车案的警察们拿着新的逮捕令来到斯潘牧场,没想到却扑了个空,于是开始到处寻找他们的踪迹。

警方很快得知他们在死亡谷,于是各方警察大出动,联邦的、州里的、县里的警察,还有死亡谷的公园骑警、加州高速公路的交警……经过大家齐心协力,终于找到了沙漠深处的曼森家族。

这次又是20多人被逮捕，一位交警在一个洗手间水池下面的柜子里发现了查尔斯。

这时的警察们还不知道这伙人同那些谋杀案的关系。

我们不得不说，这几起谋杀案的侦破，最大的功臣非苏珊莫属。真是成也苏珊，败也苏珊。杀人时她连眼都不眨，泄密时她连个磕巴都不打。

不过她在狱中接受采访时曾经说过，去塔特家杀人前她和其他人一起吸食了毒品，这倒可以解释他们的疯狂举动。

整个家族被捕之后，苏珊没等警察问就主动说出自己参与了辛曼的谋杀案，估计是她很喜欢看别人被自己吓到后的表情。

由于这个案子由专门的警察负责，她被转到了加州女子监狱。

后来发生的事我们都知道了。苏珊把秘密告诉了两个狱友，两个狱友又报告了警察，然后真相大白于天下。

那两位狱友还得到了塔特的丈夫——波兰斯基的25000美元奖励，在当时也算是一笔巨款了。

有了苏珊的供述，还有指纹等其他物证，警方正式以谋杀罪名对沃森、帕蒂、莱斯利和查尔斯发出了逮捕令，但可惜沃森在谋杀案之后就离开了加州，直到9月30日才在得克萨斯州被抓获。

因为加州有死刑，他不愿意回加州接受调查，千方百计拖延时间，所以对他的审判比其他4人要晚。

案件进入诉讼阶段之后，警方想让苏珊当污点证人，条件就是保她不死，苏珊答应了。

但正当警方兴冲冲地做准备时，她又反悔了。理由是为了她的孩子能继续得到其他家族成员的照顾。

没有她，还有其他人愿意当污点证人，比如负责开车的琳达。

她基本目睹了塔特家的凶案，到过拉比安卡家，差点儿谋杀那位男演员，还好敲错了门——这无疑是救了她自己一命。

家族里年龄最小的一个女孩，因为不堪毒打从斯潘牧场逃了出去，警察通过协商也说服了她出庭作证。

还有很多曾经的家族成员不惧威胁也愿意作证，我们就不细说了。

庭审从1970年6月15日开始，美国的多家电视台现场直播。

最先受审的是三个女孩：苏珊、帕蒂和莱斯利。她们都是20岁左右，褐色的长发，身材窈窕，长得也都很漂亮。

但最吸引人的还是她们的举止。

查尔斯告诉她们，上帝正在天上看着她们，于是三个女孩就把上法庭受审当成了无比荣耀的事情。

这些傻女孩完全不为自己的性命担忧，也许她们真的不怕死，觉得死是通往美好世界的必经之路吧。

7月24日是查尔斯·曼森第一次出庭的日子，起初他提出自己做辩护，法官发现查尔斯行为异常，犹豫了一阵没同意。

这下查尔斯不依不饶了，投诉这位法官，说自己受到了歧视，于是在他出庭之前，审理案件的法官被更换了。

但查尔斯还觉得不够。

当他再次出现在媒体和记者们面前时，脑门上刻着一个叉，就是"X"。

这里需要解释一下，字母X在英语里有时是"FUCK"的一种含蓄的表达方法。查尔斯在额头上刻"X"就是想表达自己被这个世界"强暴"了。

第二天，当三个女孩手拉手出现时，额头上也各刻了一个"X"，又过了一天，守候在法庭外的其他家族成员的额头上也都出现了"X"。

后来尼克松总统在一次演讲中提到了曼森家族有罪，查尔斯为表达不满剃了光头，三个女孩和其他的家族成员也跟着剃了光头。

刻字剃光头还不算完。查尔斯每次出现在镜头前也是春风得意，就像是小孩子受到了奖励，连蹦带跳的，有时还做鬼脸。

还记得我们前面介绍过他小时候在男校里被人侵犯的遭遇吗？

他为了躲避或者害怕会装疯卖傻，所以我们有理由相信，他在法庭上的这种表现也是想躲避让他害怕的东西，比如被判死刑。

每当有控方的人发言或者证人出庭作证时，查尔斯都会两眼直勾勾地盯着发言人看，还露出满不在乎的笑容，有时不顾法官阻止突然大放厥词，甚至还跳到桌子上想要袭击法官。

从那以后，负责审理此案的奥尔德法官在出庭时总会在长袍里面佩一把左轮手枪。

电视直播这个主意也不知是谁想出来的，总之是凸显了美国当时金钱至上、娱乐至上的主流价值观。

电视观众里有很多是青少年，他们叛逆，有个性，又爱追求刺激，一看到曼森家族在法庭上的表演，立马就被吸引住了。

于是，本来没多少人知道的曼森家族，通过多家电视台争先恐后的免费"宣传"，成了"当红偶像"。

很多人像着了魔一样来到法庭外面，在其他家族成员的带领下喊着支持查尔斯等人的口号。

法官和警察也没有办法，喊口号又不犯法，他们只能维持法庭里面的秩序，管不了外面。

审理案件的过程中虽然出现了一些小插曲，但是证人和证据都确凿。在这里我们就不细说了。

唯一的难题是查尔斯并没有直接参与杀人，该怎么定他的罪？

1971年3月29日，陪审团裁决，查尔斯、帕蒂、苏珊和莱斯利犯有一级谋杀，建议判处死刑。

查尔斯虽然没有直接杀人，但他教唆别人杀人。没有他的指使别人就不会杀人。

4月19日，奥尔德法官最终判处4人死刑。

听到结果时，查尔斯的手在发抖，不知他是否觉得自己将去往一个更美好的世界。

而苏珊则冲着法官喊道："我们不会放过你的！让你的孩子小心点儿！"

10月，沃森也被裁定犯有一级谋杀，被判处死刑。

但是让人没想到的是，1972年2月，加州高等法院禁止了死刑，所有死刑自动转为终身监禁。

5个人开始了漫长的监狱生涯。

他们在监狱里的生活并不枯燥，忙着写书，接受采访，研究宗教。查尔斯几乎每天都能收到粉丝的来信，接受过好几位名人的专访。

前几年还有一个20多岁的女孩来监狱里看望他，要跟他结婚。他本人也表示过，他的多半时间都是在监狱里生活，已经不想出去了。

苏珊积极参加监狱里的活动，帮助患有抑郁症的狱友，还结过两次婚，生了3个孩子。

但是她从未向受害者的家人道歉，所以即使她患脑癌，生命只剩下几个月的时候也得不到怜悯，第18次假释申请还是被驳回，最终死在了监狱医院里。

帕蒂至今还待在加州女子监狱里，她早就意识到自己是如何被查尔斯引上邪路的，查尔斯只是个无耻的骗子。但为时已晚。她的假释申请已经被驳回了14次。

和帕蒂一样，莱斯利也一直在加州女子监狱服刑，她也感到后悔，但是当初她们在法庭上的表现已经彻底激怒了受害者的家人。

截至 2019 年，她的 22 次假释申请全部被驳回，理由是：她依旧对社会有威胁。

沃森被关押在加州圣地亚哥的一所监狱里，他的 17 次假释申请被全部驳回。据说他现在是监狱里的一名牧师。

查尔斯于 2017 年自然死亡。他到死也没承认那些谋杀都是他指使的，一再强调他只是收留了一些被家里赶出来的没人爱的可怜的年轻人。他们所做的事情都是自己的选择，与他无关。

传言说曼森家族制造的命案加起来有 30 多起，但一直没有得到证实。前几年，有人曾在斯潘牧场附近挖出过多具遗骨。

现在那里已经是一片荒地。

美国著名摇滚乐手玛丽莲·曼森曾经说过：为了避免自己彻底疯掉，我在成为音乐人和成为杀人犯之间做了一个选择。如果有人和我当初一样，那该是你做选择的时候了。

如果查尔斯·曼森当初真的成了一个音乐人，是不是就不会杀人了？历史没有如果，我们只能寄希望于所有的父母都能尽职尽责地把孩子抚养长大，有了家庭的温暖，没有人愿意流落街头，走上歧途。